Buchbeschreibung

Wenn du alles zu verlieren hast, ist das Letzte, was du tun solltest, dich in den Mann zu verlieben, der dir alles nehmen könnte.

Zielstrebig.
Organisiert.
Anständig.

All das sind Begriffe, die Blair Moore perfekt beschreiben.

Noch knapp ein Jahr auf der Highschool, dann geht sie mit ihrem Freund auf die Stanford University, um in die Fußstapfen ihres Vaters zu treten und Lehrerin zu werden.

Dieses Ziel, auf das sie so lange hingearbeitet hat, rückt immer näher.

Bis ihr fleischgewordener Albtraum in Form ihres Stiefbruders Ryan in ihr Leben platzt.

Arrogant und unnahbar kümmert er sich nur um sich selbst.

Zumindest so lange, bis er etwas über Blair herausfindet, das ihr gesamtes Leben zum Einsturz bringen könnte. Denn nicht nur Ryan hat mit den Schatten seiner Kindheit zu kämpfen, auch Blair gibt vor, jemand zu sein, der sie in Wahrheit gar nicht ist.

Blair versucht durch einen Deal mit Ryan, die Kontrolle über ihr Leben wiederzuerlangen. Doch was keiner der beiden bedenkt: Je weiter der Deal voranschreitet, desto näher steuern sie aufeinander zu und drohen, in ihren Gefühlen für den anderen zu versinken.

Über die Autorin

Wir schreiben das Jahr 1993. Ein braunhaariges achtjähriges Mädchen, wir nennen sie der Einfachheit halber Rose Bloom, sitzt stundenlang in ihrem Zimmer und kritzelt mit Buntstiften und viel Fantasie eine Geschichte nach der anderen in ihre Schulhefte. Sehr zum Bedauern ihres Mathelehrers, der außer seinen Zahlen und Formeln nichts anderes als Hausaufgabe gelten lässt.

In Rose Blooms Familie hatten Bücher schon immer einen hohen Stellenwert. Im Grundschulalter entdeckte sie selbst das Schreiben und konnte es nach einer längeren Pause niemals wirklich sein lassen.

Dann entdeckte Rose die weiten Möglichkeiten des Selfpublishings und im Januar 2016 entstand die erste Szene zu ihrem allerersten Liebesroman, den sie im Mai 2016 veröffentlichte.

Rose Blooms Bücher zeichnen sich vor allem aus durch viel Gefühl, Liebe und Leidenschaft in einem bildlichen Schreibstil. Sie möchte den Leser vollständig in die Geschichte saugen, genauso wie sie beim Schreiben völlig darin aufgeht.

Übrigens, heute wäre ihr Mathelehrer ganz sicher stolz auf sie.

AFTER THIS *Night*

Ein verbotener Kuss war alles, was ich wollte ...

Rose Bloom

1. Auflage, 2019

Rose Bloom
c/o Papyrus Autoren-Club
Pettenkoferstr. 16-18
10247 Berlin

info@rose-bloom.de
www.rose-bloom.de

Lektorat:
Sarah Nierwitzki, Wortkosmos Lektorat & Korrektorat
Coverdesign:
Einzigartig Buchdesign, Sandra Maier,
www.einzigartig-Buchdesign.de

Folge mir auf

www.facebook.com/rosebloomautorin

www.instagram.com/rosebloom_autorin

Um keine Neuigkeit zu verpassen,
abonniere meinen Newsletter unter
www.rose-bloom.de

Für alle gebrochenen Kinder.
Ihr seid richtig.

Kapitel 1

Blair

Ich war gewöhnlich. Angefangen von den straßenköterblonden Haaren, meinen Augen, die weder grün noch braun waren und meiner Oberweite, die sich irgendwo zwischen Nichts und einem A-Körbchen einfand. Okay, mein Körper war durch die täglichen Schwimmrunden in unserem Pool und regelmäßigen Übungen zu Hause nicht schlecht trainiert, aber selbst das hob mich nicht wirklich von der Masse aller anderen siebzehnjährigen Mädchen unserer Schule ab. Trotzdem hatte ich es geschafft, mir einen Ruf aufzubauen, und diesen würde ich mir – verdammte Axt – niemals, ich wiederhole: Niemals, von so einem Typen wie Ryan *Ich-scheiß-auf-die-gesamte-Welt* Walker zunichtemachen lassen!

Ich atmete tief durch und streckte den Rücken durch. Mit der Hand strich ich die weiße, hochgeschlossene Bluse glatt und ließ die Augen über mein Spiegelbild wandern. Meine Haare hatte ich zu einem Pferdeschwanz hochgebunden, die schwarze Skinny Jeans saß perfekt, mein Gesicht war dezent geschminkt, bloß etwas Wimperntusche und Rouge. Ich bot keinerlei Angriffspunkte, aber wahrscheinlich würde diese minderbemittelte Arschgeige, die sich seit sechs Monaten mein *Stiefbruder in spe* nannte, trotzdem irgendetwas finden, woran er rummäkeln konnte.

»Blair, kommst du? Ryan ist da!«, vernahm ich die Stimme meines Dads aus dem unteren Stockwerk.

Ich schnappte mir mein Handy, das auf meinem akkurat aufgeräumten Schreibtisch in seiner Ladestation steckte. Ein kleines Staubkörnchen war auf der Glasplatte zu sehen und ich pustete es weg, bevor ich die Nachrichten-App auf dem Telefon öffnete und die Worte eintippte:

Die Null ist da, wünsch mir Glück!

Kiss, Blair

Ich schickte die Nachricht an meinen Freund und es dauerte nicht einmal eine Minute, bis er antwortete.

Lass dich durch so einen nicht verunsichern, Babe. Du weißt, du bist sowieso besser als alle anderen.

Love & Kiss, Ju

Er übertrieb maßlos – wie immer. Nichtsdestotrotz bauten mich seine Worte auf. Mit einem leichten Lächeln steckte ich das Handy in die Gesäßtasche meiner Jeans und betrat den Flur vor meinem Zimmer. Unser Haus war nicht sehr groß, hatte aber genügend Räume für den gesamten Kram von Dad, Ryan und mir plus den von Ryans Mum Heather, die vor einem halben Jahr zu uns gezogen war. Für mich war das okay gewesen, selbst wenn sie mit dem Einzug auch die freie Stelle als Direktorin unserer Schule angenommen hatte und ich nun zu Hause noch mehr darauf aufpassen musste, was ich tat und sagte. Aber jetzt sollte ich auch noch mein Nähzimmer für ihren schwachköpfigen Sohn opfern und als wäre das nicht ohnehin genug, war es nur durch ein schmales Bad von meinem Zimmer abgetrennt. Das hieße, ich verlor nicht nur die Möglichkeit, einen Ort zum Lagern und Herstellen meiner Leidenschaft zu haben, ich musste außerdem meine Privatsphäre aufgeben, in dem ich mein Badezimmer mit ihm teilte.

Etwas Schlimmeres hätte gar nicht passieren können. Außer vielleicht, dass Amy Lou Palmer mir bei der nächsten Wahl den Posten als Schülersprecherin wegschnappte. Aber das wäre genauso abwegig wie die Vorstellung, dass Ryan und ich uns in den Monaten, in denen er hier wohnte, gut verstehen und arrangieren würden.

Meine Beine fühlten sich tonnenschwer an, als ich die Treppe in das Erdgeschoss hinabging und dumpfes Gemurmel aus dem Wohnzimmer hörte.

»Ist okay, Mum«, vernahm ich Ryans Stimme in genervtem Tonfall. Ohne ihn zu sehen, wusste ich, dass er mit seinen bernsteinfarbenen Augen rollte. Diese außergewöhnliche Farbe war an so einen Typen wie ihn definitiv verschwendet. Er nutzte sein Aussehen sowieso nur, um irgendwelche armen Mädchen abzuschleppen und ihnen einen Himmel voller verdammter Sterne vorzulügen, bis er sie kurz darauf wieder fallen ließ.

»Sei nett zu ihr, hast du mich verstanden?«, sagte seine Mum streng zu ihm.

»Wie wäre es mal im Gegenzug von dir, nett zu mir zu sein und zu fragen, wie meine beschissene Anreise war?«

»Ryan!«, maßregelte ihn Heather. Ich wusste nicht, was es war, was zwischen ihnen stand, aber sie konnten beide keine fünf Minuten in einem Raum sein und sich nicht anbrüllen oder ankeifen. Ich war mir sicher, wenn Ryan eine andere Möglichkeit gefunden hätte, irgendwo unterzukommen, wäre er ganz bestimmt nicht hier.

Ich bog um die Ecke zum Wohnzimmer. Mein Dad saß mit überschlagenen Beinen auf einem der beiden blumenverzierten Sofas vor dem Kamin und ich sah ihm die Sorge schon von der Tür aus an. Ryan stand knapp hinter dem Durchgang, zu seinen Füßen lag ein großer, schwarzer Seesack. Seine Mum baute sich mit verschränkten Armen vor ihm auf und zwischen ihren zusammengezogenen Brauen war eine steile Falte zu sehen. Als ihr Blick auf mich fiel, wurde er weicher und Ryan drehte sich zu mir um. Auch wenn ich zugeben musste, dass er in den lässigen Jeans und dem an den Armen hochgekrempelten Longsleeve, das seinen breiten Oberkörper betonte, nicht unattraktiv war, wurde sein Aussehen durch den gehässigen Ausdruck seiner Augen getrübt. Ich bemerkte, dass der Bartschatten deutlich dichter war, als bei unserer letzten Begegnung – wie lange war das her? Irgendetwas zwischen sieben und zehn Tagen, obwohl ich wünschte, er hätte sich länger nicht blicken lassen. Ansonsten wirkte er wie immer. Arrogant, überheblich und mit einem Ego so groß wie das aller Männer seiner Art zusammen. Sein gutes Aussehen nützte ihm nichts, wenn sein Charakter der eines eingebildeten Idioten war.

»Oh, da ist sie ja, meine kleine *Schwester*!«, spuckte Ryan aus und wandte sich mir vollständig zu. »Bekomme ich keine Umarmung?« Er breitete die Arme aus, aber ich blieb unbeeindruckt an Ort und Stelle stehen. Als er merkte, dass ich mich sowas von nicht auf ihn zubewegen würde, ließ er seine Arme mit einem Mal sinken. »Dann eben nicht. Hast du eigentlich wieder die spießigen Klamotten meiner Mum geklaut oder tauscht ihr mittlerweile untereinander wie beste Freundinnen? Du siehst bald ganz aus wie sie, Sis. Was für eine Glanzleistung, selbst für so eine Vorzeigetochter wie dich.«

Ich ließ seine Worte an mir abprallen, denn Dad

stand in dem Moment auf, ging zu ihm und legte seine Hand mahnend auf Ryans Schulter. Er war fast einen halben Kopf größer als mein Dad und deutlich trainierter, was kein Wunder war, wenn man bedachte, dass Dad auf frittierte Chicken Nuggets abfuhr und bereits Ende Vierzig war. Für einen Moment sackte Ryan zusammen und fuhr sich durch die dunkelbraunen Haare. So als hätte er tatsächlich Respekt vor meinem Dad, selbst wenn ich mir das nicht wirklich vorstellen konnte. Ryan hatte vor niemandem Respekt – und vor mir am allerwenigsten.

»Es reicht«, sagte Dad streng an Ryan gerichtet, der sich aus dem Griff meines Vaters wand, den Seesack aufhob und mir einen wütenden Blick zuwarf. Er stürmte wie ein Quarterback auf mich zu und ich konnte gerade noch zur Seite springen, bevor er mich wie bei einem Tackle umwarf. Ich hörte seine schweren Schritte auf den Stufen, wahrscheinlich wusste er bereits, welches Zimmer er beziehen durfte. Großartig. Diese Begegnung war fast so beschissen wie unsere allererste, die ich noch genau vor meinem geistigen Auge sah.

Kapitel 2

3 Monate zuvor

Ryan

»Bitte, Mad, wieso nicht?« Ich legte den Kopf gegen die kalte Wand, an der ich lehnte und drückte mir das Handy enger ans Ohr.

Eigentlich war Mad mein bester Freund, aber wenn er sich weiter so zierte wie eine Jungfrau ohne Schlüpfer, würde ich auf die neun Jahre unserer Freundschaft scheißen. Er lachte rau und ich kannte seine Antwort bereits, bevor er weitersprach.

»Vergiss es! Ich werde keinen Notfallanruf vorspielen und dich von dem Essen mit der heilen, kleinen Familie retten. Geh durch den Abend wie ein Mann oder hab die Eier und hau ab.«

Ich seufzte. Eigentlich hätte ich vor über einer Viertelstunde an einem Tisch in diesem spießigen Restaurant sitzen und so tun sollen, als hätte ich Bock darauf, die neue Familie meiner Mum kennenzulernen. Denn wenn wir mal ehrlich waren, hatte sie mich ohne mit der Wimper zu zucken ersetzt. Ihren missratenen Sohn, der sie beinahe durchgängig enttäuschte. Ersetzt gegen ein Strebermädchen, auf das sie ja so unglaublich stolz sein konnte. Das zumindest hatte sie mir jedes Mal am Telefon vorgeschwärmt. Blair wäre solch ein reizendes Mädchen, Schulsprecherin, Einserschülerin und – ich musste fast kotzen, wenn ich weiter darüber nachdachte – erfolgreiche Stipendiatin für Stanford. Als hätte ich, trotz der ganzen Dinge, die vorgefallen waren, überhaupt nichts erreicht!

»Ernsthaft, Mad, kannst du nicht deinen Arsch herbewegen und wir lassen uns im nächsten Club volllaufen? Ich dachte, du wärst mein bester Freund!«

In diesem Moment öffnete sich die Tür zur Damentoilette am anderen Ende des Flurs. Ein Mädchen mit offenen, dunkelblonden Haaren, die ihr bis über die Schultern fielen, kam heraus. Der tintenblaue Rock reichte ihr bis über die Knie und die hochgeschnittene, kurzärmelige Bluse zeigte ebenfalls kaum Haut. Ihr Körper war schlank und trainiert, für meinen Geschmack aber viel zu dünn. Es gab Männer, die fuhren auf Ärsche ab und andere standen auf Brüste. Ich war der Arschtyp, auch wenn ich gegen ein gutes Paar Titten nichts einzuwenden hatte. Dieses weibliche Exemplar vor mir hatte jedoch weder das eine noch das andere zu bieten und war so spannend wie ein Striptease im Dunkeln. Sie erwiderte meinen Blick flüchtig, wandte sich schnell ab und lief dann weiter.

»Ich hab wirklich keinen Bock das ach so perfekte Töchterchen Blair kennenzulernen! Wieso auch? Damit meine Mum mir noch mehr unter die Nase reiben kann, für was für einen Loser sie mich hält?« Das Mädchen stockte kurz in der Bewegung und musterte mich erneut. Mir war klar, wie ich mit meinem Aussehen auf Frauen wirkte und wusste, dass die prüden Dinger ganz besonders verrückt nach einem Typen wie mir waren. *Einmal Bad Boy, bitte!* Doch es sollte am besten niemand davon erfahren ... »Was ist los? Willst du mich heute Abend vielleicht von meinen Plänen abhalten, Süße? Ich wäre bereit«, sagte ich, aber sie runzelte nur die Stirn und lief weiter. »Ach komm schon, Baby, ich bin auch ganz lieb zu dir!«

Ich hörte Mads Lachen am anderen Ende der Leitung und plötzlich wandte sich das Mädchen zu mir um. Jetzt lag in ihrem Blick Entschlossenheit und sie wirkte auf einmal alles andere als schüchtern. Im Gegenteil. Ein Feuer brannte in ihren Augen, das mich augenblicklich anzog.

»Glaubst du tatsächlich, irgendeine Frau mit Grips fällt auf diese flachen Anmachsprüche rein?« Ich grinste auf ihre rhetorische Frage nur noch breiter. »Ach richtig, so Typen wie du brauchen ja auch keine Frauen, die denken können, denn sonst würden sie merken, was für Idioten ihr seid und euch nicht mal im Traum in die Nähe ihrer Unterwäsche lassen.«

»Uhhhhh, Treffer versenkt!«, jubelte Mad und ich biss mir auf die Lippen, um nicht laut loszulachen. Das Mädchen zeigte mir den Mittelfinger, machte auf dem Absatz kehrt und verschwand hinter der nächsten Ecke.

»Oh fuck, ich glaube, ich habe meine Ablenkung für heute Abend gefunden«, murmelte ich.

»Pass bloß auf, dass sie nachher nicht enttäuscht ist, wenn sie deine Hose öffnet«, gluckste Mad. »Schick sie lieber zu mir!«

»Halt die Klappe. Ich habe zu tun«, erwiderte ich knapp und drückte das Telefonat, einschließlich Mads hämischem Gelächter, weg. Nun musste ich doch aus meinem Versteck raus, in das ich sofort geflüchtet war, nachdem ich das Restaurant betreten hatte. Denn ich wollte nicht, dass die Kleine abhaute und ich nicht die Chance bekam, sie von meinen Qualitäten zu überzeugen. Ich stand schon immer auf Herausforderungen und diese hier schrie förmlich meinen Namen. Vorzugsweise die ganze Nacht.

Ich steckte das Handy zurück in meine Jeanstasche und verließ den Flur. Das Restaurant war zwar klein, doch recht verwinkelt. Ich sah mich um, konnte sie aber nicht entdecken, also lief ich noch einige Meter weiter und reckte den Kopf, um über die hohen Pflanzkübel zu spähen, die die einzelnen Tische voneinander abtrennten. Und endlich sah ich sie. Sie schaute auf und erwiderte meinen Blick. Während ich mir das Grinsen nicht verkneifen konnte, schlugen aus ihren Augen beinahe Funken, die mich nur noch näher zu ihr hinzogen.

Aber nur so lange, bis eine Bewegung im Augenwinkel mich von ihrem Anblick ablenkte. Zuerst erkannte ich den blonden Typen an ihrer linken Seite, der ihre Finger fest umklammerte. Er war ebenfalls recht groß, breit trainiert und trug ein weißes Hemd, das bis auf einen Knopf am Hals geschlossen war. Doch der eigentliche Schock kam erst, als die Frau am Tischende sich erhob und vorsichtig lächelte.

»Da bist du ja.« Sie kam auf mich zu und umarmte mich ungelenk. Mütterliche Gesten hatte sie nie draufgehabt. »Danke, dass du gekommen bist.« Ich war immer noch wie paralysiert, denn diese gesamte konfuse Situation wollte mir einfach nicht ins Hirn passen. Dann drehte sie sich zu den anderen am Tisch um. Am gegenüberliegenden Kopfende saß ein Typ in ihrem Alter mit grau-braunen Haaren und rundem Bauch. Auch er stand auf und kam auf mich zu. Er war kleiner als ich, aber seine Ausstrahlung war eindeutig die eines Lehrers. Das musste der neue Typ meiner Mutter sein.

»Ward, das ist Ryan, mein Sohn. Ryan, das ist Ward und seine Tochter Blair mit ihrem Freund Julien.«

Fuck. Ein großes beschissenes Fuck. Das Einzige, was ich zustande brachte, war einmal zu nicken. Das war also Blair. Die spießige Blair, die ich in ihrem Beisein gerade beleidigt hatte und die ich daraufhin auch noch klarmachen wollte. Kleine Stiefschwester.

Eindeutig nochmal: Fuck.

Sie sah mich immer noch so an, als wäre die Eiszeit ausgebrochen. Ihr Freund spürte anscheinend ihre Anspannung und legte einen Arm um ihre Schultern, strich mit den Fingerkuppen über ihre Haut, als wollte er sie beruhigen. Erst der neue Typ meiner Mum, Ward, zog wieder meine Aufmerksamkeit auf sich, als er mir die Hand hinhielt und ich sie zögernd ergriff.

»Freut mich, dich kennenzulernen, Ryan«, sagte er und seine Stimme war warm und beschissen nett. Er erinnerte mich auf eine Art an meinen Dad, aber ich streifte dieses Gefühl umgehend wieder ab. Eigentlich hatte ich nicht vorgehabt, meiner Mum oder ihrem Macker heute Abend so etwas wie Freundlichkeit entgegenzubringen. Ich wusste, wo sie sich kennengelernt hatten und was für ein Typ dieser Ward sein musste.

Trotzdem schüttelte ich seine Hand, danach deutete er auf Blair, die immer noch wie festgewachsen auf dem Stuhl saß. Sie war echt sowas von verklemmt. Irgendwie wurde diese ganze Sache hier von Sekunde zu Sekunde lustiger.

Vor allem, als ich mich ihr gegenüber hinsetzte und meine Beine so weit ausstreckte, dass ich ihre kurz berührte. Durch ihren Körper fuhr ein Ruck, ich sah es ihr genau an, und sie zog ihre Füße blitzschnell zurück, während sie ihren Freund von der Seite nervös musterte. Es war ein wenig unangenehm, dass er mich immer noch wie ein Pitbull bereit zum Kampf fixierte, aber eigentlich war es mir scheißegal. Ich hatte meinen Spaß. Was sollte er tun? Er konnte nicht über den Tisch springen und mir eine reinhauen und selbst wenn … Das wäre doch eine perfekte Gelegenheit, diesen Abend hier für alle Anwesenden richtig zu versauen.

»Das ist also deine neue Familie, Mum«, sagte ich und lächelte falsch, während ich in die Runde sah.

»Ryan … bitte«, flehte sie zitternd und ich konnte selbst nicht sagen, woher es kam, aber irgendetwas hatten alle ihre Worte an sich, das sie mich auf die Palme brachten. Mich reizten. Ich meine Wut nicht unter Kontrolle halten konnte, bis ich meine sogenannte Mutter endlich zum Explodieren gebracht hatte. Vielleicht steckte mir meine gesamte Kindheit noch in den Knochen und mein Unterbewusstsein dachte sich: besser eine negative Reaktion als gar keine. Sie konnte mir nicht weismachen, dass sie nach ihrem beschissenen Entzug ein völlig neuer Mensch war und nun tatsächlich eine normale Beziehung zu ihrem verkorksten Sohn aufbauen wollte. Der bloß so handelte und reagierte, wie er es eben tat, weil sie es so richtig verbockt hatte.

»Schon okay, ich hab verstanden. Nicht, dass ich etwas dagegen hätte, Blair als meine Schwester zu haben. Wir können uns auch gern ein Zimmer und ein Bett teilen. So unter Geschwistern.« Ich schenkte ihr ein zweideutiges Grinsen und ihr Freund richtete sich neben ihr zu seiner vollen Größe auf. Zugegeben, er war nicht gerade klein oder schmächtig gebaut. Trotzdem konnte ich es locker mit ihm aufnehmen, sollte es drauf ankommen.

Blair legte ihre Hand auf die ihres Freundes, die er auf der Tischplatte zur Faust geballt hatte, und es wirkte so, als würde er sich wieder ein bisschen entspannen. Von wegen Pitbull. Netten Schoßhund hatte sie da.

»Nein danke, ich teile mein Bett nur mit richtigen Männern«, erwiderte sie, drückte die Finger ihres Freundes, der zu grinsen begann. Am liebsten wäre ich aufgestanden und abgehauen, aber ihre Antwort überraschte mich ehrlicherweise im positiven Sinn. Vielleicht würde dieser Abend doch mehr als interessant werden.

»Blair!«, schimpfte ihr Dad und ich musste mein Lachen verkneifen, als sie zusammenzuckte.

»Tut mir leid, Dad«, erwiderte sie umgehend, worauf ich mit den Augen rollte.

»Braves Töchterchen«, murmelte ich und fast trafen mich Blitze, die unmittelbar aus Blairs braunen Augen schossen.

»Wir beruhigen uns jetzt erstmal wieder und dann verbringen wir einen schönen Abend!«, bestimmte Ward. Ich atmete laut aus und lehnte mich ein Stück auf dem Stuhl zurück. Elendiger Langweiler.

Bevor ich etwas darauf erwidern konnte, kam der Kellner an unseren Tisch, um unsere Bestellungen aufzunehmen. Ich nahm ihm die Weinkarte ab und hielt sie meiner Mutter hin. »Na, Mum, schon einen Blick hineingeworfen?«, fragte ich gehässig, Schmerz blitzte in ihren Augen auf. Eigentlich dachte ich, dieser Anblick würde mich kalt lassen, aber in Wirklichkeit schaffte ich es kaum, meine Maske aufrecht zu halten.

Ward seufzte laut auf und setzte gerade an, etwas zu sagen, da hielt ich die Hand in die Höhe und stoppte seine noch nicht begonnene Ansprache. »Spielt ihr weiter euer unehrliches, beschissenes Spiel einer heilen Familie - viel Spaß dabei. Ich hab genug und verpiss mich.« Mein Stuhl glitt schabend über den Boden, als ich aufstand. Doch bevor ich flüchtete, wollte ich unbedingt noch eine letzte Sache loswerden, über die meine Mum sich ärgern konnte. Also lehnte ich mich langsam ein Stück über den Tisch und sah tief in Blairs Augen. Sie waren groß und gaben ihrem schmalen Gesicht einen puppenähnlichen Ausdruck. »Und du kannst dir gerne meine Nummer besorgen, wenn du genug von dem Großen neben dir hast. Ach, Moment … wir sind ja jetzt eine Familie, also werden wir uns ohnehin öfter über den Weg laufen. Ich freu mich drauf, *Sis*.«

Damit drehte ich mich herum und verließ, so schnell es ging, das Restaurant. Ich würde einen Teufel tun und eine Minute länger mit diesen Menschen verbringen, die so tun wollten, als wäre die ganze verschissene Welt in Zuckerwatte verpackt.

Denn das war sie nicht. Eigentlich war alles nur ein riesengroßer Haufen Scheiße.

Kapitel 3

Zurück

Blair

»Es tut mir leid«, sagte Heather und kam auf mich zu. In den Monaten, in denen sie mit meinem Dad zusammen war, kannte ich sie nur glücklich. Gut, in der Schule war sie die perfekte Direktorin, unnahbar und streng, aber sobald sie die Schwelle unseres Hauses übertrat, wirkte sie anders. Genauso wie mein Dad. Die Sorgenfalten auf seiner Stirn, die jetzt auftauchten, gefielen mir überhaupt nicht. Er hatte lange genug in seinem Leben gelitten. Außerdem bemerkte ich, dass er nun unauffällig die goldene Münze aus seiner Hosentasche zog und sie durch die Finger gleiten ließ. Kein gutes Zeichen. Überhaupt nicht. Und nur wegen eines überheblichen Idioten, der unsere neu aufgebaute, heile Welt zum Wackeln brachte!

»Ist okay«, erwiderte ich und setzte mich auf die Couch neben meinem Dad. Er steckte das Geldstück schnell zurück, zog mich zu einer Umarmung an sich und drückte mir einen Kuss auf den Scheitel. Eigentlich hatten wir weitaus schlimmere Dinge hinter uns, als dass ihn so etwas aus der Bahn werfen sollte. Aber im Grunde litt er mit Heather. Die einzige Frau nach Mums Tod, die er wirklich an sich herangelassen hatte. Die beiden hatten eine Verbindung, die ich anfänglich nicht verstanden hatte, aber mich mittlerweile mehr als freute.

»Er wird sich schon einleben«, versuchte er, Heather zu beruhigen, die sich unablässig die Hände knetete und wie verloren mitten im Raum stand. »Komm her«, sagte mein Dad und klopfte auf die freie Sitzfläche auf seiner anderen Seite. Heather nahm neben ihm Platz und er wiederholte die gleiche Geste, mit der er mich eben hatte beruhigen wollen. Dabei strich er ihr blondes Haar nach hinten und sie lehnte sich an ihn.

Es fühlte sich an, als wären wir die perfekte, kleine Familie. Bisher war alles schön und einfach zwischen uns gewesen. Wäre da nicht Ryan.

»Blair wird schon zu ihm durchdringen, du wirst sehen. Sie kann ziemlich gut mit Menschen. Lass ihm etwas Zeit, auch für ihn ist die Situation neu.«

Mein Dad wäre der mieseste Staatsanwalt der Welt. Er würde immer einen Grund finden, selbst einen Serienkiller gut dastehen zu lassen. Bei seinen Schülern war er nur bekannt als Mr Smooth. Ich bezweifelte jedoch, dass Ryan anders war, als er sich uns zeigte. Er war ein Arsch, der sich nicht darum scherte, wie sich andere Menschen bei seinen Aussagen fühlten. Er überlegte nicht, bevor er etwas sagte, das unterschied uns völlig voneinander. Ich sprach jedes einzelne Wort bewusst aus.

»Du hast recht«, erwiderte Heather und ich vernahm immer noch das Zittern in ihrer Stimme, weil sie mit den Tränen kämpfte.

Ich sah es vor mir. Wenn sich nicht gleich ein Erdloch unter unserem Haus auftun und Ryan verschlucken würde, hätten wir die nächsten Monate, in denen er bei uns lebte, ganz schönen Ärger. Und das war das Einzige, das ich überhaupt nicht gebrauchen konnte. Nicht jetzt, während meines letzten High-School Jahres, in dem ich alle Hände voll zu tun hatte.

»Ich spreche mit ihm«, sagte ich und stand auf. Vielleicht kam ich doch irgendwie an ihn ran, denn wenn wir ehrlich waren, war ich die Einzige in diesem Haus, die seinen Schmerz tatsächlich verstehen konnte. Wir hatten das Gleiche mitgemacht, zumindest nahm ich das an. Vielleicht waren Ryans lockere Sprüche nur Fassade, um niemanden an sich heranlassen zu müssen. Und wenn nicht, war er eben ein Arschloch und wir müssten ihn alle ignorieren. Aber es konnte nicht schaden, einen Versuch zu wagen, auf ihn zuzugehen. Denn was Ryan mit seiner Art anrichtete, war nicht nur nervig, sondern auch ziemlich egoistisch und irgendjemand musste ihm das sagen.

Heather lächelte verhalten. »Danke, Blair. Ich weiß das sehr zu schätzen.«

Ich nickte, bevor ich mich abwandte und nach einem tiefen Atemzug die Treppe nach oben stieg.

Noch bevor ich die letzten Treppenstufen erreichte, hörte ich die laute Rockmusik, die aus seinem neuen Zimmer drang. Er erfüllte wirklich alle Klischees eines unnahbaren Bad Boys. Hatte er vielleicht eine Liste, die er tagtäglich abhakte, damit er nichts vergaß?

Aber das interessierte mich einen Scheiß und das Zimmer, in dem er wohnte, war genaugenommen meines, also stieß ich die Tür, ohne zu klopfen, einfach komplett auf.

Ryan lag mit gekreuzten Beinen auf dem Bett, hatte sein Handy in der Hand und sah überrascht auf. »Was zum …«

Als er mich erkannte, erhellte ein breites Grinsen seine Züge. Auch das ließ mich kalt. Ich ging zu seinem Bett und stellte mich mit verschränkten Armen davor.

»Hast du es dir jetzt schon anders überlegt?« Er rutschte ein Stück rüber und deutete mit der Hand auf die freie Bettseite neben ihm. »Nimm Platz, mach es dir gemütlich. Ist dir kalt und soll ich dich ein bisschen wärmen?« Es waren achtundzwanzig Grad draußen. Genaugenommen wurde es selbst im Winter in Florida kaum kühler als zwanzig Grad. Ich verdrehte die Augen.

»Wieso bist du hier, wenn du keinen Bock hast?«, fragte ich. »Ich meine, du bist einundzwanzig Jahre alt, laut Gesetz also erwachsen. Bist du so ein Loser, dass du dir noch nicht mal eine Wohnung oder ein Hotel leisten kannst?«

Ryan verlor kurz sein eingebildetes Grinsen, dann lachte er auf, als könne er nicht fassen, was ich zu ihm gesagt hatte und rutschte so weit im Bett hoch, dass er nun mit dem Rücken gegen das Kopfteil lehnte.

»Die Frage ist überflüssig«, antwortete er, »denn meine Mum hat dir sicherlich bereits erzählt, was für ein Versager ich bin. Oder hat sie nicht den Brand in meinem Studentenheim erwähnt und dass ich den Rest meines Lebens die Renovierung des Hauses zahlen muss, weil ich daran schuld war?« Sein Gesichtsausdruck wurde härter. War das Schmerz in seinen Augen, der durch die verbitterte Fassade drang? »Oh, also hat sie nicht? Das überrascht mich, aber na ja … jetzt weißt du es.«

Er wandte seine Aufmerksamkeit wieder seinem Handy zu, ohne mich eines weiteren Blickes zu würdigen. Als ich mich immer noch nicht von seinem Bett wegbewegt hatte und überlegte, was ich als Nächstes sagen konnte, sah er mich flüchtig aus dem Augenwinkel an. Dann begann er seinen Gürtel zu öffnen, und Stöhnen drang durch den Handylautsprecher in das Zimmer. »Schon mal was von Privatsphäre gehört? Ich wäre jetzt gerne einen Moment allein, wenn du mir keine Gesellschaft leisten möchtest, Sis. Wir können das später ausdiskutieren, oder?«

Er ließ seine Hand in die Jeans gleiten und ich starrte sprachlos darauf, weil ich nicht damit gerechnet hatte, wie durchgeknallt und schamlos er tatsächlich war, um mich loszuwerden.

Ruckartig konnte ich mich doch von dem Anblick losmachen, drehte mich um, lief aus seinem Zimmer und knallte die Tür hinter mir zu. Ich war mir sicher, er hatte das nur getan, damit ich endlich verschwand, und das war auch nicht der eigentliche Grund, der mich so durcheinanderbrachte. Ich verstand immer noch nicht, was genau zwischen ihm und seiner Mum vorgefallen war. Vielleicht steckte dahinter doch ein bisschen mehr, als ich angenommen hatte.

Bevor ich nach unten ging und Heather wie jeden Abend bei der Vorbereitung des Abendessens half, betrat ich mein Zimmer. Da es nur durch ein Badezimmer von Ryans getrennt war, schloss ich die Tür dazu vorsorglich ab. Ich zog mein Handy aus der Jeanstasche, setzte mich an den Schreibtisch und wählte Juliens Nummer. Mein Blick fiel aus dem Fenster, über unseren getrimmten Vorgarten. Die alte Mrs Hammond von gegenüber kniete auf dem Bürgersteig und tat so, als würde sie Unkraut aus ihren Beeten zupfen. Tatsächlich wusste ich, dass sie nur wartete, bis jemand vorbeikam und sie den neusten Tratsch aus der Nachbarschaft mitbekam, weil ihr sonst ziemlich langweilig war. Das Klicken in der Leitung zog meine Aufmerksamkeit auf sich.

»Na, ist es so schlimm, wie du gedacht hast?«, fragte Julien ohne eine Begrüßung.

Ich seufzte und senkte die Stimme. Nur für den Fall, dass Ryan mich belauschte. »Schlimmer. Er ist nicht nur ein Idiot, er macht auch aus allem einen hirnlosen Witz!«

»Ignorier ihn doch einfach, ihr müsst nicht miteinander klarkommen, nur weil eure Eltern zusammen sind.«

»Ja«, erwiderte ich und seufzte.

»Ich weiß, dass dein harmoniebedürftiger Teil kotzen könnte, wenn sich nicht alle verstehen, aber Blair … Find dich damit ab, dass es Arschlöcher auf dieser Welt gibt.«

»Ich weiß, es ist nur …« Ich hielt das zurück, was ich sagen wollte und spielte stattdessen mit einem Stift, der auf meinem Schreibtisch gelegen hatte.

»Was? Dass er es herausbekommt? Kann ich mir nicht vorstellen, er hat nur Augen für sich selbst.«

»Aber was, wenn doch?« Ich senkte weiter die Stimme. »Wir leben jetzt quasi Tür an Tür.«

»Wird er nicht, glaub mir! Ich kenne solche Typen, in unserer Footballmannschaft gibt es davon genug! Und neunzig Prozent der Männer auf der gesamten

Erde sind so. Sie haben keinen Blick für andere und die meisten in diesem Alter kümmern sich sowieso nur um ihren Schwanz.«

Ich musste lachen. »Wenn du das sagst.«

»Ja, Babe, entspann dich. Lass dir nicht von ihm auf der Nase rumtanzen. Aber halt dich von ihm fern, dann kann uns nichts passieren.«

»Okay.« In dem Moment rief mein Dad aus dem unteren Stockwerk meinen und Ryans Namen. »Ich muss Schluss machen, Abendessen mit der *ganzen* Familie. Kann's kaum erwarten …«, sagte ich mit gespielter Begeisterung und vernahm Juliens raues Lachen.

»Soll ich später noch vorbeikommen?«

»Besser nicht, sind alle ziemlich angespannt hier. Wir sehen uns morgen in der Schule.«

»Okay, Babe, und du weißt: Kopf hoch, die Welt soll deine schönen Augen sehen … außerdem hast du sonst ein Doppelkinn.«

»Arsch.«

Julien gluckste. »Bis morgen!«

»Bye.«

Ich stellte das Handy auf die Ladestation, dann befolgte ich Juliens Rat und verließ mit erhobenem Kopf mein Zimmer.

Im gleichen Moment öffnete sich Ryans Tür und ich zog überrascht eine Augenbraue in die Höhe. Ich hatte angenommen, er würde sich den ganzen Abend in dem Zimmer verbarrikadieren.

»Was? Selbst ich muss etwas essen«, sagte er, schubste mich unsanft zur Seite und lief vor mir die Treppe nach unten. Früher hatte ich mir immer einen großen Bruder gewünscht, damit ich in manchen Situationen nicht allein gewesen war, aber nun würde ich lieber eine Katze in unser Haus lassen. Und ich hatte eine hochgradige Katzenallergie, die mich zum Glöckner von Notre Dame mutieren ließ, sobald eine meinen Weg nur kreuzte.

»Pass auf, dass ich dir dein Essen nicht eines Tages vergifte«, murmelte ich, während ich hinter ihm herlief. Er lachte. Ryan war eindeutig ein Idiot, doch ich konnte nicht abstreiten, dass es fast so etwas wie Spaß machte, sich mit ihm anzulegen. Normalerweise war ich eher ein friedliebender Mensch, der es allen recht machen wollte, aber Ryans zweideutiges Grinsen hatte etwas an sich, dass ich es ihm aus dem Gesicht wischen wollte. Und zwar auf die harte Tour.

Wir betraten hintereinander das Esszimmer, das an die Küche grenzte. Ryan setzte sich an den Tisch, obwohl noch nicht mal Teller darauf standen. Ich ignorierte sein Verhalten, ging in die Küche und staunte, als Heather Unmengen an unterschiedlichem Essen auftürmte: Chinesische Eiernudeln, vegetarische Pizza, Burger, Nudeln in

Tomatensoße und Dinge, von denen ich nicht mal wusste, was sie waren. Aber es roch köstlich.

Trotzdem war hier irgendetwas faul. Heather konnte nicht kochen und ich musste ihr sonst immer helfen, damit es wenigstens etwas annähernd Essbares gab. Außerdem hätte sie für diese Auswahl stundenlang vorm Herd stehen müssen. Mein Blick fiel auf die Kartons, die sich in einer Ecke stapelten und auf denen sich die Logos mehrerer Lieferdienste in unserer Nähe befanden.

»Was hast du vor? Uns mästen? Oder kriegen wir noch Besuch?«, fragte ich und stellte mich neben sie. Mit zittrigen Fingern schichtete sie Tomaten Mozzarella auf einem Teller an. Das war das Einzige, das sie einigermaßen ohne Hilfe beherrschte.

»Ich weiß doch gar nicht, was Ryan gerne isst«, erwiderte sie hastig und warf mir einen nervösen Blick zu. Bisher hatte ich sie nur selbstsicher, vielleicht sogar ein bisschen zu streng erlebt, aber das hier war eine völlig neue Seite an ihr. Und sie gefiel mir überhaupt nicht.

»Er ist ein Collegestudent Anfang zwanzig, er wird wahrscheinlich alles essen, einschließlich vertrockneter Pizza von vor zwei Tagen«, sagte ich und nahm ausreichend Geschirr aus dem Wandschrank und Besteck aus einer Schublade.

»Glaubst du? Und was, wenn er eine Allergie hat?«

»Mach dir nicht so viele Gedanken, das tut er genauso wenig«, sagte ich und blieb an der Tür zum Esszimmer stehen. Mir war bewusst, dass er mich hörte, aber sollte er doch.

Heather nickte nur hastig und wandte sich wieder dem Herrichten der Lebensmittel zu, die ausreichten, um unsere gesamte High-School sattzukriegen.

Mein Dad betrat im selben Moment wie ich das Esszimmer. Ryan saß in der gleichen Position wie gerade am Tisch und tippte auf seinem Handy herum. Dad lief wortlos an mir vorbei und verschwand mit einem vielsagenden Blick in der Küche.

Mit deutlich zu viel Schwung stellte ich den Tellerstapel auf den Tisch vor Ryans Nase. Er sah nur langsam mit einer hochgezogenen Augenbraue auf.

»Du bist hier kein Gast, sondern wohnst jetzt hier, also benimm dich so.«

»Wer bist du? Meine Mum? Ach nee …« Langsam stellte er sich auf und überragte mich um mindestens einen Kopf, wenn nicht sogar um mehr. Er senkte die Stimme und leckte sich über die Unterlippe. »Meine kleine Schwester.«

Mein Herz raste in seiner Nähe, doch nur wegen der Wut, die heiß durch meine Venen rauschte. »Ich bin kein Mensch, der Gewalt gegenüber anderen toleriert, aber du hättest echt mal eine Tracht Prügel verdient.«

»Oh, willst du mir die geben? Dann bin ich gerne dabei.« Er rutschte noch ein Stückchen näher an mich. Zu nah. Aber ich würde den Teufel tun und ihm ausweichen. Ich sah zu ihm auf, den Kopf in den Nacken gelegt, und allein diese Geste passte mir ganz und gar nicht. »Oder sollen wir das Spiel lieber andersherum spielen?«, fragte er leise und ich spürte meinen Puls wild bis in meinen Hals pochen. Niemals würde ich jetzt nachgeben, aber irgendetwas sagte mir, dass er es genauso wenig tun würde.
Als ich die Schritte meines Dads vernahm und er kurz darauf im Türrahmen erschien, deutete ich seinen Blick richtig. Er hatte für Ryans Spiel definitiv nichts übrig und ich wusste, dass mein Vater noch eine andere Seite hatte. Eine, bei der er für seine Familie durchs Feuer gehen würde und da ich keinen Streit an diesem ohnehin verrückten Abend provozieren wollte, senkte ich schnaubend den Blick, nahm einige Teller und wandte mich von Ryan ab, während mein Dad eine Suppenschüssel auf die Tischmitte stellte.
Der Moment würde kommen, an dem er explodierte. Allein, weil Ryan förmlich darum bettelte.. Doch mich beschlich das Gefühl, dass es bis dahin noch ein langer, zäher Weg war.

Dad wandte sich schließlich von uns ab und verschwand wieder in der Küche. Ich ignorierte Ryan und deckte weiter den Tisch. Nach und nach füllte er sich auch mit Lebensmitteln und ich konnte immer noch nicht fassen, was für eine Mühe sich Heather gegeben hatte, nur um es einem Typen recht zu machen, der es überhaupt nicht zu schätzen wusste.

»Ich hoffe, es schmeckt allen«, sagte Heather, kurz bevor wir zu essen begannen.

»Ganz bestimmt, Darling«, sagte mein Vater und lächelte sie liebevoll an. Ryan verdrehte die Augen und ich wandte mich von ihm ab. Ich hatte mir zwei Stücke der vegetarischen Pizza genommen und schob eines davon in meinen Mund. Bei jedem Bissen spürte ich Ryans Blick auf mir, der mich beim Essen beobachtete und dabei sein Steak aß wie ein Neandertaler. Ekelhaft.

»Isst du kein Fleisch?«, fragte er irgendwann, während er auf meinen Teller stierte.

»Blair ist Vegetarierin«, beantwortete seine Mum meine Frage, als wäre das eine Auszeichnung. Ryan schenkte mir einen ungläubigen Blick und schob sich ein weiteres Stück seines Steaks in den Mund. Er kaute schmatzend darauf herum. Dieser Typ war von den Zehen bis zu seinen Haarspitzen die pure Provokation.

»Das ist doch nicht gesund«, sagte er mit vollem Mund. »Der Körper braucht Fleisch, vor allem deine Muskeln.«

»Und das ist ein Vorurteil«, erwiderte ich. »Wenn du dich ausgewogen ernährst, fehlt es dem Körper an nichts. Auch nicht an Proteinen.« Ich biss noch ein Stück von meiner Pizza ab und kaute bedächtig, ohne den Blick von Ryan zu nehmen. Ich wartete nur auf den nächsten großen Gegenschlag. Fast hörte ich das Ticken der Zeitbombe im Hintergrund.

»Du hast also durch Grünzeug genug Energie? Für alles?« Er zog zweideutig die Augenbrauen nach oben. Da war er. Der Moment.

Die Anspannung hing förmlich in der Luft. Ich sah im Augenwinkel, wie Dad ihn fixierte und selbst Ryan bemerkte seinen eindringlichen Blick.

»Ich glaube, die Show ist jetzt vorbei«, sagte Dad streng. Auch wenn mein Vater sonst ganz und gar sanft und freundlich war, wenn es um seine Prinzipien oder seine Familie ging, konnte er ein Löwe sein.

»Ich finde, sie fängt gerade erst an«, erwiderte Ryan frech. Er benahm sich wie ein Zwölfjähriger und nicht wie ein eigentlich erwachsener Mann.

Mein Dad legte langsam das Besteck neben seinen Teller und lehnte sich mit den Unterarmen auf dem Tisch daneben ab. Heather atmete zitternd aus. »Dass dir eines klar ist, Junge, du lebst jetzt in unserem Haus und hast dich entsprechend zu verhalten. Schon am ersten Tag bringst du unsere gesamte Familie durcheinander und das werde ich ab einem gewissen Grad nicht tolerieren.« Ich sah, wie Ryans Gesichtsausdruck immer härter wurde und er die

Fäuste ballte. Er sollte mir in diesem Moment nicht leidtun, weil er die Ansage verdient hatte, aber irgendwie tat er es doch, denn Dads Aussagen waren mehr als deutlich. Ryan gehörte nicht dazu. Das musste ein schlimmes Gefühl sein, selbst für einen Typen wie Ryan, der förmlich mit allen Mitteln um Aufmerksamkeit kämpfte.

»Oh, Verzeihung, wenn ich *eure* Familie durcheinanderbringe«, erwiderte er, schmiss die Gabel auf den Teller und stand auf. »Ich werde euch, sobald es geht, nicht mehr belästigen! Glaubt mir, ich wäre lieber an einem anderen Ort!«

Damit stürmte er aus dem Raum und das Essen und der Abend waren mal wieder ruiniert.

Heather senkte das Gesicht in ihre Hände und schluchzte. »Er hasst mich so sehr.«

Mein Dad stand auf, trat an ihre Seite und strich ihr über den Rücken. »Das tut er nicht, er ist verletzt und benimmt sich wie ein Arsch. Er muss nur lernen, dass es andere Wege gibt, mit eurer Vergangenheit fertigzuwerden.«

Auch wenn ich neugierig war und am liebsten nachgefragt hätte, ich tat es nicht. Stattdessen ließ ich die beiden allein und fing an, das dreckige Geschirr in der Küche in die Spülmaschine zu räumen. Irgendetwas musste es geben, dass die Situation entspannte. Doch nur was?

Kapitel 4

Ryan

»Scheiße, Dad, bitte«, flehte ich und spähte in die Dunkelheit aus dem Fenster meines neuen Zimmers. Ich hasste diesen Raum. Den Schrank konnte ich nicht benutzen, weil darin Stoffe und Fetzen lagen. In einer Ecke stand eine alte Nähmaschine, auf dem Schreibtisch stapelten sich haufenweise Schnittmuster für irgendwelche Klamotten. Egal, wozu dieser Raum gutgewesen war, ich konnte mich hier aufgrund des ganzen Zeugs, das nicht mir gehörte, sowieso nicht wohlfühlen. Diese Familie war schlimmer, als ich es mir ausgemalt hatte und sie dachten wirklich, sie wären auch noch die neue *Brady Family*.

Mumm hatte keiner von ihnen und zu allem Übel taten sie auch noch so, als sei schon immer alles rosarot und wunderbar gewesen. Aber scheiße nein, diese Menschen, die sich Eltern nannten und nun heile Welt spielten, hatten völlig versagt und wir Kinder mussten nun so tun, als sei das okay? *Die Zeit heilt alle Wunden* war ein Spruch, den sich ein verschissener Lügner überlegt hatte!

»Hör auf zu fluchen«, erwiderte mein Dad, als hätte er meine Gedanken gehört, und kurzes Rauschen unterbrach unser Gespräch. Es hatte drei Stunden gedauert, bis ich ihn endlich in Sri Lanka erreicht hatte. »Und vergiss es, Ryan. Du fackelst zuerst dein Wohnheim ab und willst dann allein in meiner Wohnung wohnen, wenn ich fast fünfzehntausend Kilometer weg bin. Ich sag es nochmal: Nein!«

Nach dem Vorfall im Studentenheim hatte er mir, ohne zu zögern, das Geld für mein Studium gestrichen, weil er genau wie Mads Dad annahm, dass wir so gezwungen waren, erwachsen zu werden. Dabei steckten wir nun weitaus tiefer in einer Spirale, aus der wir nicht mehr hinauskamen.

»Es war ein Versehen, wie oft muss ich das noch sagen?«, redete ich mich raus, doch kannte die Antwort meines Dads ohnehin. Mit meinem Vater verstand ich mich zwar besser als mit meiner Mum, aber trotzdem befanden wir uns Meilen weit weg von einer innigen Beziehung. Er war als Dokumentarfilmer schon immer auf allen Teilen der Erde gewesen, wochen- und manchmal sogar monatelang. Im Grunde kannte ich auch von ihm nicht mehr als die paar persönlichen Eckdaten, die man selbst über Facebook schnellherausfinden könnte. Ich war froh, wenn er einmal im Jahr an mich dachte, und zwar an meinem Geburtstag. Wenigstens ging er mir bis zu diesem Moment noch nie auf den Sack. Anders als meine Mum.

Ab meinem dreizehnten Lebensjahr hatte ich in einem Internat gelebt und konnte mein eigenes Ding durchziehen. Ich war es nicht mehr gewohnt, mit meiner Mum zusammenzuleben, die mir nun auch noch Vorschriften machte und sich dabei nie wie eine Mutter verhielt. Das war lächerlich.

»Ja, und dann sprengst du aus Versehen meine Wohnung in die Luft? Wenn du kein Geld hast, um in ein Hotel zu ziehen oder dir eine kurzfristige Bleibe zu leisten, wohnst du bei deiner Mum. Punkt.«

»Wie soll ich das denn, wenn ich das gesamte Geld an das College als Entschädigung abdrücken muss?«

»Das ist nicht mein Problem. Ryan, du …« Er seufzte. Ich ließ den Kopf sinken und wusste, es gab keine Chance, hier rauszukommen. Die einzige Alternative wäre, auf der Straße zu leben, und tatsächlich zog ich diese kurz in Betracht. »Ich muss los, wir brauchen den Sonnenaufgang für die perfekten Aufnahmen. Ich ruf dich an, wenn ich wieder zu Hause bin.«

»Bye«, erwiderte ich nur, aber da hatte er bereits aufgelegt. Nicht nur meine Mum hatte mir ständig das Gefühl gegeben, dass ich alles andere als ein Wunschkind war, auch mein Dad bestand schon immer auf seine Freiheiten und seine Karriere. Als gäbe es hundert wichtigere Dinge als sein eigenes Kind.

Ich legte mein Handy auf den Nachttisch und ging hinüber zum Badezimmer. Auch hier bestand der gesamte Raum aus Dingen, die definitiv nicht mir gehörten und mal wieder wurde mir bewusst, dass ich generell keinen Ort hatte, an dem ich mich zu Hause fühlte. Keine Möglichkeit, meine Sachen unterzubekommen, die nach dem Brand sowieso nur noch spärlich waren. Im Grunde bestand mein Leben nur aus dem Inhalt meines Seesacks und meinen zerplatzten Träumen.

Vielleicht sollte ich Poet werden und als Vagabund durch das Land ziehen, haufenweise Frauen in unterschiedlichen Orten knallen und einfach meinen Spaß haben, bis ich so alt war, dass ich aufgrund meines exzessiven Lebens an Herzversagen starb. Eigentlich eine extrem geile Vorstellung.

Doch bevor ich den Mut dazu fand, das zu tun, wollte ich mir wenigstens die Zähne putzen. Ich schmiss meinen Kulturbeutel, neben eines der zwei Waschbecken und schaute in den Spiegel. Ich war am Arsch. Irgendwie war mir klar, dass ich selbst mit einem Kredit oder weiteren zwölf Stunden Schichten im Plattenladen von Mads Dad das Geld, das ich der *Savannah State* schuldete, nicht mal in den nächsten zehn Jahren zusammenbekam. Ich konnte mich jetzt schon von meinem Studium verabschieden. Sowas von.

Ich drückte Zahncreme auf meine Zahnbürste und steckte mir diese in den Mund.

Die Tür ging auf und Blair kam herein. Sie trug ein winziges, schwarzes Höschen und ein enges Trägertop, unter dem ihre Brüste deutlich zu erkennen waren und ihr flacher Bauch ein Stück herausblitzte. Auf ihren Schultern lagen ihre dunkelblonden, welligen Haare und gaben dem kompletten Outfit einen sinnlichen Look. Ich hatte mich getäuscht. Ohne die spießigen Klamotten war sie ziemlich heiß und vor allem recht durchtrainiert.

Sie sah überrascht auf und als sie mich bemerkte, wanderten ihre Augen über meinen nackten Oberkörper. Ich trug nur eine Jogginghose und trotz der Zahnbürste in meinem Mund musste ich grinsen, auch wenn ich dabei wahrscheinlich ziemlich dämlich aussah.

Ich mochte es, sie herauszufordern. Nein, ich mochte es nicht nur … Es machte mir verdammt so viel Spaß wie schon lange nichts mehr. Die meisten Mädchen hatten entweder keinen Sinn für Humor oder ich ließ ihnen überhaupt nicht die Chance, mir diesen zu zeigen, weil sie so schnell aus meinem Leben verschwanden, wie sie aufgetaucht waren. Aber Blairs Ironie und Biss gefielen mir. Und wir steckten nun sowieso beide in dieser konfusen Situation, also wieso nicht dabei ein wenig Spaß haben?

Langsam zog ich mir die Zahnbürste aus dem Mund. »Soll ich mich für dich nochmal ein bisschen drehen, damit du auch meine Rückenmuskeln bewundern kannst? Wäre kein Problem, ich bin da sehr flexibel.«

Sie sah ertappt auf, schüttelte den Kopf und zögerte. Wahrscheinlich überlegte sie, ob sie abhauen oder bleiben sollte. Statt zu flüchten, wandte sie sich ab, stellte sich vor das andere Waschbecken und griff nach einer pinken Zahnbürste. »Ich war nur überrascht, weil ich mich erst daran gewöhnen muss, mein Badezimmer mit einem selbstverliebten Idioten zu teilen.«

»Du meinst, mit einem selbstverliebten, *durchtrainierten* Idioten. Danke, ich habe deine anerkennenden Blicke gesehen.« Ich schaffte es kaum, meine Zähne zu putzen, so sehr musste ich grinsen. Blair verzog jedoch keine Miene und während sie die Zahnpaste auf ihrer Bürste verteilte, schenkte ich ihrem ausgesprochen hübschen Arsch einen kleinen Extrablick.

»Ich bin seit der ersten Klasse der High-School mit einem Footballspieler zusammen«, sagte sie, als sie meinen Blick bemerkte. »Was denkst du, fehlt mir bei diesem, was du angeblich bieten kannst?«

»Das lässt sich herausfinden, ich wäre bereit für eine Herausforderung. Nächtelang wenn es sein muss …« Sie schnaubte und mir gefiel, dass sie keine Antwort mehr wusste. Großer Gott, Blair lenkte mich gerade so sehr von all den anderen beschissenen Gefühlen ab, dass ich jetzt schon nicht mehr wollte, dass sie diesen Raum verließ. Mir würden einige Dinge einfallen, um sie am Gehen zu hindern, aber sehr wahrscheinlich würde ich mir dann mindestens eine gebrochene Nase einhandeln. Wäre es das wert? Definitiv!

Wir putzten einen Moment nebeneinanderstehend die Zähne, ohne etwas zu sagen, und ich genoss den Augenblick sogar. Weil er sich so normal anfühlte, als würden wir das jeden Abend tun.

Ich spülte mir den Mund aus und ertappte Blair erneut, wie sie mir einen Blick zuwarf. Die Kleine konnte sich ja gar nicht sattsehen.

»Was ist mit der Nähmaschine und dem ganzen Zeug in meinem Zimmer?«, neckte ich sie. »Brauchst du den Krempel noch, oder kann ich ihn entsorgen, damit ich auch ein bisschen Platz habe?«

»Du meinst *mein* Zimmer? Früher, und hoffentlich nicht später, gehört es wieder mir, also lässt du schön deine Finger von meinen Sachen.«

»Du bist ziemlich herrisch. Na gut, *dein* Zimmer! Und wieso reagierst du so gereizt wegen des bisschen Trödels?«

Blair stellte die Zahnbürste zurück und griff nach einer Haarbürste. Sie ließ sich Zeit mit ihrer Antwort und fixierte ihr Spiegelbild.

»Wieso willst du das wissen, suchst du Dinge, die du gegen mich verwenden kannst?«

Ich lehnte mich mit verschränkten Armen an den Waschtisch und sah sie ungeniert und offen an. Hatte ich da einen wunden Punkt getroffen?

»Ich bin ein Arsch, stimmt, aber diesmal interessiert es mich wirklich.«

Ihre Brust hob sich unter dem dünnen Top, weil sie einen schweren Atemzug nahm. Dann ließ sie die Bürste sinken und erwiderte meinen Blick. Ihre Augen waren eine interessante Mischung. Außen grün und zur Mitte hin wurden sie braun. Ich verlor mich einen Moment in dem Anblick.

»Die Nähmaschine gehörte meiner Mum, sie hat mir gezeigt, wie sie funktioniert und das Nähen ist zu meinem Hobby geworden. Das ist alles. Also nochmal: Lass deine Finger davon!«

Anscheinend hatte ich tatsächlich ein Thema angesprochen, das wehtat. »Wenn etwas mit deiner Mum sein sollte, dann tut mir das leid …«

»Sie ist gestorben«, antwortete sie hastig, als würde sich der Schmerz leichter anfühlen, wenn sie die Worte schnell aussprach. Wie ein Pflaster abreißen. »Aber ich war noch ganz klein und … na ja, egal, es interessiert dich wahrscheinlich sowieso nicht und eigentlich geht es dich auch nichts an.«

Sie legte die Bürste ab, zögerte, als wollte sie noch etwas sagen, und drehte sich dann um. »Gute Nacht, Ryan«, waren ihre letzten Worte, als sie den Raum verließ. Ich stand tatsächlich wie ein Idiot noch einige

Sekunden vor dem Waschbecken, ohne mich zu rühren. Ich war kurz davor, zu ihr zu gehen und sie in den Arm zu nehmen, ihr Trost zu spenden, weil ich mir vorstellen konnte, dass es etwas war, das ihr in diesem Moment guttat. Und weil ich den Schmerz, der in ihren Augen aufgeblitzt war, oft genug im Spiegelbild sah.

Andererseits war ich nur irgendein Typ, der durch komische Umstände in ihr Leben geraten war. Wir waren keine Freunde und in Wirklichkeit auch keine Geschwister. Wir waren gar nichts und ich hatte nicht das Recht, sie zu trösten.

Vor allem, wenn sie das nicht wollte. Sie konnte jederzeit ihren Footballer anrufen und ihm ihr Herz ausschütten, so wie es sich gehörte.

Also tat ich das einzig Richtige in dieser Situation: es verdrängen und zurück in meine provisorische Unterkunft zu gehen, bis ich vielleicht doch irgendwann mal ein eigenes Leben fand.

Kapitel 5

Blair

»Also geht das klar?« Katy senkte die Stimme, als würden wir hier einen Drogendeal abschließen. Währenddessen sah sie sich die ganze Zeit um, als käme jeden Moment irgendjemand in die alten Biologieräume im Keller eines Nebengebäudes unserer Schule. Es war der ideale Platz, um frei zu sprechen, weil diese Zimmer seit zwei Jahren nach Fertigstellung der neuen Räumlichkeiten nicht mehr genutzt wurden.
»Selbstverständlich. Wir haben einen Deal. Ich helfe dir, Sarahs Stelle als Captain der Cheerleader zu bekommen und du gehst dafür mit Brooklyn an zwei Samstagabenden in diesem Monat aus.« Sie holte Luft, als wolle sie sich das alles nochmal überlegen. Wie bei jedem meiner Geschäftsabschlüsse kam ich ihr zuvor: »Zu einem öffentlichen Ort in der Nähe des Piers.«
»Aber Jackson wird dort sein! Er ist Samstagabend mit seinen Freunden immer da!« Sie zog den Gurt ihrer teuren Michael Kors Tasche höher auf ihre Schultern. »Brittany Sanders hat erzählt, sie hätte gehört, dass Jackson mich auf die Halloweenparty einladen will. Was, wenn er mich vorher mit einem

Loser wie Brooklyn sieht? Jackson wird mich genauso nerdig finden und nie wieder ansehen!«

Ich setzte mich auf die Kante eines alten Lehrerpultes und ließ die Füße baumeln, während ich sie einen Moment betrachtete. Die braunen, glänzenden Haare, das perfekte Make-up und die teuren Klamotten. Alles nur Dinge, die sie trotzdem nicht glücklich machten. In Wirklichkeit war es egal, wie wir aussahen oder woher wir kamen, wir wollten alle nur eines: Erfolg und Anerkennung. In der Liebe, der Schule, auf der Arbeit oder beim Sport. Und ich war da, um dieses Bedürfnis zu erfüllen.

Anfänglich waren es nur Gefälligkeiten an meine Mitschüler gewesen, bis sich daraus etwas wirklich Großes entwickelt hatte. Und auch wenn ich zuerst nur mein Studiengeld damit zusammenbekommen wollte, um meinen Dad zu entlasten, musste ich zugeben, dass es mittlerweile viele Vorteile hatte. Den Posten als Schülersprecherin zum Beispiel. Na gut, für mich war der Part der Anerkennung wohl genauso wichtig wie für alle anderen Menschen auf diesem Planeten.

»Jackson wird es egal sein, wenn du erstmal an der Spitze des Cheerleading-Teams stehst! Datet er nicht gerade ohnehin Sarah? Die muss er sowieso zuerst abservieren. Außerdem denk mal an die Möglichkeiten, was das für einen Eintritt in die

Colleges bedeutet. Die sehen eine Führungspersönlichkeit gerne als neue Studentin.«

Katy kaute auf ihrer pinkgeschminkten Lippe herum, dann streckte sie die Hand in meine Richtung aus. »Okay, Deal.«

»Freut mich sehr«, erwiderte ich und ergriff ihre Finger. »Du hast meine Zahlungsbedingungen erhalten, dazu muss ich wohl nichts sagen.«

»Nein, nein, du bekommst das Geld.«

»Dann wünsche ich dir noch einen schönen Tag.« Ich ließ sie los und nickte in Richtung Tür. Sie verstand die wortlose Geste, bedankte sich ein weiteres Mal und lief schnell nach draußen.

Manchmal kam ich mir vor, als wäre das alles nicht richtig. Dabei zerstörte ich keine Leben und achtete darauf, jeden meiner Kunden offen zu beraten. In diesem Fall wusste Brooklyn, dass Katy kein Interesse an ihm hatte, sondern an einem der Footballer. Aber es war ihm egal, weil er Katy ebenfalls nur nutzte, um die Aufmerksamkeit eines anderen Mädchens zu bekommen. Und Sarah, die ihren Posten in der Cheerleadingmannschaft verlor, war eine fiese Bitch und musste wissen, dass das Karma für sie irgendwann zuschlug – und zwar nicht positiv.

Mein Handy gab ein Piepsen von sich und ich zog es aus meiner Tasche. In diesem Moment erschien der vereinbarte Betrag neben Katys Namen auf meiner Banking-App und ich lächelte zufrieden. Bingo.

Gott, wenn mein Dad oder Heather wussten, was für einen Einfluss ich auf dieser Schule in Wirklichkeit hatte, würden sie mich entweder für meinen Geschäftssinn bewundern oder wegen meiner Dreistigkeit enterben. Dabei hatte alles ganz harmlos vor drei Jahren angefangen. Mit einem winzigen Gefallen an meinen besten Freund.

Die Tür ging mit einem Mal auf und ich stützte mich auf meine Hände zurück, als ich sah, wer eintrat.

»Herzlichen Glückwunsch, ich habe gerade gesehen, wie Katy mit Brooklyn spricht.« Julien kam zu mir, drückte mir einen Kuss auf die Wange und setzte sich gegenüber auf den Stuhl. Unter seinem riesigen Körper sah dieser winzig aus. Die Welt war nicht für Kerle wie Julien gemacht. Und das meinte ich nicht nur im körperlichen Sinn.

»Danke, hätte mich auch gewundert, wenn sie nicht drauf eingegangen wäre, ich habe ihr schließlich einen Sonderpreis gemacht.«

»Wie war dein Wochenende noch?« Julien grinste breit und ich verdrehte die Augen.

»Ätzend. Nicht nur, dass Heather sich die ganze Zeit mit Ryan gestritten hat, dieser Typ benimmt sich zusätzlich, als würde ihm das gesamte Haus gehören.«

»Ist das alles? Du weißt doch, wie du mit solchen Kerlen umgehen musst. Da ist noch mehr.«

»Er steckt seine verdammte Nase in meine Sachen, das passt mir einfach nicht.«

»Soll ich mit ihm sprechen?«

»Nein«, erwiderte ich und rutschte von dem Pult. »Ich kriege das schon hin. Außerdem könntest du nicht mal streng sein, wenn du es wolltest. Deine Mannschaft wird dir auf der Nase herumtanzen, wenn du irgendwann mal den Trainerposten kriegen solltest.«

Julien erhob sich ebenfalls. Ich legte den Kopf in den Nacken und sah an ihm herauf. »Ach ja?«, fragte er und zog gespielt böse die Brauen zusammen.

Ich stieß ein Lachen aus und sah, wie seine Mundwinkel ebenfalls zuckten. »Siehst du!«, sagte ich und deutete mit dem Zeigefinger auf sein Gesicht. »Daran musst du definitiv noch arbeiten.«

»Na gut, und vielleicht sollte ich dich mitnehmen, wenn ich irgendwann meinen ersten Einsatz als Trainer nach dem College habe.« Julien schlang seinen Arm um meine Schultern. Wir verließen den Raum und stiegen die Treppenstufen nach oben in das Erdgeschoss. »Du würdest sie alle kalt machen, wenn sie sich dir widersetzen.« Er gluckste.

»Das würde ich nicht«, erwiderte ich ein wenig beschämt.

»Oh Babe, glaub mir, ich kenne dich besser als du dich selbst und weiß, wie gut du Zähne zeigen kannst.«
Wir schlenderten durch eine Tür auf den Hauptflur und in Richtung des nächsten Klassenraumes. Auf dem Weg dorthin grüßten uns ständig irgendwelche Leute. Entweder, weil sie Julien aufgrund des Sports kannten oder bereits meine Hilfe in Anspruch genommen hatten. Wir als Paar waren wirklich die perfekte Mischung und meinetwegen könnte es noch Jahre so weitergehen. Ich war mir sicher, wenn wir nach unserem Abschluss am Ende dieses Schuljahres gemeinsam auf die *Stanford* wechselten, standen uns alle Türen offen.

»Was ist eigentlich mit der Party am Samstag? Bist du noch dabei, oder hast du Angst, dass dein Bruder was herauskriegt?«

»Er ist nicht mein Bruder … Und klar, bin ich dabei. Auch wenn Heather am Samstag irgendetwas geplant hat. Damit wir uns alle als Familie näherkommen. Irgendwie tun sie mir beide leid.«

»Du kannst nichts dafür, was zwischen ihr und Ryan in der Vergangenheit gelaufen ist.«

»Ich weiß«, erwiderte ich und seufzte.

»Du musst wirklich in Bezug auf diesen Idioten an deinem Helfersyndrom arbeiten. Ryan würde dich wahrscheinlich ohne zu zögern eine Klippe herunterschubsen, wenn er müsste, außerdem mögt ihr euch noch nicht mal. Wieso also willst du ihm helfen?«

»Keine Ahnung.«

Wir blieben vor dem Klassenraum stehen und Julien beugte sich ein Stück zu mir. Er roch nach den zuckrigen Energydrinks, die er haufenweise in sich hineinschüttete. »Dann hör auf, dich einzumischen. Kümmer dich um dein Geschäft, deinen Abschluss und die hundert anderen Aktivitäten, für die du verantwortlich bist und ignorier den Typen. Er ist sowieso in ein paar Monaten wieder weg und dann musst du ihn nicht mehr so oft ertragen.«

Wir traten einen Schritt zur Seite, als Mitschüler ebenfalls in den Raum wollten. Julien drückte mir einen Kuss auf die Stirn und schob mich durch die offene Tür. Er kannte mich wirklich besser, als jeder andere Mensch auf dem Planeten und trotzdem schaffte ich es nicht immer, auf seine Worte zu hören. Mochten sie auch noch so logisch und richtig sein.

Kapitel 6

Ryan

Der Ball gab ein dumpfes Geräusch von sich, als er an der Dachschräge abprallte und ich ihn wieder auffing, während ich auf Mads schmalem Bett lag. Er keuchte in der gegenüberliegenden Ecke seines Dachgeschosszimmers, saß auf der Hantelbank und trainierte seinen Bizeps mit viel zu schweren Gewichten. Die schwarzen Haare klebten ihm in der Stirn und sein Gesicht sah aus, als hätte er gerade eine besonders harte Sitzung auf dem Klo. Rockmusik lief lärmend im Hintergrund. Ich kam mir vor wie mit dreizehn als mein bester Freund und ich uns ein Zimmer im Internat geteilt hatten. Verdammt, wir hatten damals wirklich nur Scheiße im Kopf gehabt und alle möglichen Dinge angestellt. Irgendwie vermisste ich die Zeit, aber wenn ich recht drüber nachdachte, war es auf dem College auch nicht gerade anders gewesen. Doch. Eines schon. Unser Verhalten hatte uns nun in diese verdammte Situation gebracht. Früher waren wir immer mit einem blauen Auge davongekommen, aber wir waren keine Teenager mehr und bekamen keinen Welpenschutz. Auch wenn es uns immer noch Spaß machte, uns wie aufsässige Teenies zu benehmen.

Obwohl die meisten der verrücktesten Ideen Mads wirrem Kopf entsprangen und mir dieser Umstand ebenfalls ständig Ärger einbrachte, war ich froh, meinen besten Freund zu haben. Nicht nur, weil ich nun wenigstens für ein paar Stunden aus der heilen Welt flüchten konnte, die meine Mum allen vorspielte.

»Bist du dir sicher, dass du nicht doch ein Plätzchen für mich hast?«, fragte ich. »Ich klau dir nachts auch nicht die Decke, ich verspreche es!« Mad schnaubte und ließ die Hantel hart auf den Boden fallen.

»Hast du dir mal mein Zimmer angeschaut? Bro, ich wohne wieder in meinem *Kinderzimmer*! Bei meiner Mum, die den ganzen Tag nichts macht, außer ihre Nase in meine Sachen reinzustecken, weil mein Dad ständig arbeitet und ihr langweilig ist, seitdem sie den Job in der Schneiderei verloren hat!«

»Da geht es dir wie mir …«, murmelte ich, nur dass ich seine Mum im Gegensatz zu meiner eigenen ausgesprochen in Ordnung fand. Sie war eine dieser Mütter, die ihren Kindern geschmierte Brote in Tierform und verdammtes Gemüse in die Schule mitgaben! Gemüse! Früher war ich froh gewesen, wenn meine Mum mir eine Packung Oreos in den Schulranzen gesteckt hatte, die nicht abgelaufen war.

»Maddox Samuel Blacksmith! Wenn du noch einmal deine Gewichte auf den Boden fallen lässt, komme ich und

nehme sie dir weg! Und mach die Musik aus!«, dröhnte plötzlich die Stimme seiner Mum von unten zu uns hoch. Ich musste so sehr lachen, dass ich Tränen auf den Wangen hatte und kaum noch sah, wie Mad aufstand und die Anlage ausmachte.

»Siehst du.« Er verdrehte die Augen, wischte sich mit dem Saum seines Shirts den Schweiß von der Stirn, öffnete das Fenster und setzte sich auf den Boden vor dem Bett. Aus der Schublade des Schreibtisches neben ihm zog er eine Zigarettenschachtel und ein Feuerzeug. »Wenn sie jetzt noch wüsste, dass ich hier rauche, würde sie mich ohne Betäubung kastrieren und das wäre wirklich beschissen.«

Ich setzte mich auf und nahm ihm die brennende Kippe aus dem Mundwinkel. Der Rauch füllte kratzend meine Lungen, als ich tief inhalierte, einen Moment die Luft anhielt, bis ich ihn mit einem langen Stoß wieder ausblies. »Dann tu es nicht, geh doch einfach raus wie dein Dad.«

Mad drehte sich um und zog eine Augenbraue hoch. »Was ist los mit dir, färbt dein kleines, braves Stiefschwesterchen schon auf dich ab? Übrigens, ich warte auf den Tag, an dem du sie mir vorstellst. Sie ist bestimmt super heiß!« Er grinste anzüglich. Ich gab ihm seine Zigarette zurück und ließ mich wieder auf sein Bett fallen.

»Halt die Klappe, pass du lieber auf, dass deine Mum nichts von den Mädchen erfährt, die du nachts heimlich hierher schmuggelst.«

»Sie nimmt Schlaftabletten, neben ihr könnte eine Bombe hochgehen und sie würde nichts mitbekommen«, erwiderte er und zuckte mit den Schultern. »Ich muss nur sehen, dass ich die Ladys wieder loswerde, bevor mein Dad mitten in der Nacht heimkommt. Aber, du lenkst ab! Was ist jetzt mit *Lil Sis*?«

»Sie würde dich nicht mal mit der Kneifzange anfassen«, erwiderte ich und begann zu grinsen. »Eigentlich müsste ich sie nur aus diesem Grund gut finden.«

»Was du nicht tust?«

»Ich hab mit ihr nichts am Hut, sie ist das typische Good Girl. Langweilige Klamotten, sagt Bitte und Danke, bringt nur die allerbesten Noten nach Hause und ist Daddys ganzer Stolz.«

»Hört sich ganz danach an, als steckt hinter dieser prüden Schale ein ziemlich dreckiger Kern.«

»Ich glaube nicht«, sagte ich und warf den Ball wieder gegen die Wand. »Da gibt es keine zweite Seite. Wahrscheinlich lässt sie noch nicht mal ihren Footballspieler ran. Der arme Kerl tut mir jetzt schon leid.«

»Maddox! Hör mit dem Lärm auf!«, schrie Mads Mutter erneut und ich hielt den Ball an meine Brust gedrückt.

»Okay, ich dachte, bei mir geht es nervig zu.« Mit Schwung stand ich auf und warf den Ball zu Mad, den er fing. »Vielleicht hau ich doch besser ab, nicht dass du wegen mir noch Schwierigkeiten bekommst.«

Mad zeigte mir auf mein Grinsen den Mittelfinger. Die Kippe steckte in seinem Mundwinkel und wie er da vor mir saß, wirkte er gar nicht so, wie sonst. Niemand, der ihn hier sah, würde vermuten, dass Mad illegale Fights an unserem College organisierte, um sein Konto aufzubessern. Und weil er Spaß hatte, irgendwelchen Kerlen die große Fresse zu polieren, worin er verdammt gut war.

»Vielleicht komme ich mit und schlafe heute bei dir. Ich kann mir nicht vorstellen, dass Lil Sis nein sagen würde, wenn ich sie nach einem Schlafplatz frage.«

»Kannst es gerne versuchen und dir die Zähne ausbeißen. Aber nicht heute! Heute würde ich den Abend gerne mal stressfrei überstehen.«

»Was ist los mit dir, wirst du langsam alt?«

»Bye.« Ich hob die Hand und verließ Mads Zimmer, ohne auf seine Frage zu antworten. Vielleicht hatte er recht. Ich wurde nicht alt, aber das Leben, das wir bisher geführt hatten, war nicht mehr genau das, was ich mir mittlerweile vorstellte. Ich hatte die Schnauze voll von dem ganzen Stress. Das hieß nicht, dass wir verdammt geniale Aktionen miteinander erlebt hatten, sondern eher, dass ich nicht wusste, ob mit den Konsequenzen zu leben, nicht mit der Zeit deutlich anstrengender wurde. Spaß hin oder her.

***

Als ich vor dem Haus einparkte, blieb ich extra noch einen Moment im Auto sitzen. Ich sah, wie Licht aus dem Esszimmer und der Küche durch die Fenster nach draußen drang und den perfekt getrimmten Rasen beleuchtete. Wahrscheinlich saß die ach so heile Möchtegern-Familie beim Essen und ehrlicherweise hatte ich keine große Lust, da mitten hineinzuplatzen. Meine Hände hielten immer noch das Lenkrad meines alten Honda Civics umfasst und ich überlegte, ob ich nicht eine weitere Runde um den Block fahren sollte. Zumindest, bis sie fertig und in ihren Betten verschwunden waren, damit ich einer Konfrontation aus dem Weg gehen konnte. Aber Sprit war teuer und wenn ich eines genauso wenig hatte wie Lust auf dieses Theater, dann war es, Kohle zu verschwenden. Also blieb ich nur sitzen und starrte auf das kleine, weiße Häuschen mit der Außenveranda und dem gepflegten Vorgarten. Es

war eines dieser Häuser, in dem ich früher gerne gelebt hätte, weil ich mir vorgestellt hatte, dass Familien, die dort wohnten, immer glücklich waren. Was für ein verdammter Schwachsinn.
Um mir die Zeit zu vertreiben, nahm ich mein Handy, checkte Nachrichten auf Facebook und diverse Profile von Leuten aus dem College. Sogenannten Freunden, die alle abgehauen waren, als es wichtig gewesen wäre, sie an meiner Seite zu wissen. Wenn ich eines in meinem Leben gelernt hatte, dann, dass Menschen von Grund auf unehrlich und egoistisch waren. Ging es ihnen selbst an den Kragen, verrieten sie dich für zehn Dollar, ein Päckchen Zigaretten und manchmal sogar für weniger. Verließ man sich nicht auf andere, kam man vielleicht einigermaßen unbeschadet aus dem raus, was sich Leben nannte und hatte eventuell noch ein bisschen Spaß. Zumindest mit einem richtigen Freund wie Mad.
Ich wusste nicht, wie lange ich hier draußen saß, aber plötzlich zuckte ich zusammen, als jemand energisch gegen meine Fensterscheibe klopfte. Eine ältere Frau mit hochgesteckten, grauen Haaren schielte in das Innere meines Autos. Sie trug einen rosafarbenen Bademantel, den sie sich mit zwei Händen am Kragen zuhielt. Ich wägte ab, ob ich die Scheibe herunterlassen oder einfach losfahren sollte, und entschied mich dann doch für Variante eins. Was

sollte sie mir schon antun? Wobei ... Wenn man den Fällen diverser Crime Serien aus dem Fernsehen glaubte, sahen Serienkiller nie aus, wie man es vermutete.

»Guten Abend«, sagte ich freundlich lächelnd, als die Scheibe zur Hälfte heruntergefahren war. Ihre graubraunen buschigen Augenbrauen zogen sich zusammen und sie streckte den Kopf noch ein Stückchen weiter zu mir rein. Unter der blumigen Note ihres Parfüms kroch ein kleines bisschen Zigarrenqualm hervor.

»Was tun Sie hier?«, fragte sie unfreundlich mit kratziger Stimme. »Wollen Sie die Häuser ausspionieren und einbrechen?«

»Was? Nein!«

»Oder sind Sie von irgendeiner Bande, die Menschen überfällt, die nachts vor die Tür gehen?«

»Was zum ... Wie kommen Sie darauf? Und wieso gehen Sie dann raus, wenn Sie das vermuten?«

Sie stutzte und kurz flackerte Unsicherheit in ihrem harten Blick auf. »Weil ich von der Nachbarschaftswache bin!«, antwortete sie überzeugt und drückte ein Stück den Rücken durch, als wäre sie besonders stolz auf diesen Titel.

»Ich auch«, behauptete ich und wieder sah sie mich ungläubig an.

»Ich habe Sie noch nie auf irgendwelchen Treffen gesehen!«

»Weil ich undercover war. Sie verstehen?«

Ihr fieser Gesichtsausdruck wurde ein wenig weicher. »Tatsächlich?«

»Tatsächlich! Wenn ich Ihnen nicht aufgefallen bin, dann habe ich meinen Job anscheinend ziemlich gut gemacht. Ich bin erst vor einer Woche hergezogen und unter uns … sind die Moores, die hier wohnen, nicht äußerst verdächtig?«

Sie sah kurz zu dem Haus auf und erwiderte dann wieder meinen Blick. Ich musste aufpassen, nicht laut loszulachen. »Was meinen Sie?«

»Na, diese reine Weste. Beide Lehrer und ihre Tochter erst! Die haben doch sicherlich Dreck am Stecken!«

»Unter uns«, sagte die Frau und lehnte sich ein Stück zu mir runter. »Die kamen mir schon immer komisch vor.«

»Sehen Sie!«, bestätigte ich sie und presste meine Lippen aufeinander.

»Wissen Sie was? Der Sohn meines Cousins arbeitet bei der Polizei!« Sie zog ein Handy aus der Tasche ihres Morgenmantels und wählte eine Nummer. »Ich werde die mal überprüfen lassen!«

»Ach was! Das brauchen Sie nicht!«, sagte ich schnell. Wenn ich eines jetzt nicht gebrauchen konnte, dann die Bullen vor der Tür. »Deswegen sitze ich doch hier!«

Die Frau drückte ihr Telefon trotzdem ans Ohr. »Es

schadet nicht, einen Blick mehr zu riskieren!«

Fuck. Wie hielt ich sie jetzt davon ab, das durchzuziehen? Hilflos sah ich vom Haus zu der Frau zurück. Mein mieser Scherz war ganz schön nach hinten losgegangen.

Kapitel 7

Blair

Ryan war nicht zum Abendessen aufgetaucht, obwohl Heather ihn heute Morgen ausdrücklich eingeladen hatte. Doch eigentlich hatte mich das nicht gewundert. Er wollte sicherlich so wenig Zeit wie möglich mit uns allen verbringen und wenn ich ehrlich war, war ich froh darüber.

Er benahm sich unmöglich und musste sich nicht wundern, wenn sich andere Menschen von ihm entfernten und irgendwann gar nichts mehr mit ihm zu tun haben wollten. Oder war sogar genau das sein Ziel?

Ich war auf dem Weg zu meinem Wandschrank, der sich direkt neben dem Schreibtisch und dem großen Fenster darüber befand. Als ich nur kurz nach draußen auf die Straße vor unserem Haus schaute, wusste ich nicht, was ich von der Situation halten sollte, die sich mir bot. Unsere neugierige Nachbarin Mrs Hammond stand direkt neben Ryans Auto und hatte ihr Handy am Ohr. Ich sah ihn nicht, aber mit irgendjemand sprach sie, also musste er wohl auf dem Fahrersitz sitzen.

Als die Autotür geöffnet wurde und Ryan herauskam, bestätigte sich meine Vermutung. Er wedelte abwehrend mit den Händen und sah kurz nervös zu unserem Haus. Seine Miene war ernst. Hatte er etwa Schwierigkeiten mit Mrs Hammond? Wundern würde es mich nicht, denn sie war manchmal nicht leicht zu händeln. Ich kannte sie schon fast mein gesamtes Leben und wusste, wovon ich sprach.

Also beschloss ich, ihm zu helfen. Einfach, weil ich nicht provozieren wollte, dass sie schon wieder die Polizei rief und mein Dad Stress deswegen hatte. Denn Mrs Hammond dachte sich ständig irgendetwas aus, um ihr Leben ein bisschen spannender zu gestalten. Sie erzählte auch jedem, dass sie angeblich in der Nachbarschaftswache war, dabei hatten wir so etwas hier gar nicht. Auf diesen Ärger konnten wir alle verzichten. Nur aus diesem Grund lief ich nach draußen und nicht, um Ryan zu retten. Auf keinen Fall. Wenn es danach ginge, konnte er sich ruhig mit ihr herumärgern.

Als ich unten angekommen die Eingangstür öffnete, bekam ich direkt Ryans und Mrs Hammonds Aufmerksamkeit. Ryan sah sogar ein wenig erleichtert aus, während unsere Nachbarin das Handy sinken ließ und sich schon umdrehen und flüchten wollte.

»Guten Abend!«, sagte ich laut und lief auf sie zu. Vor Ryans Auto blieb ich stehen. »Kann ich irgendwie helfen?« Ich versuchte, freundlich zu bleiben, was mir nicht vollständig gelang. Ryans Blick haftete fest auf mir.

»Nein, nein, alles in Ordnung«, antwortete Mrs Hammond schnell und sah Ryan an, als wären sie Verbündete und könnte Hilfe von ihm erwarten. Sie ging sogar einen Schritt näher an ihn heran. Hatte ich die Situation so falsch eingeschätzt?

»Was ist hier los? Ryan?«, fragte ich ihn, weil ich von ihr sowieso keine ehrliche Antwort erhalten würde.

»Ryan?«, fragte Mrs Hammond. »Ihr kennt euch?«

»Er ist Heathers Sohn und vor ein paar Tagen zu uns gezogen«, klärte ich sie auf. Ryan zuckte grinsend mit den breiten Schultern, während Mrs Hammonds Gesichtsausdruck von unsicher zu wütend wechselte.

»Sie haben mich angelogen!«, schrie sie empört.

»Nein! Nicht angelogen! Ich habe ein Auge auf diese komische Familie, nur nicht von außen, sondern direkt im Innern des Kerns!« Er riss verschwörerisch die Augen auf und Mrs Hammond sah immer noch ganz verstört von ihm zu mir und wieder zurück. »Undercover, sagte ich doch!«

»Ryan!«, maßregelte ich ihn. »Hör auf damit …«

»Ich verstehe jetzt gar nichts mehr«, murmelte Mrs Hammond.

»Er macht nur Spaß und hat leider einen ziemlich miesen Humor.«

Mrs Hammond schnaubte, drehte sich auf dem Absatz um und stürmte fluchend zurück in ihr Haus. Ich sah, wie in einem Fenster zur Straße die Gardine wackelte, weil sie uns sehr wahrscheinlich weiter beobachtete, so wie ich sie kannte.

»Musste das sein?«, fragte ich genervt, während Ryan auf mich zuging und vor mir stehen blieb, so nah, dass ich zu ihm aufsehen musste und sein Parfüm roch. Oder war es sein Duschgel, das nun in meiner Dusche stand und an dem ich heimlich heute Morgen gerochen hatte. Verrückt …

»Ist Spaß jetzt gar nicht mehr erlaubt?«

»Das war nicht lustig, du hast Mrs Hammond erschreckt. Du kannst nicht hierherkommen und alles durcheinanderbringen!«

»Tut mir leid«, erwiderte er und sein Gesichtsausdruck wurde ernster. Mein Herz schlug heftig gegen meinen Brustkorb, weil er noch ein Stückchen auf mich zuging. Ich müsste nur die Hand ausstrecken und würde ihn berühren.

Stattdessen ballte ich meine kribbelnden Finger zu Fäusten und verdrehte die Augen. Ich durfte mir nicht anmerken lassen, dass er mich durcheinanderbrachte. Genauso wie gestern Abend als ich ihm von meiner Mum erzählt hatte. Wieso ich das getan hatte? Ich wusste es immer noch nicht …

»Hör auf, dich zu entschuldigen, wenn du es nicht ernst meinst. Das nutzt sich ab, weißt du.«

»Wie: *Ich mag dich*. Verliert das auch an Kraft, wenn man es zu oft sagt?«

»Ryan …«, erwiderte ich und wusste selbst nicht, was ich mit seinem Namen bezwecken wollte.

Vielleicht, dass er aufhörte, solche bescheuerten Dinge zu sagen.
»Blair«, hauchte er und am liebsten hätte ich ihn fortgestoßen. Ganz weit weg. So weit, dass ich ihn nicht mehr ertragen musste. Egal, was er tat oder sagte – ich konnte es nicht einschätzen. Ich hatte eine gute Menschenkenntnis und wusste in der Regel, wie jemand tickte, aber Ryan war entweder total albern oder verhielt sich so wie jetzt. Undurchschaubar.
»Du kannst Menschen mit solchen Aussagen nicht so verwirren«, warf ich ein.

»Wen meinst du?«, gab er zurück. Ich wusste genau, auf was er hinauswollte. Aber ich würde ganz bestimmt nicht darauf eingehen.

»Mrs Hammond. Sie ist sowieso misstrauisch und macht uns oft Ärger.«

»Wie du?«

»Ich mache keinen Ärger, ich schlichte ihn. Wäre ich nicht gekommen, hätte Mrs Hammond sicherlich die Polizei gerufen.«
Ryan zögerte einen Moment, dann wechselte sein weicher Ausdruck zu einem härteren. Ich wusste nicht, was seine plötzliche Gemütsänderung hervorgerufen hatte. Aber so hatte ich ihn bis jetzt kennengelernt. Wechselhaft und nicht zu ergründen.
»So siehst du dich gerne, oder? Als perfekt und unantastbar.« Er senkte den Blick kurz auf meine Lippen. Meine Atmung stoppte für einen Bruchteil einer Sekunde, bis er ihn wieder hob. »Niemand ist das, Blair. Auch du nicht.«

Damit lief er an mir vorbei und stürmte ins Haus. Und wieder war ich gegen eine Mauer geprallt, die ich nicht auf mich zukommen gesehen hatte. Ich biss auf meine Unterlippe und versuchte, das Gefühl des Schmerzes vor all die anderen in meinem Inneren zu schieben. Damit ich nicht darüber nachdenken musste, was seine Worte gerade in mir ausgelöst hatten.

Er ging mir unter die Haut und ich hatte keine verdammte Ahnung, wieso das so war.

Kapitel 8

Ryan

Küss sie. Küss sie. Küss sie.

Verdammte Worte die in meinem Kopf kreisten wie Mücken um einen Scheißhaufen. Was war mit mir los? Wieso sah ich ihre Augen immer noch, obwohl ich meine schon geschlossen hatte? Weshalb stellte ich mir vor, dass unsere Zimmer und Betten nur wenige Schritte voneinander entfernt waren? Was sie zum Schlafen trug? Ob sie süß schnarchte oder nur leise und ruhig atmete. Oder sie eines dieser Mädchen war, die sich nachts an einen kuschelte.

Sie war unnahbar, verschlossen und überhaupt nicht mein Typ. Mal davon abgesehen, dass wir beide Kinder zweier Lehrer waren, die es moralisch verwerflich finden würden, wenn diese etwas miteinander haben würden. Sollten. Oder wollten.

Wollte ich das echt oder brachte mich nur diese ganze beschissene Situation total durcheinander? Dass mein Dad sich mal wieder einen Dreck um mich scherte? Dass ich bei meiner Mum wohnen musste, obwohl sie der Mensch war, den ich am meisten auf der Welt verabscheute und bedauerte. Dass ich keinen Studienplatz mehr hatte und niemals so viel Kohle zusammenkriegen würde, dass ich ihn jemals zurückbekam.

Mein Leben war ein Schrotthaufen und ich konnte dafür nicht mal jemand anderen verantwortlich machen. Mir war selbst bewusst, dass ich mich durch Partyexzesse davon abgelenkt hatte, erwachsen zu werden. Und jetzt war es irgendwie zu spät, das Ruder herumzureißen.
Ich fuhr mir mit der Hand durchs Gesicht, dann sah ich auf das Display meines Handys, das neben mir auf dem Nachttisch lag. Zwei Uhr und keine Minute hatte ich geschlafen. Ich musste morgen um acht wieder im Laden von Mads Dad stehen und sinnloses Zeug über Bands und ihre Musik quatschen, um Platten und anderen Kram zu verkaufen. Ich hatte den Job nur bekommen, weil Mads Dad jemanden gesucht hatte und ich die Kohle brauchte. Eigentlich sollte Mad dort arbeiten, aber sein Vater verlangte, er müsse sich einen anderen Job suchen, um endlich zu lernen, Verantwortung zu übernehmen. Mad hatte allerdings immer noch keinen, weil er ihn mit seinen Fights im Grunde gar nicht brauchte, und ich hasste meinen. Aber wenigstens verdiente ich nicht schlecht. Das kleine Problem war nur, dass die Kohle niemals ausreichen würde, um mein Leben damit wieder in den Griff zu bekommen. Ich fühlte mich wie ein Hamster in seinem beschissenen Rad, mit dem Unterschied, dass ich zumindest wusste, dass ich nur im Kreis lief. Doch aussteigen war bei voller Fahrt trotzdem unmöglich.

Seufzend schlug ich die Bettdecke zur Seite und stieg aus dem Bett. Wenn ich sowieso nicht schlafen konnte, wollte ich wenigstens etwas Sinnvolleres tun, als hier rumzuliegen und mich selbst zu bemitleiden. Also begann ich, Liegestütze auf dem Boden zu machen. Mit beiden Armen, mit einem, überkreuz, seitlich und wieder normal, bis ich keine weiteren mehr schaffte, mir stattdessen eine Jogginghose über die Boxershorts und ein T-Shirt anzog und laufen ging. Auch wenn es Oktober war, wurde es nie richtig kalt in einem Vorort von Jacksonville, Florida. Aber immerhin war die Luft um diese Uhrzeit frisch und klar und nicht so brennend und heiß wie tagsüber. Meine Lungen saugten sie auf, während ich ohne Ziel loslief, meine Gedanken abstellte und sie durch das Brennen meiner Muskeln ersetzte.

Nach einer Stunde schloss ich die Haustür auf und sobald ich den Flur durchquerte, drehte mein Kopf erneute Kreise, als mir die Bilder ins Auge stachen, auf denen *sie* zu sehen war. Übermannte mich nur der Drang, meiner Mum genauso weh zu tun wie sie mir, in dem ich Blair knallte und ihr Dad sich deswegen von meiner Mum trennte? Zugegeben, das wäre ein Ziel, bei dem ich wenigstens kurzweilig Spaß hätte. Und mit Blairs muskelbepacktem Freund würde ich schon klarkommen.

Ich bog in die Küche ab und wollte mir eine Flasche Wasser aus der Vorratskammer holen, da stutzte ich in der Bewegung und blieb stehen.

Blair saß an dem runden Tisch in der Ecke. Neben der Deckenlampe war eine kleinere Lampe auf ihre Hände gerichtet, in denen sie einen Stofffetzen, Nadel und Faden hielt. Sie fluchte, als sie sich mit der Spitze in den Finger stach und ihn daraufhin zwischen ihre Lippen steckte, um das Blut abzulecken. *Danke Schicksal, du bist ein wirklich sadistisches Arschloch.* Denn in dem Moment, in dem sie saugte und saugte und saugte, erwachte in mir nicht nur der Drang, ihren Finger mit etwas anderem zu ersetzen. Ich wollte ihn ihr gleichzeitig aus dem Mund ziehen und den Schmerz mit meinen eigenen Lippen wegküssen.

Sie sah auf, als ich an ihr vorbei zur Speisekammer lief. Ohne ein Wort nahm ich mir eine Wasserflasche, trank sie halb aus und setzte mich Blair gegenüber an den Tisch. Wieder runzelte sie die Stirn und wieder erwachte in mir die Lust, sie aufzuziehen, nur damit sie mir ein Stück ihrer Aufmerksamkeit schenkte. Ein Drang, der so tief und unnachgiebig in mir verankert war, dass ich ihn kaum unterdrücken konnte.

»Was tust du hier?«, fragte ich. Sie setzte erneut die Nadel an und nähte einen grauen Knopf an. Es sah aus wie eine Bluse aus weinrotem, fließendem Stoff.

»Mein Nähzimmer ist belegt, also muss ich ausweichen.«

»Mitten in der Nacht?«

Sie sah wieder auf und betrachtete mein Outfit. Ich fuhr mir mit der Hand durch meine schweißnassen Haare. »Diese Frage könnte ich dir ebenso stellen. Du machst um diese Uhrzeit Sport? Musst du morgen nicht arbeiten?«

»Musst du nicht in die Schule?«

»Beantwortest du immer Fragen mit Gegenfragen?«

»Wieso stört dich das?« Ich grinste und vielleicht bildete ich es mir ein, aber ich hätte schwören können, ihr Mundwinkel zuckte für einen Moment. »Konnte nicht schlafen«, schob ich meine Antwort nach und sie nickte wissend.

»Dito.«

Ich stützte meine Arme auf dem Tisch ab und lehnte mich ein Stück vor. »Also, was tust du da?«

»Nähen.«

»Schon klar, aber macht man das nicht normalerweise mit einer Nähmaschine?«

»Du meinst die, die in einem Zimmer steht, in dem ein nerviger Typ eigentlich schlafen sollte?«

Sie lächelte und mich überraschte selbst, wie sehr es mir gefiel. »Okay, verstehe. Der Punkt geht an dich.«

»Außerdem ist sie im Moment sowieso kaputt«, sagte sie. Ich nahm ein Shirt, das auf der anderen Seite des Tisches lag und breitete es aus, damit ich es mir ansehen konnte. »Sieht eigentlich ziemlich cool aus. Kann mir gar nicht vorstellen, dass du das tatsächlich gemacht hast, wobei du doch sonst so einen miesen Klamottengeschmack hast«, neckte ich sie und war froh, dass sie immer noch lächelte.

»Ja ja, klar. Für einen kleinen Moment dachte ich tatsächlich, du willst mir ein Kompliment machen.«

»Gott, nein! Wie kommst du denn auf das schmale Brett?«, fragte ich und nickte in Richtung eines hellen Stoffs, der auf einer Rolle aufgewickelt war. »Kannst du mir daraus ein Hemd machen? Das würde ziemlich gut an mir aussehen, auch wenn es eigentlich sowieso kaum Dinge gibt, die mir nicht stehen.«

Blair rieb sich die Nasenwurzel. »Komisch, immer wenn du den Mund aufmachst, kriege ich Kopfschmerzen. Muss wohl doch irgendwie zusammenhängen.«

Ich wedelte mit dem Stoff vor ihrem Gesicht. »Also, kannst du?«

»Natürlich. Das kostet dich aber einiges.«

»Oh wow, selbst innerhalb der Familie muss ich bezahlen? Ich dachte an einen Geschwisterrabatt oder so etwas.«

»Nope.« Sie lehnte sich zurück und verschränkte die Arme. »Außerdem kennst du den Preis ja noch nicht mal, du könntest es dir sowieso nicht leisten, auch nicht mit Rabatt. Wie war das mit dem Brand?«

»Autsch«, erwiderte ich. »Du hast es richtig drauf, einem genau das zu sagen, was man nicht hören will«, sagte ich und wollte eigentlich gar nicht so enttäuscht klingen, tat es aber doch. Ich stand auf, lächelte Blair nochmal mit halber Kraft zu und wandte mich ab. »Gute Nacht, Sis.«

Ich wollte mit ihr sprechen, sie ärgern und aus

ihrem zugeknöpften Schneckenhaus hervorlocken. Doch heute Nacht fehlte mir nach den schlaflosen Stunden und meiner Sporteinheit die Energie, diesen verbalen Kampf auch noch zu gewinnen.

»Gute Nacht«, vernahm ich hinter meinem Rücken und unterdrückte den Drang, mich ein letztes Mal umzudrehen und einen Blick auf sie zu werfen. Auch wenn ich nichts lieber getan hätte als das.

Kapitel 9

Blair

»Und wieso nehmen wir nicht einfach die Dekoration aus dem letzten Jahr? Die ist doch sowieso noch da!« Debbi tippte mit dem Bleistift auf den Block vor ihr und sah in die Runde. Theo verschränkte die Arme hinter dem Kopf und stöhnte Richtung Decke.

»Du meinst diese eingestaubten Totenköpfe aus Styropor, die im letzten Jahr fast alle geklaut und in der Stadt verteilt wurden? Die ganzen Sachen sind doch mindestens zehn Jahre alt und total lahm! Wir brauchen etwas Besseres für diese Halloween Party!«

»Und was? Fotos deiner Mum? Wenn wir die in Lebensgröße überall aufhängen, gruselt sich garantiert jeder.« Kyle gluckste und Theo zeigte ihm den Mittelfinger.

»Halts Maul, Wheeler! Vielleicht hab ich noch ein paar Fotos von deiner Schwester auf meinem Handy.«

Ich ließ mir nichts anmerken, aber das Komitee zur Organisation des diesjährigen Halloween-Festes der letzten drei Stufen war eine völlige Nullnummer. Wahrscheinlich würde alles an Julien und mir hängenbleiben.

»Gott, ihr seid so bescheuert«, stöhnte Nancy und drehte eine Locke ihres schwarzen Haares immer wieder um ihren Finger. »Ist nicht das viel größere Problem, wo wir feiern? Wir können das nicht schon wieder in der Turnhalle machen! Wir brauchen etwas deutlich Besseres!«

»Ja, was ist denn mit dem *Haunting House* in Grand Park?« Kyle wirkte endlich, als wäre er begeistert. Dabei war er nur ins Komitee eingeteilt worden, weil er beim Rauchen auf den Toiletten erwischt worden war. Alle anderen waren freiwillig hier und von mir als Schulsprecherin wurde sowieso erwartet, mich an solchen Aktivitäten und Planungen zu beteiligen. Vor allem von meinem Dad und Heather. Immerhin lenkte es mich von den Erinnerungen an gestern Abend und Ryan ab. Ich wollte ihn mit meiner Bemerkung über den Brand nicht verletzen, aber ich hatte das Gefühl gehabt, Ryan drang mit seiner Art eindeutig zu tief in meine Privatsphäre vor. Er hatte meinen Kopf und meinen Körper so durcheinandergebracht, dass mir sogar das Schlafen schwergefallen war. Ich wusste, ich war in Panik geraten und hatte ihm deswegen absichtlich diese Bemerkung an den Kopf geknallt. Aber es hatte geholfen. Er hatte sich zurückgezogen und mich allein gelassen, obwohl das schlechte Gewissen, ihn verletzt zu haben, immer noch in mir rumorte.

Doch ich musste es abschütteln, denn es gab Wichtigeres zu tun. Ich wollte mein Leben weiterleben, so wie ich es geplant hatte und mich nicht durch einen Typen durcheinanderbringen lassen, der in wenigen Monaten genauso wieder aus

meinem Leben verschwunden, wie er aufgetaucht war.
»Auf keinen Fall können wir dort eine Party feiern! Das würde Freeze niemals mitmachen!« Alle sahen auf einmal mich an. Mit Freeze meinten sie Heather, weil sie als Direktorin dieser Schule deutlich kälter rüberkam, als zu Hause und meine Mitschüler wussten mittlerweile, dass mein Dad und sie ein Paar waren.
»Seht mich nicht so an. Auch wenn sie bei uns lebt, heißt es nicht, dass ich in sowas viel Überzeugungskraft hätte.«

»Komm schon, ich habe gehört, seitdem ihr Sohn bei euch wohnt, ist sie ein wenig durch den Wind«, merkte Nancy mit hochgezogener Augenbraue an und alle sahen auf einmal wieder zu mir. »Stimmt es, was sie sagen?«

»Was?«, fragte ich und wurde zunehmend gereizter. Wieso verlagerte sich das Gespräch nun auf Ryan und woher wusste überhaupt einer von ihm? Ständig drängte er sich in den Vordergrund und das nun sogar, obwohl er nicht mal anwesend war.
»Dass er so heiß ist, wie alle erzählen? Hast du ihn mal beim Duschen erwischt?« Debbi zeigte ein anzügliches Grinsen. Sie war bekannt dafür, jedes Wochenende einen anderen Jungen zu daten. Irgendetwas sagte mir, dass sie genau Ryans Typ wäre und eine andere Stimme schrie dagegen an, sie bloß nicht miteinander bekannt zu machen. Ich

mochte Debbi nicht besonders, mal davon abgesehen, dass sie so hell war wie eine Taschenlampe ohne Batterien, war sie zudem eine hinterlistige Schlange.

»Und, ist er das?«, schob Katy nach und ich verdrehte die Augen.

»Wie wäre es, wenn wir einfach bei der Sache bleiben?«, fragte ich und hob meine To-Do-Liste für die Party hoch. »Wir brauchen noch die Location, Spiele und Dekoration. Das Einzige, das wir bereits haben, ist die Verpflegung.«

»Wodka on the Rocks!«, rief Kyle und schlug mit Theo ein. Na, wenigstens waren sie sich einig, was das betraf.

»Leute, bitte«, maßregelte ich, als plötzlich alle durcheinander quatschten.

Auf einmal durchdrang ein Piepsen das einstimmige Gemurmel aller Anwesenden. Nancy zog ihr Handy aus der Tasche und las etwas auf dem Display.

»Hey, bitte keine Handys während der Sitzung«, ermahnte ich sie, stutzte aber, als Nancy aufsah und mit mitleidigem Blick Theo anschaute.

»Was? Was ist los?«, fragte er und runzelte die Stirn. Nancy schob ihr Handy über den Tisch zu ihm und auch er wurde auf einmal bleich.

In diesem Moment vibrierte mein Telefon ebenfalls und ich sah, dass Julien mir einen Link geschickt hatte. Als ich draufklickte, tauchte ein Foto von Theo mit einem Typen auf. Sie standen an einer Hausecke im Halbschatten einer Straßenlaterne und küssten sich innig. Shit. Ich hatte ja keine Ahnung. Noch im letzten Jahr hatte ich Theo ein Date mit einem Mädchen aus dem Schwimmteam beschafft, mit dem er angeblich einige Monate etwas gehabt hatte. Wohl ein Alibi.

Erneut schickte Julien einen Link und ich öffnete auch diesen.

Auf Theos Facebookseite wurde ein Shitstorm gestartet. Die meisten der Beiträge waren von anonymen Menschen oder Accounts, die definitiv gefaked waren. Aber andere waren echt und von Leuten, die auf unsere Schule gingen, was noch viel erschreckender war.

»Theo, wenn ich irgendetwas …« Bevor ich weitersprechen konnte, stand er auf und stürmte aus dem Raum. Wir anderen hüllten uns in betretendes Schweigen. Ich wusste, dass niemand, der hier war, so etwas tun würde. Doch es gab genug Idioten an unserer Schule, die in Frage kamen. Ich musste ehrlich zugeben, dass ich nie wirklich darüber nachgedacht hatte, wer Theo eigentlich war. Klar, wir hatten hin und wieder wie jetzt miteinander zu tun, aber eine richtige Freundschaft hatte sich nicht entwickelt, was nicht unbedingt an Theo lag. Und trotzdem konnte ich nachvollziehen, wie es ihm jetzt ging. Er tat mir unsagbar leid.

»Machen wir für heute Schluss«, sagte ich gedämpft und alle nickten, packten ihre Sachen und liefen stumm aus dem Raum. Als der Letzte gegangen war, schloss ich die Tür und wählte Juliens Nummer.

»Hey«, begrüßte ich ihn.

»Hey«, antwortete er und ich hörte eindeutig die bedrückte Gemütslage aus seiner Stimme.

»Man könnte meinen, in der heutigen Zeit wäre ein Outing nicht mehr so eine Riesennummer«, sagte ich und wollte die Situation auflockern, doch es herrschte Stille auf der anderen Seite, bis Juliens schweres Seufzen erklang.

»Es war seine Aufgabe gewesen! Theo sollte den Zeitpunkt bestimmen, an dem er so etwas sagt! Nicht jemand anderes! So eine Scheiße!«, fluchte Julien. Ich schluckte und trat ans Fenster. Von hier hatte man eine gute Sicht auf den angrenzenden Park, in dem einige Schüler lernten und andere einfach nur auf einigen Bänken oder auf der Wiese saßen. Ich kannte das Schicksal von neunzig Prozent und es war nicht immer ein gutes. Jeder hatte sein Päckchen zu tragen und jemand, der einen anderen so auslieferte, wollte in der Regel nur von sich selbst ablenken. Eine miese Möglichkeit, denn es zerstörte nicht nur ein anderes Leben, irgendwann kam der Ball immer wieder zu einem selbst zurück.

»Ja, du hast recht. Es hätte von Theo kommen sollen. Aber es hätte einen Weggegeben, seinen Angreifern nicht so viel Macht zu verleihen«, bemerkte ich.

»Nicht die Wichser, die es ausgeplaudert haben, sind das Problem. Es sind alle anderen drum herum.

Seine Eltern, die Lehrer, das Team und die Mitschüler, denen Theo jetzt angeblich leidtut! Dabei bemitleiden sie ihn nur, weil er *anders* ist als sie!«

Juliens Atem wurde immer schwerer und ich wusste, es ging schon lange nicht mehr um Theo. »Gibt es irgendetwas, was ich tun kann, Ju?«, fragte ich leise. Ich wollte nicht, dass mein Freund solche Qualen und Selbstzweifel durchlitt. Er war ein toller Mensch, liebevoll, zuvorkommend und aufmerksam. Er würde einen Gullideckel aufstemmen, um einer Kröte herauszuhelfen, oder seiner Mum das Pflanzenschutzmittel austauschen, damit er die Schnecken im Garten retten konnte. Was er übrigens schon getan hatte. Julien sollte so leben können wie er wollte, ohne Angst, dass andere ihn deswegen aus ihrem Leben verbannten. Die Welt tat oft so aufgeklärt, modern und bunt, dabei war sie häufig grau und monoton. Wenn man nicht nach ihren Regeln spielte, hatte man oft verloren. Ich hasste dieses Gefühl und dass man, um dazu zugehören, Dinge tat, die man eigentlich überhaupt nicht tun wollte.

»Du machst schon genug für mich«, beantwortete er leise meine Frage und ich wäre in diesem Moment gerne bei ihm gewesen, um ihn zu trösten. »Habe übrigens die Ausweise bekommen. Du bist doch noch dabei, oder?« Ich wusste, er wollte das Thema wechseln, also tat ich ihm den Gefallen und stieg drauf ein. Im Grunde hatten wir nie so richtig darüber gesprochen, weil Julien sofort abblockte.

Und es war auch seine Entscheidung.
»Klar, was wäre ich für eine Freundin, wenn ich nicht mit dir auf ein Konzert deiner Lieblingsband *Guardians* gehen würde? Die paar Jahre wegen Dokumentenfälschung im Knast sind doch nicht der Rede wert«, versuchte ich mich an einem miesen Scherz und anscheinend schaffte ich es, denn Julien lachte leise.

»Peter hat uns nur auf einundzwanzig gemogelt, die vier Jahre interessiert doch keinen.«

»Das sagen wir genau so der Polizei«, erwiderte ich und musste grinsen. »Also klar, lass uns Freitagabend auf diese Party gehen und so richtig einen draufmachen! Scheiß auf all die anderen da draußen, es zählen nur wir!«
»Das wollte ich hören, Babe. Wir sehen uns nach der Schule, ich muss zum Training.«

»Bye.«
»Und danke. Für alles.«

»Immer gerne.«

Kapitel 10

Ryan

Die ganze Woche war Blair mir aus dem Weg gegangen, aber ausgerechnet jetzt, wo ich mir den Alkohol und Zigarettenqualm von meinem Abend mit Mad abwaschen wollte, blockierte sie das Bad. Ich konnte es kaum erwarten, den Gestank aus meinen Haaren und von meiner Haut zu waschen und ins Bett zu fallen, aber stattdessen saß ich seit einer geschlagenen halben Stunde in meinem Zimmer und wartete. Und wenn ich eines hasste, dann war es definitiv warten. Also stand ich auf und ging auf die Badezimmertür zu. Ich wollte ihr zumindest die Chance lassen, sich anzuziehen. Nur weil ich mir vorstellen konnte, dass sie sich dann besser fühlte. Ich hatte ehrlicherweise nichts dagegen, wenn sie nackt vor mir herumsprang.

»Nur damit du es weißt, ich komme jetzt rein! Zieh dir lieber was über!«, rief ich gegen die Badezimmertür, dann zählte ich bis drei und öffnete sie. Blair stand mit verschränkten Armen vor dem Spiegel in meine Richtung gewandt. Ich kannte diesen Ausdruck mittlerweile, aber er interessierte mich so ziemlich einen Scheiß.

»Was soll das? Ich muss los und hab keine Zeit für so etwas!«, keifte sie.

»Und ich würde gerne duschen und nicht stundenlang darauf warten, dass Ms Moore sich erbarmt und mir gnädigerweise das Bad überlässt.«

»Was kann ich dafür, dass du auf irgendwelchen Partys abhängst und stinkst wie ein Obdachloser, wenn du nach Hause kommst.« Sie rümpfte die Nase und am liebsten hätte ich ihr die Wahrheit gesagt. Dass es mich selbst ankotzte, auf Partys von fremden Menschen abzuhängen, nur damit ich nicht länger als nötig hier sein musste. Von wegen nach Hause kommen. Das hier war vielleicht ihres, aber ganz bestimmt nicht meines. Doch was würde es ändern, ihr zu sagen, dass mich mein Leben ankotzte? Nichts. Es war sogar besser, sie nahm an, ich wäre tatsächlich zufrieden. Das machte es für uns alle einfacher und ersparte mir irgendwelche Erklärungen oder dass ich jemandem mein Herz ausschütten musste, den ich in Wirklichkeit nicht mal leiden konnte.

Ich trat näher an sie heran und wunderte mich darüber, dass sie kein Stück nach hinten auswich. »Es ist Freitagabend, *Sis*. Nur weil du brav zu deinem Freund fährst und ihr euch den ganzen Abend Bibelzitate und Keuschheitsgelübde vorlest, heißt es nicht, dass andere nicht ihren Spaß haben.« Ich zog mir mein Shirt über den Kopf und amüsierte mich über ihren geschockten Blick, als ich mit nacktem Oberkörper vor ihr stand. »Und jetzt würde ich gerne das aufdringliche Parfüm von Mandy, oder wie sie hieß, abwaschen. Du kannst gerne dabei zusehen, wenn du magst.«

Mit langsamen Bewegungen und anzüglichem Blick öffnete ich zuerst die Schnalle meines Gürtels und dann den Reißverschluss. Blair bewegte sich immer noch nicht von der Stelle. Entweder dachte sie, ich machte einen miesen Scherz oder sie wollte mich genauso testen wie ich sie. Doch ich wusste, ich würde es durchziehen, bis zum bitteren Ende. Als ihr Blick einen kleinen Moment über meinen Oberkörper wanderte, war mir klar, ich hatte sie fast so weit, dass sie mir aus der Hand fraß. Sie wirkte abgeklärt, wandte sich ab und trug lasziv irgendeinen glänzenden Lippenstift auf ihren vollen Mund auf. Doch auch wenn sie so tat, als wäre ich nicht hier, änderte das nichts daran, dass ich ihre Anspannung spürte. Unter diesem hochgeschlossenen Shirt, den weiten Stoffhosen und den streng zusammengebundenen Haaren steckte in Wirklichkeit ein ziemlich versautes Mädchen, das nur darauf wartete, dass man es endlich frei ließ.

Ich wandte mich in Richtung Dusche ab und zog meine Hose inklusive Boxershorts aus. Als ich in die Wanne stieg und einen Blick hinter mich riskierte, sah ich, wie Blair tatsächlich schamlos durch den Spiegel auf meinen Arsch glotzte. Erwischt. Ein Grinsen breitete sich auf meinem Gesicht aus, das ich gar nicht verhindern konnte, selbst wenn ich es wollte. Ihre Augen zuckten hoch und begegnete meinen. In diesem Moment erkannte ich es in ihrem Blick. Nur kurz, aber lang genug, dass es mich völlig aus der Bahn warf. Von meiner Lässigkeit war nichts mehr übrig, stattdessen begann ich, hart zu werden und nur darüber nachzudenken, wie ich Blair in die Dusche zog und mit ihren prüden Klamotten unter dem Wasserstrahl gegen die Wand presste. Sie musste es ebenfalls spüren, diese enorme Anspannung, die von uns ausging, als wäre ich das Pulverfass und sie die Zündschnur, und wahrscheinlich tat sie das einzig Richtige, denn meine Selbstbeherrschung reichte nur aus, um hier zu stehen, sie in dem Spiegel anzusehen und zu atmen.

Räuspernd wandte sie sich ab, doch bevor sie aus der Tür verschwand, vernahm ich noch ihre Stimme, die mich umgehend aus meiner Starre riss. »Nett, aber nicht mehr als Durchschnitt. Kein Wunder, dass du solche Komplexe mit deiner großen Klappe kompensieren musst.«

Die Tür schlug mit einem Mal zu und mein Lachen löste die gesamte Anspannung auf, die sich aufgebaut hatte. Doch eines blieb. Der Gedanke, was ich mit Blair alles tun würde, wäre sie nicht meine Stiefschwester und vergeben. Denn beides in Kombination brachte mir nur noch mehr Schwierigkeiten, die ich ohnehin schon genug hatte.

***

Nachdem ich geduscht und mich umgezogen hatte, lag ich gelangweilt auf meinem Bett und überlegte, ob ich dem Magenknurren nachgehen sollte. Das

Risiko, meine Mum unten in der Küche zu treffen, war deutlich zu groß, aber Kaugummi und alte Kekse, die noch in meinem Rucksack gammelten, waren nicht gerade eine gute Alternative gegen den Hungertod.

Blair war vor einigen Minuten zu ihrem Freund aufgebrochen. Ich hatte sie kurz vorher noch in ihrem Zimmer telefonieren gehört und den Drang unterdrückt, mein Ohr an die Wand zu pressen, um sie zu belauschen. So weit war es mit meiner Obsession nun auch wieder nicht, außerdem redete ich mir seit der letzten Begegnung im Badezimmer ein, sie wäre sowieso nur ein x-beliebiges Mädchen. Eines, das an jeder Ecke zu finden wäre. Mein Körper reagierte nur auf sie, weil ich viel zu lange keinen Sex gehabt hatte.

Um nicht weiter darüber nachzudenken, stand ich auf und lief hinunter. Als ich die Küche betrat, seufzte ich fast erleichtert auf, weil sie leer war. Ich ging zum Kühlschrank, öffnete die Tür und suchte alle möglichen Lebensmittel zusammen, die ich finden konnte. Bis ich Schritte hinter mir vernahm und aufsah. Innerlich fluchte ich, als ich das Gesicht meiner Mum entdeckte, aber äußerlich ließ ich mir nichts anmerken. Sie hatte nicht verdient, zu wissen, wie es in mir aussah.

»Hast du Hunger? Soll ich dir noch was kochen?«, fragte sie und lächelte vorsichtig. Es wäre zu schön gewesen, diesen Satz in den letzten Jahren nur einmal von ihr zu hören.

»Nein, danke«, sagte ich und schloss den Kühlschrank. Ich hob eine Packung Würstchen hoch und deutete in Richtung Tür, die sie immer noch halb blockierte. »Das reicht mir.« Ich wollte an ihr vorbeigehen, aber sie hielt meinen Arm fest. Die Art, wie sich ihre Finger darum klammerten, sagte mir, ich solle sie anhören und nicht einfach abhauen, wie ich es eigentlich tun wollte. Also blieb ich stehen. Oder, weil mein Körper plötzlich erstarrte, ohne dass ich etwas dagegen tun hätte können.

»Ryan, bitte …«, flehte sie. »Ich versuche doch, es wiedergutzumachen, aber du lässt mir überhaupt keine Chance. Was kann ich tun?«

»Mich einfach nur in Ruhe lassen.« Ich sah den Schmerz in ihren Augen, die Verzweiflung, und vielleicht auch die Reue, die sie täglich heimsuchte, aber sie hatte nichts anderes verdient. Ich glaubte nicht daran, dass ein Mensch sich ändern konnte. Der Kern war immer noch der alte, auch wenn dieser Jemand es verleumdete und andere in dem Glauben lassen wollte, er wäre besser geworden. Die Narben, die sein Verhalten ausgelöst hatten, blieben. Egal, auf welche verschiedenen Arten man *Entschuldigung* sagte. Es spielte doch keine Rolle, denn die Vergangenheit löschte sich nicht einfach aus dem Gedächtnis, nur weil man es wollte. Manche Taten verursachten Wunden und wurden zu Narben und auch wenn sie verblassten, würden sie nie völlig verschwinden.

»Ich dachte, wenn du hier wohnst, können wir nochmal neu beginnen, uns kennenlernen und vielleicht sogar Zeit miteinander verbringen.« Sie ließ mich los, als mein Blick nicht weicher wurde und ich sie immer noch regungslos ansah. Kurz plagte mich selbst das schlechte Gewissen, aber nur für den Bruchteil einer Sekunde. Nichts, dass ich nicht hätte verdrängen können.

»Danke nein, ich lege keinen Wert darauf, Zeit mit jemandem zu verbringen, der überhaupt nicht wollte, dass ich auf der Welt bin.«

»Ryan, das ist nicht richtig! Damals ging es mir nicht besonders gut, es …«

»Das ist nicht richtig? Ist es richtig seinem fünfjährigen Sohn zehn Dollar in die Hand zu drücken und ihn zum nächsten Liquor Store zu schicken? Ist es richtig, dass er dabei bestohlen wurde und eine Nacht auf der Straße schlafen musste, weil seine Mum zu besoffen war, ihm die Tür wieder zu öffnen? Ist es richtig, dass ein Mensch ständig verspricht, sich zu ändern, es aber nie tut? Und auf einmal möchtest du den Mann kennenlernen, der aus dem gebrochenen Jungen entstanden ist, den du geschaffen hast?« Ich ballte die Hände zu Fäusten und konnte kaum noch atmen. Allein der Ausdruck in ihren Augen, die meinen so ähnelten, ließen all die Erinnerungen in mir hochkommen, die ich täglich versuchte, zu verdrängen. Meine Hand zerdrückte die Packung in meinen Fingern und ich schmiss sie auf den Boden,

während mich der Schmerz und die Wut komplett überrannten. »Du hattest deine Chane, *Mum*«, betonte ich das letzte Wort ganz besonders. »Aber irgendwann ist es zu spät.«
Das Gefühl, die Wände kamen näher, verstärkte sich, als sie die Hand hob und mich erneut berühren wollte. Ich wich ihr aus und stürmte an ihr vorbei. Frische Luft. Ich brauchte nichts mehr als frische Luft und die größte Entfernung, die ich in diesem Moment zwischen uns bringen konnte. Doch ich entschied mich draußen dagegen, in meinen Wagen zu steigen, sondern rannte stattdessen los wie ein Besessener. Rannte, als wäre eine Zombieherde hinter mir her. Rannte, bis meine Lungen schmerzten und meine Beine mich kaum mehr trugen. Rannte, bis der Schweiß meine Stirn herunterlief und rannte dann noch ein Stückchen weiter. Ich wusste nicht, ob ich in der Lage sein würde, wieder zurückzugehen. Doch was blieb mir anderes übrig? Wo sollte ich sonst hin? Ich konnte schlecht auf der Straße schlafen, auch wenn ich das in der Vergangenheit mehr als einmal getan hatte.
Da entdeckte ich einen Wagen, der mir bekannt vorkam und trotzdem zögerte ich. Blairs dunkelgrüner Mini stand an der Straßenseite. Das Licht im Innenraum war eingeschaltet und ich konnte sie gut erkennen. Im Schatten eines Baumes blieb ich stehen und beobachtete sie wie ein Stalker sein Opfer beschattete, doch ich fühlte mich nicht schlecht dabei. Im Gegenteil. Sie zu sehen brachte

mich an einen anderen Ort. Riss mich aus dem Hamsterrad, in dem ich mich immer noch befand. Plötzlich stieg sie aus und ich drückte mich enger an den Baumstamm neben mir. Sie lief um das Auto herum und holte eine Tasche aus dem Kofferraum. Ich stutzte, als mir ihr Outfit auffiel. Ihre blonden Haare fielen ihr in Wellen über die Schultern. Sie trug nicht mehr das langweilige Shirt und die viel zu weite Hose von vorhin, im Gegenteil. Ihre schlanken Beine steckten in einem kurzen Rock, und kamen dadurch besonders gut zur Geltung. Ihre High Heels gaben mir beinahe den Rest, vor allem, weil ich sah, wie ihre Hüften sich durch die hohen Schuhe bewegten. Das enge, bauchfreie Oberteil schmiegte sich perfekt an ihren schlanken Oberkörper und meine Finger kribbelten, weil ich mir vorstellte, wie sich die weiche Haut an ihrem halbnackten Rücken anfühlen würde. Fuck.

War das wirklich die Blair, die ich kannte? Ganz bestimmt nicht. Diese hier war eine völlig andere Version und ich wusste nicht, wie ich das deuten sollte. Vielleicht würde mir das etwas nützen, was ich hier gerade sah. Vielleicht könnte ich sie damit nur ein bisschen auf den Arm nehmen und sie schwitzen sehen, wenn sie befürchtete, ich könnte ihrem Daddy erzählen, wer sein braves Töchterchen in Wirklichkeit war.

Die Tür zu einem Einfamilienhaus ging auf und ihr Freund kam heraus. Ich kannte ihn noch von unserer ersten Begegnung. Sie umarmten sich, als er an ihrem Auto angekommen war, aber er gab ihr keinen Kuss auf den Mund. Wieso nicht? Hätte ich so ein scharfes Teil wie Blair an meiner Seite, würde ich die Finger nicht von ihr lassen können.

Als beide ins Auto stiegen und davonfuhren, ging mein Atem immer noch schnell. Am liebsten wäre ich ihr hinterhergefahren, aber ich hatte meinen Wagen nicht hier. Außerdem wäre es merkwürdig, ihr hinterherzuspionieren. Obwohl es mich davon ablenken würde, dass ich wieder zurück zu meiner Mum musste.

Doch nicht heute. Ich schrieb Mad eine Nachricht, dass er das Mädchen, das er von der Party mit nach Hause genommen hatte, wegschicken sollte. Dann würde ich eben die Nacht bei ihm verbringen. Dafür waren gute Freunde doch da.

Kapitel 11

Blair

»Wie geht es dir?«, fragte ich Julien, als wir an der Bar standen und darauf warteten, etwas bestellen zu können. Die Musik der Vorband strapazierte mein Trommelfell und heizte die Menge, die auf der Tanzfläche vor der kleinen Bühne in wogenden Bewegungen wie ein Schwarm tanzte, in ohrenbetäubender Lautstärke an.

»Gut«, erwiderte Julien gegen die jubelnden Menschen an. Ich musterte sein Gesicht, die blonden, zerzausten Haare und blauen Augen. Er war der Inbegriff eines gutaussehenden Mannes und sein Charakter war noch so viel besser als sein Aussehen. Und trotzdem hatte er keinerlei Interesse an der Frauenwelt und würde seine Liebe niemals öffentlich zeigen können. Weil er sich gegen seine konservativen Eltern und die unehrliche Gesellschaft nicht durchsetzen konnte. Ich legte meine Hand auf seinen Unterarm und endlich erwiderte er meinen Blick. Darin stand Reue und Schmerz, aber vor allem Furcht. All das zerbrach mein Herz.

»Kannst du nicht nochmal versuchen, mit deinen Eltern sprechen?«, fragte ich und Julien schüttelte sofort den Kopf. Der Barkeeper unterbrach kurz unser Gespräch und mein bester Freund bestellte bei ihm zwei Mojito.

»Du kennst sie doch … Sie würden ausrasten und den Glauben an alles verlieren.«

»Aber es geht um dein Leben, nicht um ihres.«

Julien bezahlte unsere Drinks, dann hielt er mir mein Glas hin. Er lächelte, doch es erreichte seine Augen nicht. »Hast du mitbekommen, was mit Theos Spind heute in der Schule gemacht wurde?« Ich nickte und hatte Mühe, die Erinnerung daran aus meinem Gehirn auszulöschen.

»Unsere Mitschüler sind oberflächliche Idioten«, versuchte ich dafür eine Entschuldigung zu finden. Aber ich wusste, dieses Verhalten war unentschuldbar.

»Wir sind in der High School, Babe, da ist alles ein Drama und kann dein Leben und deine Pläne mit einem Mal zerstören. Lass uns das letzte Jahr noch unbeschadet überstehen und uns auf das College freuen. Weit weg von zu Hause!« Julien hob sein Glas und ich stieß meines dagegen an.

»Auf das College!«

»Gott, ich bin so froh, dass du mit mir nach Stanford gehst! Weißt du, dass ich mich nur da beworben hab, weil es eines der am weit entferntesten Colleges ist?« Er lachte und verdrehte die Augen.

Stumm trank ich einen weiteren Schluck und unterdrückte die Worte, die mir auf der Zunge lagen und die ich heute eigentlich zum ersten Mal aussprechen wollte. Dass ich darüber nachdachte, mich an einem ganz anderen College als Stanford zu bewerben. Doch im Grunde war mir längst bewusst, dass ich das weder Julien noch meinem Dad antun konnte. Ich sollte mich geehrt fühlen, an einem Ivy League College angenommen worden zu sein, statt mich mit einem schlechten Gewissen herumzuplagen.

Ein gutaussehender Typ schob sich neben Julien an die Bar und mir entgingen nicht seine Blicke auf meinen besten Freund. Ich gab Julien unauffällig ein Zeichen und er drehte sich ein Stück um. Er erwiderte das Lächeln des Fremden, aber besann sich gleich darauf und wandte sich wieder ab. Auch wenn dieser Laden eine Stunde von zu Hause weg war, es hätte gut sein können, dass irgendjemand von unserer Schule hier war. Das Risiko aufzufliegen, war für Julien zu groß. Deswegen schob er sich näher an mich heran und lächelte mir zu, als wolle er zeigen, dass er mit mir hier war.

Wir spielten beide der Welt etwas vor und bisher hatte mir das nicht viel ausgemacht, weil ich nach meiner letzten bescheidenen Erfahrung mit einem Typen gar keine Lust auf eine Beziehung gehabt hatte. Juliens und meine Vereinbarung war genau richtig gewesen. Bis jetzt.

Denn als ich sah, wie gerne Julien mit dem gutaussehenden Fremden gesprochen hätte und nur er selbst sein wollte, versetzte mir sein leicht betrübter Blick einen Stich ins Herz.

Doch ich wusste, er war nicht bereit dazu, allen zu sagen, dass er schwul war und auch ich konnte meine Rolle noch nicht aufgeben. Wenn wir das überhaupt jemals tun könnten.

Das Kreischen im Hintergrund wurde lauter und vertrieb meine Gedanken. Jemand sagte Juliens Lieblingsband durch das Mikrofon an. Er nahm meine Hand und zog mich in die Menge, damit wir tanzen konnten und dadurch zumindest für einen kurzen Moment vergaßen, dass wir eigentlich vor unseren Leben wegliefen, anstatt sie endlich zu führen, wie wir es wollten.

***

Am nächsten Morgen erwachte ich langsam aus dem Schlaf und registrierte erst nach einigen Sekunden, dass ich nicht zu Hause, sondern bei Julien war. Wir hatten gestern noch lange in dem Club zur Musik seiner Lieblingsband getanzt und den ein oder anderen Mojito getrunken.

Juliens Eltern kamen erst in ein paar Stunden zurück, weil sie aufgrund eines Geschäftsessens woanders übernachtet hatten und das war auch gut so. Denn weder sie noch mein Dad mussten mitbekommen, dass Julien und ich fast die gesamte

Nacht in einem Club mit gefälschten Ausweisen gefeiert hatten.
Ich drehte mich auf die Seite. Julien schlief neben mir und atmete ruhig und gleichmäßig. Wenigstens er hatte Spaß gehabt, auch wenn er dem süßen Typen, der ihn später am Abend noch angesprochen hatte, einen Korb geben musste, weil ihn die Angst, aufzufliegen, zu sehr beherrschte.

Ich nahm mein Handy, das neben dem Bett lag, stand leise auf und ging über den Flur ins Badezimmer. Dort überflog ich zahlreiche Nachrichten meiner Mitschüler mit Hilferufen, während ich pinkelnd auf dem Klo saß. Ich wollte die App bereits schließen, da fiel mir eine Nummer ins Auge, die mir unbekannt war.

Ich öffnete die Nachricht, die um vier Uhr früh angekommen war.

Hey, Sis, heißes Outfit.

Darunter befand sich ein Foto. Von mir! Vor meinem Auto in den Klamotten von gestern Abend! Heilige Scheiße!

Mein Herz raste und ich drückte sofort auf antworten.

Was willst du?

Es war bereits elf Uhr und ich hoffte, Ryan wäre schon wach. Was wollte er nun mit dem Foto machen? Mich erpressen? Aber wie konnte er mich gesehen haben? War er mir gefolgt? Genau das, wovor ich mich so gefürchtet hatte, schien nun in Erfüllung zu gehen. Ryan steckte seine Nase in meine Angelegenheiten und könnte Dinge aufdecken, die besser nicht ausgesprochen wurden.
Ich erhob mich, betätigte die Toilettenspülung und wusch mir die Hände, bevor ich mich auf den Badewannenrand setzte und nervös auf eine Antwort wartete.

Und wieso spionierst du mir hinterher?, schob ich noch nach, weil mich diese Frage am meisten beschäftigte.

Wenn er nun schon wusste, dass ich mit Julien die gesamte Nacht in einem Club gewesen war, könnte er auch herausbekommen, was wir allen verheimlichten.

Dann stand die Fassade, die ich mir mühsam die letzten Jahre aufgebaut hatte, wackelnd auf einem Klippenrand.

Und nicht nur meine eigene. Ich dachte an Julien und daran, was passieren würde, wenn er wie Theo geoutet wurde, ohne dass er sich selbst dafür entschieden hatte.

Er würde den Posten im Team verlieren und die Möglichkeit eine Empfehlung zu erhalten, als Trainer im College einzusteigen. Er würde gedemütigt, gehänselt und von seinen Eltern sehr wahrscheinlich vor die Tür gesetzt werden.

Das konnte ich nicht riskieren.

Bevor ich weiter darüber nachdenken konnte, traf die nächste Nachricht von Ryan ein:

War mehr ein Zufall. Und ich möchte nichts.

Noch. Nicht.

Ich hielt den Atem an. Ich hatte angenommen, Ryan könnte mir gefährlich werden, aber dass er so etwas wirklich durchzog … damit hatte ich, um ehrlich zu sein, nicht gerechnet.

Ich wackelte unruhig mit den Oberschenkeln und biss am Nagel meines Zeigefingers herum.

Ich habe einen Deal für dich, schrieb ich ihm.

Wenn ich eines draufhatte, dann zu verhandeln. Und ich wusste ganz genau, was Ryan wollte, was ich durch meine Geschäfte an unserer Schule zuhauf hatte. Kohle.

Ich gehe mit dir auf keinen Deal ein.

Mach's gut, Lil Sis, wir sehen uns zu Hause!

Shit! Ich schmiss fast vor Wut das Handy auf den Fliesenboden und lief zurück in Juliens Zimmer. Während ich mich hastig anzog und die Jogginghose gegen meine Stoffhose von gestern tauschte, wachte Julien auf und sah mich fragend an.

»Muss gehen, meld mich später bei dir«, sagte ich nur knapp. Mein Freund drehte sich kommentarlos um und schlief weiter. Ich würde ihm ganz sicher nichts von dieser Sache erzählen, um ihn nicht zu beunruhigen. Das musste ich allein klären. Auf meine Art. Und ich ließ mich bestimmt nicht von so einem Typen wie Ryan erpressen.

Kapitel 12

Ryan

Ich kam erst spät am Mittag zurück. Sonntag war anscheinend der Wandertag meiner Mum und ihres Stechers, sodass ich ihnen gut aus dem Weg gehen konnte. Aber auf Blair freute ich mich ganz besonders.

Als ich gestern bei Mad angekommen war, war er tatsächlich auf dem Weg zu irgendeiner anderen Party gewesen. Ich war mitgekommen, doch ich saß nur mit einem Bier und meinem Handy in der Küche und überlegte, wie ich das mit Blair verarbeiten konnte. Natürlich würde ich sie nicht verpetzen, aber andererseits machte es mir Spaß, sie damit ein wenig aufzuziehen. Also hatte ich im sturzbetrunkenen Zustand die Worte getippt und abgeschickt, bevor ich überhaupt darüber hätte nachdenken können.

Und als ich am Vormittag bei Mad durch das Geräusch meines Handys aus dem Koma aufgewacht war, hatte ich mir das Grinsen nicht verkneifen können. Sie hatte Schiss. Und ich hatte nach ihrer Reaktion etwas gegen sie in der Hand.

Vielleicht sogar gegen meine Mum.

Deswegen freute ich mich umso mehr, als ich heimkam und Blair durch das Wohnzimmerfenster draußen am Pool sah. Sie trug einen knappen, knallgelben Bikini und las etwas auf einem E-Reader. Ich überlegte kurz, ob ich ebenfalls meine Badehose holen sollte, beschloss aber, dass dafür keine Zeit war. Sie spähte über den Rand ihrer Sonnenbrille, als ich die Terrasse betrat. Langsam legte sie den Reader weg, als dürfe sie keine schnellen Bewegungen machen, um mich nicht zu provozieren. Mir fiel auf, wie heiß ihr Körper in dem bisschen Stück Stoff aussah. Doch ich musste unbedingt bei Verstand bleiben, wenn ich die Kontrolle nicht aus der Hand geben wollte.

Ich setzte mich auf die Liege neben ihrer und sah sie an.

»Wie war dein Abend?«, fragte ich sie provokant und sie seufzte, zog die Sonnenbrille von ihrer Nase und legte sie neben den E-Reader auf ein Tischchen.

»Am besten du hörst mir zuerst zu, dann sparen wir uns diese lästige Unterhaltung«, sagte sie.

Ich stand auf und zog mein Shirt über den Kopf, das ich auf den Boden warf. Ihre Augen wanderten kurz über meinen Oberkörper und mein Grinsen wurde automatisch breiter.

»Ach, ich finde es eigentlich ganz angenehm, mich mit dir zu unterhalten.«

Langsam schob ich meine Shorts hinunter und präsentierte meinen Körper nur noch in engen, schwarzen Boxershorts. Blair versuchte krampfhaft, mir ins Gesicht zu sehen, als ich auf der Liege Platz nahm. Ich schloss die Augen und genoss die heißen

Sonnenstrahlen und Blairs Blicke auf meiner Haut. Eine wirklich berauschende Mischung.
Sie bewegte sich neben mir und ich schenkte ihr wieder meine Aufmerksamkeit. Es war ein gegenseitiges Lauern, das zwischen uns lag. Sie traute mir nicht und ich hatte keine Ahnung, wieso sie so tat, als wäre sie prüde, schüchtern und brav, wenn sie in Wirklichkeit etwas völlig anderes war. Was bezweckte sie damit, nicht einfach so zu sein, wie sie mochte und nicht wie ihr spießiger Dad sie sehen wollte? Scheiß auf die Meinungen anderer.
»Ich habe das ernst gemeint mit dem Deal«, sagte sie und drückte den Rücken durch. Dadurch verlagerte sich meine Aufmerksamkeit auf ihre Brust unter dem dünnen Bikinistoff. Allerdings nur kurz, bis ich ihr wieder ins Gesicht sah. Vielleicht war der Deal doch interessanter, als ich annahm. Trotzdem machte es mehr Spaß, mit ihr zu spielen.

»Und ich habe es ernst gemeint, als ich ihn abgelehnt habe.«

»Du weißt gar nicht, um was es geht.«

»Und du wirst die Konditionen erhöhen, wenn der Druck auf dich größer wird.«

»Also willst du mich damit erpressen?« Sie stand auf und verschränkte die Arme vor der Brust.

Sie war noch heißer, wenn sie so widerspenstig war wie jetzt. Ich erhob mich ebenfalls und ging einen Schritt auf sie zu. Mein Herz raste und zwischen uns entstand wieder diese gewaltige Energie, die mich völlig unvorbereitet um den

Verstand brachte. Ich redete mir ein, dass es nur ihr halbnackter Körper war, der mich anzog und versuchte, dagegen anzukämpfen, mir vorzustellen, dass ich sie am liebsten auf die Liege drücken und mich an sie pressen wollte. Ihr das Bikinioberteil langsam öffnen und ihren Hals nach unten küssen wollte, bis ich zum Ansatz ihrer festen Brüste gelangte. Fuck. Fuck. Fuck!
Ich konnte mir das zwischen uns nicht einreden. Blair spürte es auch, denn der Ausdruck in ihrem Gesicht veränderte sich auf einmal. Er wurde eindringlich. Fast sprühten Funken aus ihren schönen Augen und nicht, weil sie wütend auf mich war. Sie wollte mich. Und ich wollte sie.

Plötzlich besann sie sich wieder und machte ruckartig einen Schritt nach hinten, als müsse sie mir entkommen. Ich griff nach ihr, aber es war zu spät. Mit einem Schrei fiel sie in den Pool und als sie wieder auftauchte, konnte ich mir das schelmische Grinsen nicht mehr verkneifen. Ihre Haare klebten ihr in nassen Strähnen am Kopf und trotzdem war ihr wütender Blick und das Feuer in ihren Augen perfekt.
Ich tauchte mit einem Kopfsprung ebenfalls ins Wasser und schwamm zu ihr. Sie versuchte, mir zu entkommen, aber als ich knapp neben ihr auftauchte, kesselte ich sie mit meinen Armen am Poolrand ein. Ihr Gesicht war nur wenige Zentimeter von meinem entfernt. Ihre halbgeöffneten Lippen bettelten danach, geküsst zu werden. Ihr Atem, der auf meiner

nassen Haut brach, löste eine Gänsehaut aus. Ihr blumiger Duft, der durch die Nähe nur noch verstärkt wurde, kroch mir in die Nase und befeuerte meine Endorphine.

»Wieso kommst du mir so nah?«, fragte sie leise und drückte sich mit dem Rücken gegen die Poolwand, um so weit zu entkommen, wie es ihr möglich war.

»Ich wollte nur sichergehen, dass du nicht ertrinkst. Ich kann dich beatmen, wenn du das möchtest, ich habe darin Erfahrung.«

»Das glaube ich dir ohne zu Fragen.«

»Du hattest gestern sicher einen gefälschten Ausweis, oder?« Ihr Ausdruck wurde ernst und ihre Augen flackerten unruhig zwischen meinen hin und her. »Bingo.«

»Das geht dich gar nicht nichts an!«

»Wer bist du, Blair Moore?«, fragte ich leise und rückte noch ein weniger näher an sie heran. Fast berührten sich unsere Vorderseiten. Fast verlor ich meine Kontrolle. Fast …

»Das geht dich überhaupt nichts an und das muss es auch nicht. Du bist sowieso bald wieder verschwunden!«

»Vielleicht hast du recht, aber ich hatte schon immer was für knifflige Aufgaben übrig. Ich habe mich wohl in dem braven Töchterchen getäuscht, was?«

»Geh zum Teufel, Ryan.« Sie schubste mich weg, drehte sich um und setzte die Hände an den

Beckenrand. Ihr prächtiger Arsch befand sich knapp vor meinem Gesicht, als sie sich komplett aus dem Wasser stemmte, sich ihr Handtuch auf der Liege schnappte und ins Hausinnere stürmte.

Das konnte ich so nicht stehen lassen.

Auf. Gar. Keinen. Verdammten. Fall!

Kapitel 13

Blair

Mein Körper bebte und ich hatte keine Ahnung, wie ich ihn wieder unter Kontrolle bringen konnte. Ryans Art machte mich rasend, so unglaublich wütend, dass ich fast vergaß, in seiner Gegenwart überhaupt zu atmen. Was erhoffte er sich damit, sich wie ein Arsch aufzuführen? Wieso drohte er mir und wollte im Gegenzug dazu noch nicht mal meinen Deal anhören?

Ich hatte mir den ganzen Tag ausgemalt, was ich ihm sagen würde und als er tatsächlich vor mir gestanden hatte, hätte ich einfach nur ausrasten können.

Ich nahm mir ein Glas aus dem Wandschrank und schenkte mir Eistee aus dem Kühlschrank ein. Meine Hände verkrampften sich wütend und ich war kurz davor, das Getränk gegen die nächste Wand zu pfeffern. Aber nein. So etwas tat er vielleicht, ich nicht.

»Die Unterhaltung war noch nicht beendet!«, vernahm ich plötzlich eine Stimme und erschrak so sehr, dass mir das Glas aus den Fingern glitt und klirrend auf den Küchenfliesen aufkam.

»Scheiße! Was soll das, wieso schleichst du dich so an!«, schrie ich ihn an und ließ die Wut raus, die in mir rumorte. Ich dachte zumindest, es wäre Wut, aber vielleicht brachte mich etwas ganz anderes durcheinander, gegen das ich mit all meiner Kraft ankämpfte. Weil es falsch war. Weil es nicht sein durfte. Weil es mich verrückt machte!

Ich bückte mich, damit ich die Scherben aufheben konnte, dabei löste sich der Knoten an meinem Handtuch und ich schmiss es laut fluchend von mir.

»Warte … ich helfe dir«, sagte Ryan und kniete sich neben mir auf den Boden. Auf einmal wirkte er nicht mehr so provokant und ironisch, was mich nur noch stärker aus der Bahn warf. Er durfte nicht nett sein!

»Ich brauche keine Hilfe von dir!« Ich wusste, dass ich kindisch reagierte, dabei spiegelte ich nur seine bescheuerte Art wider.

»Komm, sei nicht so, Sis.«

»Nenn mich verdammt nochmal nicht so!«, schrie ich ihn an und griff erneut nach den Scherben, um sie aufzusammeln. Als das scharfe Ende meine Haut durchstach, brannte der Schmerz des Schnittes höllisch. »Shit!«, fluchte ich und zog meine Finger zurück. Blut quoll hervor und hörte gar nicht mehr auf. Mir wurde schwindelig und ich presste schnell die Lider aufeinander, damit ich mich nicht an Ort und Stelle übergab.

»Fuck, gib mal her«, sagte Ryan und zog meine Hand zu sich. »Wir müssen die Blutung stoppen, der Schnitt ist ziemlich tief.«

»Tief?«, fragte ich piepsig und spürte bereits, wie mir die Übelkeit den Magen umdrehte und mir schwindelig wurde.

Ryan zog mich hoch und während ich immer noch fest die Augen geschlossen hielt, umfasste er meine Taille und hob mich auf den freien Platz neben der Spüle, als würde ich rein gar nichts wiegen.

»Halt die Hand nach oben«, sagte er ernst und ich versuchte, das beständige Kribbeln meines Fingers zu ignorieren. Ich würde umkippen! Ganz sicher verbluten! Wegen dieses bescheuerten Typens!

Der Wasserhahn wurde geöffnet, kurze Zeit später spürte ich Ryans Körper vor mir und wie sich ein feuchtwarmer Lappen auf meine Hand drückte. Ich atmete tief durch die Nase ein und durch den Mund wieder aus.

Eins und Zwei. Eins und Zwei.

»Kann es sein, dass du kein Blut sehen kannst?« Ich vernahm Ryans Grinsen aus seiner Stimme und schüttelte den Kopf, während ich mich immer noch darauf konzentrierte, nicht in Ohnmacht zu fallen.

»Ich kann Blut sehen … nur nicht in solchen Mengen«, gab ich dann jedoch knapp zu.

Ryan drückte meine Hand an seine Brust und hielt meinen Arm fest. Seine Finger strichen beständig über meine nackte Haut und zogen meine Aufmerksamkeit auf sich. Ich schaffte es, mich wieder ein wenig unter Kontrolle zu bekommen.

»Alles okay«, sagte er sanft und ich wunderte mich darüber, dass keine weitere gehässige Aussage von ihm kam. Vorsichtig öffnete ich die Augen und sah ihn an. Für einen kurzen Moment wirkte es so, als würde er sich gerne um mich kümmern. Doch vielleicht plagte ihn nur sein schlechtes Gewissen, dass er der Grund dafür war, wenn ich wirklich verblutete. »Außerdem bin ich Arzt, ich weiß genau, was ich tue.« Da war es wieder. Das jungenhafte Grinsen, das mich sonst immer zur Weißglut brachte. Aber diesmal … Diesmal war es anders.

»Du bist noch kein Arzt. Laut Heather studierst du erst seit zwei Jahren Medizin.«

»Zwei Jahre, in denen ich garantiert gelernt habe, wie man mit einer Wunde klarkommt.«

Er löste den Lappen von meinem Finger und ich sah schnell in Richtung Decke, konzentrierte mich auf etwas anderes. Zum Beispiel auf das Gefühl, das Ryans Nähe in mir auslöste. Mir fiel auf, wie nah er zwischen meinen geöffneten Beinen stand, während ich auf der Küchenanrichte saß. Wie dicht sein Unterleib, der nur von einer knappen, nassen Short bedeckt war, meinem war. Und als ich Ryans Blick bemerkte, der immer intensiver wurde, wusste ich, dass auch er es spürte.

Meine Beine zuckten, wollten sich um ihn schlingen und ihn näher ziehen. Ich sah auf seinen Mund und seine Augen flogen über mein Gesicht. Langsam hob er meinen Finger zu seinen Lippen und pustete leicht darauf. Als würde das irgendetwas besser machen, aber das Gegenteil war der Fall.

Ich wollte ihn auf einmal nur umso mehr. Diese andere Art, die er nun zeigte und die ich niemals bei ihm vermutet hatte, erweichte plötzlich mein Herz, das ich bei ihm immer hart und unnahbar gehalten hatte.

»Wieso hast du dich für Medizin entschieden?«, fragte ich und wollte durch eine lockere Unterhaltung das Gefühl verdrängen, das in mir anwuchs und mich Sachen machen ließ, die ich hinterher ganz bestimmt bereuen würde.

»Ich mag es, Menschen zu helfen«, erwiderte er und grinste dabei, aber ich merkte, dass noch etwas anderes hinter dieser Aussage steckte, denn seine Augen wirkten auf einmal traurig.

»Das glaube ich nicht«, erwiderte ich frech und Ryan lachte kurz auf.

»Was sollte ich nach deiner Meinung studieren?«

»Gute Frage, ich kann mich dich eher in einer Band vorstellen oder so etwas.«

»In einer Band?« Er zog eine Augenbraue hoch und wieder musste ich lachen. »Du hast mich noch nicht singen gehört.«

»Oh doch, gestern unter der Dusche und du hast recht, du warst grauenvoll.«

Für einen Moment fühlte es sich nicht mehr so an, als würde ich mich mit Ryan unterhalten. Unser Gespräch war leicht und … irgendwie schön. Es war, als stünde jemand völlig anderes vor mir, den ich gar nicht kannte und ich hatte den Eindruck, ich durchdrang ein Stückchen die harte Mauer, die er um sich herum aufgebaut hatte. Das Problem an der Sache war nur, dass ich dazu meine eigene ebenfalls fallen lassen musste.

»Deine Mum ist sicher stolz auf dich und dein Studium«, sagte ich leise und wieder änderte sich etwas an Ryans Blick. Vielleicht war ich doch zu schnell vorgestoßen.

»Ich tue das nicht für sie«, gab er knapp zurück und sah nach unten. Er löste den Lappen von meinem Finger und begutachtete den Schnitt. Ich unterdrückte ein Seufzen.

»Es hat aufgehört zu bluten«, sagte er und sah mir wieder fest in die Augen. »Alles in Ordnung bei dir, Blair?« Seine Stimme war leise, leicht rau und tief. Mir fiel auf, dass er zum ersten Mal meinen richtigen Namen gesagt hatte. Ich nickte vorsichtig und spürte Ryans Hände immer noch an meinen Fingern. Er hatte sich nicht zurückgezogen. Vielleicht waren wir gerade doch den ersten Schritt aufeinander zugegangen.

»Wo habt ihr Pflaster?«

»Im Badezimmer, Waschbeckenunterschrank«, antwortete ich ihm und er nickte.

»Du solltest das hier noch einen Moment fest drauf drücken. Es muss nicht genäht werden und du wirst es überleben.« Er gab mir leicht grinsend den Lappen in die andere Hand.

»Danke«, wisperte ich und Ryan konnte sich noch immer kaum von meinem Anblick lösen. Die Luft flirrte, das Kribbeln in meinem Körper nahm zu und meine Lippen sehnten sich nach einem Kuss. Einem Einzigen nur. Um zu schmecken, wie es sich anfühlte, von ihm geküsst zu werden. Weil ich neugierig war und wissen wollte, ob es tatsächlich stimmte, dass die Leidenschaft nur umso größer wurde, wenn man jemanden hasste.

Aber eigentlich war das völliger Schwachsinn. Ich hasste Ryan nicht. Nur seine Art, mit der er etwas zu verstecken versuchte.

Wer er wirklich war. In diesem flüchtigen Moment konnte ich ihn zu hundert Prozent verstehen.

»Blair …«, flüsterte Ryan flehend und auch ich wusste nicht, was auf einmal zwischen uns passierte. Er kam ein Stückchen näher und ich spürte seine warme Haut an meinen Innenschenkeln.

»Was ist hier los?« Die strenge Stimme meines Dads erklang durch die Küche und ließ Ryan einen Satz nach hinten machen. Fast wäre er in die

Scherben gesprungen, konnte sich aber gerade noch so abfangen.
»Hi Dad! Ich habe ein Glas fallen gelassen und Ryan hat mir geholfen«, erwiderte ich viel zu schnell, als hätte ich in Wirklichkeit etwas zu verbergen. Mein Dad sah mit hochgezogener Augenbraue zwischen uns hin und her. Ryan senkte ein Stück den Kopf, dann lief er los.
»Hole das Pflaster, bin gleich wieder da«, murmelte er und war kurz darauf schon im Flur verschwunden, während ich immer noch verdattert auf der Arbeitsfläche saß. Mein Dad stellte sich neben mich und ich hielt ihm den Finger hin, damit er ihn sich anschauen konnte. Er war ziemlich gut im Wunden pflegen. Als Kind war ich ein richtiger Wirbelwind gewesen und hatte ständig irgendwelche Blessuren gehabt.

Was sich direkt geändert hatte, als Mums Unfall passiert war. Danach war ich nicht mehr ich selbst. Aber nicht nur ich hatte mich verändert. Auch mein Dad. Ich war froh, dass er nun wieder der Alte zu sein schien, was ich unter keinen Umständen gefährden wollte.
»Kleiner Tollpatsch«, sagte er mit einem Lächeln auf den Lippen und wickelte ein frisches Tuch um meinen Finger, bis Ryan zurückkam. Wo steckte er bloß? »Erinnert mich an früher«, sagte Dad und ich nickte, ohne etwas darauf zu erwidern. »Versteht ihr

euch? Du und Ryan?«, wechselte er das Thema und sah wieder auf meine Hand. Wich er mir extra aus? Hatte er etwas bemerkt? Zwischen dem, was in der Luft hing, wenn Ryan und ich uns im gleichen Raum befanden?

»Denke schon.«

»Ihr beiden habt viel mit uns als Eltern durchgemacht«, sagte er leise und schenkte mir ein trauriges Lächeln. »Das habt ihr gemeinsam. Ihr …« Er zögerte, sah kurz zum Flur, als wollte er prüfen, dass Ryan nicht hinter im stand, und erwiderte wieder meinen Blick. »Ihr seid jetzt Geschwister, ihr dürft füreinander da sein. Aber … auf eine andere Art als Ryan es normalerweise bei Mädchen gewohnt ist. Wenn du verstehst, was ich meine.«

Natürlich verstand ich das. Allerdings hätte ich meinem Dad niemals sagen können, dass vielleicht nicht Ryan derjenige war, der Gedanken hatte, die sich weitaus über geschwisterliche Zuneigung befanden, sondern dass die sich ausgerechnet gerade in mir formten …

»Du musst dir keine Sorgen machen, Dad«, versuchte ich ihn zu beschwichtigen. »Ich habe das unter Kontrolle.«

»Davon bin ich überzeugt«, sagte er und lächelte diesmal deutlich erleichterter. Ich erwiderte die Geste, aber fühlte mich schlecht, weil ich ihm so viele Dinge verschwieg, die ich ihm niemals hätte sagen können.

Denn ich wusste selbst nicht, wohin mich das mit Ryan führen könnte.

Kapitel 14

Ryan

Sie ging mir einfach nicht aus dem Kopf. Und das war falsch, weil wir uns genaugenommen wirklich nicht näherkommen durften. Normalerweise setzte ich nicht viel auf Regeln oder Prinzipien, außer meinen eigenen. Aber genau das war das Problem. Ich hatte mir vorgenommen, Blair nicht zu knallen. Weil es nur Ärger machte. Mit ihrem Freund und unseren Eltern.

Vernünftigerweise war dieser Ansatz auch in meinem Schädel angekommen, aber leider nicht in meinen unteren Regionen. Ich war hart seit der Sache am Pool. Die Situation in der Küche hatte es nicht besser gemacht, im Gegenteil. Und seitdem ich geflüchtet war und mich in meinem Zimmer eingesperrt hatte, versuchte ich, nicht mehr darüber nachzudenken. An ihren weichen Blick. Ihre glatte Haut. Ihren Duft. Ihre Lippen. Ihre Stimme. *Ihr alles.*
Um sie mir aus dem Kopf zu schlagen, hatte ich Mad angerufen und wollte mit ihm zu einer Party gehen. Ich nahm an, dass wir uns bei ihm treffen würden, aber stattdessen hörte ich nun ein Klingeln an der Haustür, danach laute Stimmen, die ich sofort

erkannte. Blair und Mad. Shit. Sie sollten niemals allein aufeinandertreffen!
Ich sprang vom Bett, und stürmte nach unten. Dort stand Mad im Türrahmen zur Küche. Als ich nähertrat, erkannte ich Blair am Tisch vor ihrer Nähmaschine, die sie im Laufe des Vormittags wohl aus meinem Zimmer geholt hatte. Sie schraubte an irgendetwas daran herum, aber das, was sie da tat, sah selbst für mich als Laie nicht sehr erfolgreich aus.

Die Scherben auf dem Boden waren weggeräumt worden. Ich hatte sofort ein schlechtes Gewissen, weil ich ihr nicht dabei geholfen hatte.

»Und du bist dir sicher, dass du nicht mitwillst? Wow, Ryan hat total untertrieben, als er von dir erzählt hat. Er hat gesagt, du wärst ein prüdes, verklemmtes, kleines ...«

»Mad!«, maßregelte ich ihn und er fuhr ruckartig herum. Auf seinem Gesicht lag sein typisches Aufreißergrinsen. Er hatte mal wieder eine aufgeplatzte Lippe und eine kleine Wunde an seiner Schläfe, wahrscheinlich von einem Kampf. Verdammt, Mad. Ich hatte es satt, ihn jedes Mal nach seinen Fights wieder aufzupäppeln.
»Hey, Ryan, was geht?« Wir schlugen ein und Mad wandte sich zurück an Blair.

»Kannst du bitte endlich gehen und diesen ... Typen mitnehmen?«, sagte Blair an mich gewandt. Mad zog nur den Stuhl ihr gegenüber zurück und setzte sich. Selbstbewusst legte er die Unterarme auf dem Tisch ab und fixierte sie, als wäre sie seine nächste Beute. Doch wenn das einer zu verhindern wusste, dann ganz bestimmt ich.

»Eigentlich wollte ich mir nur mal deine Hütte ansehen, Ryan, aber hätte ich gewusst, dass mir so etwas hier über den Weg hüpft, wäre ich früher gekommen«, sagte Mad und ich schüttelte den Kopf.

»Gott, ich dachte, deine Sprüche wären lahm, aber herzlichen Glückwunsch, dein Freund hat dir gerade den Rang abgelaufen«, sagte Blair trocken und ich musste lachen. Schlagfertig war sie und eigentlich brauchte sie meine Hilfe überhaupt nicht, auch wenn ich ansetzen und Mad davon abhalten wollte, weiter seine Show hier durchzuziehen. Irgendwie tat es Mad gut, einmal in seine Schranken gewiesen zu werden.

»Das beruhigt mich jetzt aber ungemein«, erwiderte ich und sah kurz den Anflug eines Lächelns auf Blairs Lippen. Der Anblick zog mich für eine Sekunde in seinen Bann und ich merkte gar nicht, dass Mad uns aufmerksam beobachtete. Zu aufmerksam.

»Also, was ist jetzt, Süße, kommst du mit?«, fragte er und Blair legte den kleinen Schraubenzieher zur Seite.

»Ganz bestimmt nicht.« Sie stand auf. »Aber ich wünsche euch unheimlich viel Spaß und hoffe, ihr seid die gesamte Nacht unterwegs, damit ich meine Ruhe habe.«

Sie ging an mir vorbei. Ich streckte die Finger leicht nach ihr aus und berührte mit einem Hauch ihre Hand, ohne dass Mad davon etwas mitbekam. Sie stockte in der Bewegung, aber lief sofort weiter, als wäre nichts gewesen, raus aus dem Zimmer. Ich brachte sie genauso um ihre Kontrolle wie sie mich. Eindeutig. Und eindeutig alles andere als gut. Doch ich konnte nicht mehr damit aufhören, seitdem ich sie das erste Mal berührt hatte.

Mad seufzte, stand auf und drehte sich zu mir um. »Wie lange läuft das schon zwischen euch, ohne dass du deinem besten Kumpel etwas verraten hast?«, fragte er und zog eine Augenbraue nach oben. »Jetzt wundert es mich nicht mehr, dass du kein Interesse an der Kleinen gestern hattest!«

Ohne auf seine Aussage zu antworten, lief ich raus in den Flur und öffnete die Haustür. Mad folgte mir, während wir auf seinen schwarzen Mercedes zugingen. »Weiß nicht, was du meinst«, sagte ich und nahm auf dem Beifahrersitz Platz, während Mad sich auf den Fahrersitz schob.

»Du bist scharf auf sie. Ich kenne deinen Ausdruck, wenn du ein Mädchen willst.«

»Schwachsinn, halt die Klappe und fahr los.«

»Deine Antwort hätte nicht offensichtlicher sein können.« Mad zuckte grinsend mit den Schultern und steckte den Schlüssel ins Schlüsselloch. »Das ist Inzucht, Mann, ich hoffe, das weißt du. Überlass sie lieber mir, dann sparst du dir einige Probleme.«

»Erstens sind wir keine richtigen Geschwister, du Vollpfosten, und zweitens würde ich sie dir erst recht nicht überlassen, wenn sie meine kleine Schwester wäre.«

»Also ist sie frei?«

»Fahr los!«

»Du wirst Ärger kriegen«, flötete er und fuhr an. »So richtigen scheiß mega Ärger! Der Brand im Studentenheim war nichts dagegen, wenn du deine kleine Schwester bumst!«

»Verdammt, ich bumse meine Schwester nicht und hör auf so über sie zu sprechen!« So langsam wurde ich wütend und wäre am liebsten wieder aus dem Wagen gesprungen. Kurzentschlossen zog ich mein Handy aus der Hosentasche, wählte und drückte es mir ans Ohr.

»Hey, Mary, was geht …«

»Ohhhh, jetzt versucht er, mir zu beweisen, dass er nicht auf seine *Lil Sis* steht.« Mad lachte und ich gab ihm einen leichten Schubs.

»Mandy«, erklang am anderen Ende der Leitung. »Mandy, klar. Hab ich das nicht gesagt? Bist du auch auf Steves Party? Wir sind auf dem Weg dorthin und ich würde mich freuen, dich zu treffen.«

Mad grunzte immer lauter und während ich Mandys glücklichem Geplapper lauschte, versuchte ich zu verdrängen, was es mit mir machte, wenn ich mir vorstellte, Mad könnte was mit Blair haben. Oder irgendein anderer Typ einschließlich ihrem bescheuerten Freund …

Nachdem ich mich von Mandy verabschiedet hatte, steckte ich das Telefon wieder ein.

»Wow, jetzt hast du es mir aber gegeben und meine These total entkräftet«, sagte Mad ironisch und lenkte seinen Wagen durch die Straßen auf den Highway Richtung Savannah. Die Party fand heute in irgendeinem Studentenwohnheim statt und auch wenn wir eigentlich keinen Fuß auf den Campus setzen durften, bis die Sache mit dem Brand geklärt war, taten wir es trotzdem. Fand sowieso keiner raus.

»Willst du mir nicht lieber erzählen, was damit ist?«, fragte ich und deutete mit dem Zeigefinger auf die ganzen Blessuren in seinem Gesicht. Zischend schlug er ihn weg.

»Hör auf, ich muss fahren.«

»Jetzt lenkst du ab! Was hast du schon wieder gemacht?«

»Nichts!«

»Hm, das sieht nicht gerade nach Nichts aus. Komm, mir kannst du es doch sagen.«

»Genauso wie du mir sagst, dass du auf deine kleine Schwester stehst?«

»Fuck, hör jetzt auf damit! Also? Ich hatte angenommen, du wolltest mit den Kämpfen aufhören, nachdem dir dein Dad letztens mit Rausschmiss gedroht hat.«

Mad seufzte. »Ja, dachte ich auch. Aber ich kann nicht …«

»Was soll das heißen?«

»Dass es nicht geht. Es ist der einzige Weg für mich, genug Kohle ranzuschaffen, damit wir wieder zurückdürfen.«

»Hast du mal daran gedacht, es auf legalem Weg zu versuchen? Vielleicht mit einem stinknormalen Job, wie den bei deinem Dad? Er hätte ihn dir gegeben anstatt mir, das weißt du. Du hättest ihn nur richtig danach fragen müssen.«

Mad zuckte mit den Schultern und kaute auf seiner Unterlippe herum. »Ich hätte ihm sowieso nichts recht machen können, du weißt doch, wie er ist.«

Ja, das wusste ich und mir war auch bewusst, wie meine eigenen Eltern waren. Wieso konnte man sich mit einundzwanzig Jahren nicht so weit davon befreien, dass es einem scheißegal war, was selbst die eigenen Eltern von einem dachten? Man war doch offiziell erwachsen und brauchte ihren Rat nicht mehr. Komisch, dass es sich trotzdem ganz anders anfühlte.

»Wenn du dich weniger in irgendwelchen Mist

verrennen würdest, wäre es vielleicht anders.«

»Das sagt der Richtige ...«, erwiderte Mad schnaubend und mir gefiel überhaupt nicht, welche Richtung unsere Unterhaltung eingeschlagen hatte. Deutlich zu tiefgründig nach diesem verrückten Tag.

»Okay, hast ja recht. Lassen wir solche Themen heute.«

Wir schwiegen, bis Mad vor einem Verbindungshaus auf dem Campus parkte, auf dessen Grundstück sich haufenweise Menschen befanden, tanzten, lachten, tranken. Die perfekte Ablenkung. Ich hielt meinem Freund die Hand hin. »Wir haben beide Scheiße gebaut. Kein Grund, sich deswegen an die Gurgel zu gehen.«

Mad schlug ein. »Du hättest sowieso keine Chance gegen mich.«

»Ich würde es drauf ankommen lassen«, erwiderte ich mit dem gleichen dämlichen Grinsen. Okay, wenigstens konnte ich den Streit mit meinem besten Freund verhindern. Vielleicht würde der Abend doch besser werden als angenommen.

Kapitel 15

Blair

Ich saß an meinem Schreibtisch, um zu lernen, als Ryans Tür zum Badezimmer aufging und ich innehielt. Ich hatte gehört, wie spät er gestern nach Hause gekommen war, aber alles andere hätte mich irgendwie auch gewundert.

Er schlurfte weiter, dann hörte ich den Toilettendeckel und konnte nicht fassen, dass es ihm nichts auszumachen schien, dass alle Türen weit offen standen!

Ich sprang auf, lief hinüber zum Bad und knallte die Tür zu. Ihn auch noch beim Pinkeln zu hören oder sogar zu sehen ging weit über meine Toleranzgrenze hinaus. Selbst wenn er sich darum anscheinend überhaupt nicht scherte.

Mein Magen knurrte und weil es bereits ein Uhr mittags war, ging ich hinunter in die Küche, um mir etwas zu Essen zu machen. Mein Dad und Heather waren zu irgendeinem Sonntagsmarkt aufgebrochen, sie nutzten das Wochenende immer für allerlei Aktivitäten. Aber ich musste unbedingt für einige anstehende Prüfungen lernen. Ich konnte es mir nicht leisten, meinen Schnitt zu gefährden. Egal, durch was.

Mein Leben glich einem Kartenhaus. Zog man nur eine von den Karten hinaus, brach das gesamte Gebilde zusammen. Deswegen war es mir so wichtig, meinen Plan strikt durchzuziehen und ihn durch nichts zum Wanken zu bringen.
In der Küche machte ich mir ein Sandwich und hörte, wie Ryan die Treppe hinuntergepoltert kam. Als er im Türrahmen auftauchte, wandte ich mich schnell ab, denn der Anblick von ihm in nichts als Boxershorts war heute Morgen definitiv zu viel für mich. Vor allem, wenn ich mir vorstellte, mit wie vielen Mädchen er gestern Abend ganz sicher etwas gehabt hatte. Ich nahm am Küchentisch Platz und versuchte, in aller Ruhe mein Sandwich zu essen, während Ryan im Kühlschrank wühlte und sich danach mir gegenüber hinsetzte.

Einige Zeit kauten wir bedächtig, ohne etwas zu sagen. Ich hatte auch keine Ahnung was, denn nach der gestrigen Begegnung und der Nähe, die auf einmal zwischen uns entstanden war, fiel es mir schwer, über etwas anderes nachzudenken.

»Wie ist es passiert?«, fragte ich nach einer Weile und Ryan sah mich an.

»Was?«

»Der Brand.«

»Oh wow, du bist die Erste, die es wirklich wissen will«, murmelte er und biss noch ein Stück von seinem Brot ab. »Aber es spielt keine Rolle.«

»Natürlich tut es das.«

»Nein«, erwiderte er gedehnt. »Der Zug ist abgefahren.«

»Wieso tust du das immer?« Ich legte den Rest meines Sandwichs auf den Teller und sah Ryan durch zu Schlitzen geformten Augen an, als könnte ich so besser in seinen Kopf hineinsehen. »Dich ständig verstecken. Wieso kannst du nicht auf eine normale Unterhaltung mit mir eingehen?«

»Weil ich immer das Gefühl habe, du wirst meine Aussagen gegen mich verwenden.«

»Das sagst gerade du! Aber mache ich wirklich so einen Eindruck auf dich?«

»Um ehrlich zu sein, habe ich keine Ahnung, was für einen Eindruck du auf mich machst, weil jedes Mal, wenn wir uns sehen, du anders bist. Unsere erste Begegnung, bei der ich gedacht habe, du bist das prüdeste Mädchen der Welt. Dann hast du mich überrascht, als du mit deinem Freund auf diese Party gegangen bist.«

»Über die Sache wollte ich sowieso nochmal mit dir sprechen!«

Ryan grinste und lehnte sich auf dem Stuhl zurück. »Dein komischer Deal.«

»Der uns das Leben definitiv erleichtern würde.«

»Das denkst du.«

»Das weiß ich.«

»Du bist eine harte Nuss, Blair Moore und ein wenig nervig.«

»Zielstrebig würden es andere nennen.«

Ryan lachte kurz auf. »Okay, also was ist das für ein Deal?«

Ich faltete die Hände auf dem Tisch zusammen und streckte den Rücken durch, als würde ich ein Plädoyer halten wollen. »Du stimmst mit mir überein, dass der Stress hier zu Hause alle nervt.«

»Garantiert.«

»Und dass es Dinge gibt, die mein Dad nicht unbedingt weiß.« Ryan zog überrascht eine Augenbraue hoch. »Das ist offensichtlich«, sagte ich schnell. Ich würde mich nicht verraten, aber ich wollte auch nicht, dass Ryan meinem Dad irgendetwas erzählte oder etwas gegen mich in der Hand hatte. Ich traute ihm immer noch nicht wirklich. »Und es ist klar, dass du das, was du gesehen hast, für dich behalten musst.«

»Also, was springt für mich dabei raus?«

»Geld.«

Ryan lachte kurz auf. »Ist das dein verdammter Ernst?«

»Ich habe keine Lust mehr auf Spielchen und will mein Leben wieder zurück. Du wirst noch einige Zeit hier wohnen, also müssen wir uns irgendwie arrangieren, wenn das funktionieren soll. Ich lasse dich in Ruhe und du mich. Außerdem wirst du meinen Dad nicht mehr provozieren, dafür gibt es einen Haufen Kohle für die Sache mit dem Brand und dass du zurück an dein College kannst.«

Ich hatte gesehen, wie besorgt mein Dad wirkte und wie oft er seine Münze, die er damals bei den anonymen Alkoholikern für ein trockenes Jahr bekommen hatte, zur Hand nahm. Das machte mir ziemlich große Sorgen und Ryan war definitiv der Auslöser für dieses Verhalten.

»Willst du mir deinen Collegefond geben, oder was?« Er wirkte skeptisch, natürlich, ich konnte es ihm nicht verdenken.

»Nein, selbstverständlich nicht. Ich habe ein Sparbuch.«

Ryan lachte. »Ein Sparbuch? Mit was, ein paar hundert Dollar? Baby, das reicht noch nicht mal für die Anzahlung!«

»Es sind sechstausend.«

»Was?« Ryan verschluckte sich fast und lehnte sich auf dem Tisch zu mir vor. Er senkte die Stimme. »Woher hast du so viel Kohle? Wieso hast du den kurzen Rock getragen? Gehst du … Bringt dich dein Freund zu …«

»Gott, Ryan, sei nicht albern. Nein, ich prostituiere mich nicht für das Geld!« Ich rollte mit den Augen. »Ich habe eine andere Einnahmequelle, aber die geht dich nichts an. Es ist legales Geld und ich würde es anlegen, damit hier wieder Ruhe herrscht. Das wäre es mir wert.«

»Puh, Blair, das …« Er fuhr sich durch die Haare. »Das muss ich mir durch den Kopf gehen lassen. Sechstausend Kröten … Das ist wahnsinnig viel und ich würde in deiner Schuld stehen.«

»Nein, würdest du nicht. Es ist ein Deal und wenn du deine Hälfte davon einlöst, sehe ich keine offenen Rechnungen zwischen uns.« Ich stand auf und stellte den Teller in die Spülmaschine. »Aber ich sehe schon, du brauchst Bedenkzeit.« Dann deutete ich auf den fetten Knutschfleck an seinem Hals. Woher er den auch immer hatte … »Außerdem musst du dich sicherlich von gestern Nacht noch erholen. Du weißt, wo du mich findest.«

Mit diesen Worten verließ ich die Küche und brachte genug Abstand zwischen uns, damit Ryan sich mein Angebot überlegen konnte. Auch wenn das Geld eigentlich für ganz andere Dinge herhalten sollte, es war nicht verschwendet, wenn dann endlich wieder Ruhe hier einkehrte und Ryan mir dann vor allem aus dem Weg ging.

Kapitel 16

Ryan

An einem Montagmittag in der High-School bei dem Vertrauenslehrer antanzen – das kam mir nur zu bekannt vor und trotzdem war die Situation gerade völlig anders.

Ich klopfte gegen die Milchglasscheibe, unter der ein Schild mit Wards Namen hing. Er hatte mir heute Morgen eine Nachricht geschrieben, dass er unbedingt mit mir sprechen musste. Ich konnte mir schon denken, worum es ging und obwohl ich nichts lieber als kneifen wollte, war ich doch hier.

Wieso? Keine Ahnung. Für meine Mum? Ganz sicher nicht. Für Blair?

Vielleicht …

»Herein«, erklang es aus dem Inneren und ich drückte die Tür auf. Ward saß hinter einem massiven Schreibtisch aus Eichenholz, auf dem überall Unterlagen verteilt waren. Dahinter stand ein Bücherregal, an den Wänden daneben hingen mehrere Anti-Drogen- und Hilfe-bei-Schwangerschaften-als-Teenager-Poster. Ich musste fast darüber lachen, weil ich mich an die Intervention meiner Lehrerin erinnerte, als sie Mad und mich mit sechszehn auf dem Internatsgelände mit einem Joint erwischt hatte.

»Hi Ryan, schön, dass du es geschafft hast.« Der Freund meiner Mutter stand auf und deutete auf eine Sitzecke auf der anderen Seite des Raumes. »Nimm doch bitte Platz.«

Ich nickte und setzte mich auf eines der beiden durchgesessenen Sofas mit Blick aus dem Fenster.

»Also, wie kann ich dir helfen?«, fragte ich betont entspannt und legte meine Arme auf der Rückenlehne ab.

Ward wirkte nervös, er rieb sich immer wieder die Finger und tastete nach irgendeinem Gegenstand in seiner Hosentasche. Ich wusste, dass dort die Münze war. Die Gleiche, die meine Mum an einer Kette um ihren Hals trug. Nur ein äußeres Zeichen dafür, dass sie sich angeblich geändert hatten. Wer es glaubte. Ich wollte nicht wissen, was Blair alles mit ihrem Dad durchgemacht hatte. Wenn es nur halb so viel war, wie ich mit meiner Mum, hatten wir vielleicht doch eine größere Verbindung, als ich anfänglich angenommen hatte.

»Du kannst dir sicherlich denken, wieso ich dich hergerufen habe.« Ich nickte. »Deiner Mum geht es mit der Situation, so wie sie im Moment ist, nicht gerade gut. Und ich habe das Gefühl, dass dir ebenfalls nicht egal ist, wie sie sich fühlt. Auch wenn du das gerne hättest.«

»Ward, bei allem Respekt, aber ich denke nicht, dass dich das was angeht.«

»Okay.« Er seufzte und lehnte sich zurück. »Blair geht mich sehr wohl etwas an.«

Shit. Ich wusste, worauf das hinauslaufen würde. Die Situation in der Küche. Dachte er vielleicht, ich wollte sie vögeln? Ich hatte doch selbst keine verdammte Ahnung, was ich wollte. Sie hassen. Sie mögen. Beides und nichts.

»Sie ist fast volljährig, sie kann tun und machen, was und mit wem sie möchte«, erwiderte ich lässig. Mir war bewusst, dass ich ihn mit dieser Aussage provozierte, aber im Grunde war es wirklich Blairs Entscheidung. Mich machte es wütend, wenn ich daran dachte, wie sie nur heimlich sie selbst sein konnte und sich vor ihrem Dad verstellen musste. Wieso? War Ward in dieser Beziehung so streng? Und weshalb hatte Blair das Gefühl, ihn nicht enttäuschen zu wollen? Er war ihr Dad. Er sollte sie so akzeptieren, wie sie sein wollte.

»Sie ist ein gutes Mädchen und ihr sollten keine extra Steine in den Weg gelegt werden, die sie von ihrer Richtung ablenken.«

»Du brauchst nicht in verdammten Metaphern mit mir zu sprechen. Ich weiß, dass du denkst, ich wäre nicht gut genug für irgendjemanden, auch wenn du wie der total tolerante Vertrauenslehrer tust, der nur an das Gute glaubt! Aber wenn es um deine Tochter geht, scheinst du echt Scheuklappen aufgesetzt zu haben, oder?« Ich stand auf und sah auf ihn herunter. »Keine Sorge, sie will ganz bestimmt nichts von mir und ich nicht von ihr. Nicht so, wie du das vermutest. Ich habe andere Dinge zu tun, als mich in so was reinzuhängen. Aber eines kann ich dir noch sagen, auch wenn du ihr Dad bist und jetzt so tust, als wäre immer alles in Ordnung gewesen … Blair ist verdammt großartig, also leg du ihr keine Steine in den Weg, damit sie so sein kann, wie sie in Wirklichkeit ist!«

Scheiße war ich wütend auf diese Heuchelei. Ich stürmte nach draußen und über den Flur. Irgendwie musste ich mich wieder einkriegen. Der Gang war voll von Schülern, die mir neugierige Blicke zuwarfen, als wäre ich der Neue hier. Glücklicherweise nicht.

Nachdem ich um die Ecke gebogen war, sah ich sie. Blair. Mein Herz setzte kurz aus. Sie stand an einem blauen Spind und nahm Bücher daraus hervor, wirkte dabei völlig in Gedanken verloren. Einige Male hielt sie inne und schüttelte leicht den Kopf, als müsse sie sich besinnen. Ich blieb stehen und atmete bewusst durch, bevor ich betont lässig auf sie zuging. Sie sollte nicht wissen, dass ich eben bei ihrem Dad gewesen war, weil der mir etwas erzählen wollte, das ich schon längst wusste.

»Hey.« Ich lehnte mich neben ihr an den Spind und sie sah mich mit großen Augen an.

»Ryan, was machst du denn hier?«

»Dich suchen.«

»Was, wieso?«

Ich ließ meinen Blick schweifen, zwinkerte ein paar Mädchen zu, die etwas entfernter standen und sich nun kichernd abwandten. Blair verdrehte die Augen und mir gefiel, dass es sie zu stören schien, wenn ich mit anderen Frauen flirtete. Oder bildete ich mir das nur ein? Wie so viele Dinge im Moment? »Ich will mit dir über den Deal sprechen.«

Sie hielt die Bücher fest an ihre Brust gedrückt. »Wieso hier? Wir können nach der Schule darüber reden, wir sehen uns ja leider sowieso zu Hause.«

In meinem Kopf meldete sich eine trotzige Stimme. Ich wollte aber jetzt auf andere Gedanken kommen. Außerdem wollte ich Zeit mit ihr verbringen. »Du willst doch, dass wieder Friede Freude Eierkuchen bei euch herrscht. Also, kommst du mit oder vergessen wir das Ganze?«

»Meine Güte«, zischte sie. »Ich habe noch eine Stunde.«

»Schwänz sie, du hast doch sowieso in jedem Fach Einser.«

»Das kann ich nicht.«

Ich legte meine Hände auf ihre Schultern und schüttelte sie leicht. »Blair, sei einmal spontan und denk nicht an die Konsequenzen.«

»Wenn ich dich als Beispiel dafür nehme, sehe ich ja, wo das hinführt.«

»Schon wieder autsch. Wow, austeilen kannst du echt bestens.« Ich fuhr mir durch die Haare und stieß mich vom Spind ab. »Dann eben nicht. Bis heute Abend. Daddy wird überrascht sein, wenn er hört, was ich ihm alles zu sagen habe. Sein Lehrerzimmer ist den Flur hier hinunter, oder?«

»Du bist echt ein Mistkerl, weißt du das?«, zischte Blair. Nachdem sie ihren Rucksack aufgesetzt hatte, warf sie ihre Bücher in den Spind und knallte die Tür zu.

»Jap, das wurde mir schon ein- oder zweimal gesagt.«

»Dann lass uns endlich gehen und es hinter uns bringen …« Sie zog ihr Handy aus der Tasche und tippte eine Nachricht. Wahrscheinlich an ihren großartigen Freund. Mir egal. Sie war schließlich die kommenden Stunden mit mir unterwegs. Bei dem Gedanken breitete sich ein verstohlenes Grinsen auf meinem Gesicht aus.

Kapitel 17

Blair

Seitdem wir das Baseballstadion betreten hatten, verhielt sich Ryan anders. Er wirkte fast entspannt. Die Tribünen des Jumbo Shrimp Baseball Clubs waren halb leer, was kein Wunder war, wenn man die Mittagssonne beachtete, die heiß und sengend auf uns hinunter knallte. Wir hatten uns an einem Stand Tortilla-Chips mit scharfem Dip und zwei Cola gekauft und uns einen Platz auf der Tribüne gesucht, der einen guten Blick auf das Spielfeld bot.

Ich war überrascht gewesen, als Ryan in meiner Schule aufgetaucht war und mich auch noch angestiftet hatte, zu schwänzen. Was ich in meinem Leben bisher nie getan hatte. Aber er ließ mir keine andere Wahl. Wenn danach wirklich Ruhe zu Hause herrschte und es meinem Dad damit besser ging, waren mir alle Mittel recht.

»Also, du bist Schülersprecherin? Ist man da nicht für einen ganzen Haufen Zeug verantwortlich? Bälle, Feiern und sowas?«

»Ist mir klar, dass du nur an Partys denkst«, erwiderte ich und Ryan lächelte mich an. Er hielt mir die Packung mit den Chips hin und ich nahm mir einige davon.

»Also, was musst du so erledigen auf deinem Posten?«
»Ich muss tatsächlich eine Party organisieren.« Ryan zog interessiert die Augenbrauen hoch. »Halloween steht vor der Tür. Aber es ist gar nicht so einfach eine passende Location zu finden, denn wir wollen nicht jedes Jahr in der langweiligen Turnhalle feiern. Na ja, das wird dich sicherlich nicht interessieren. High-School-Probleme.«
Ryan nahm sich ebenfalls einen Chip und schob ihn sich in den Mund, während er auf das Spielfeld sah. Er wirkte eher, als würde er nachdenken, anstatt auf meinen miesen Scherz einzugehen. »Mads Dad hat einen Plattenladen in Savannah, er kennt einen Haufen Leute hier. Vielleicht lässt sich da was machen. Ich kann ihn fragen.«

Ich betrachtete ihn skeptisch. Konnte Ryan wirklich selbstlos nett sein? Ich bezweifelte noch, dass dieses Treffen hier nicht irgendeinen anderen Nutzen für ihn bot, außer unserem Deal. »Das würdest du tun?«
»Klar, wieso nicht.« Seine Augen versanken in meinen und ich spürte meinen Herzschlag, der eine kurze Zeit aus dem Takt geriet.

»Danke«, erwiderte ich leise und meinte es tatsächlich so. Vielleicht kamen wir ja doch irgendwann gut miteinander aus. Wie Freunde. Oder so etwas in der Richtung …

Ryan löste sich von meinem Anblick und sah wieder geradeaus. »Früher hat mich mein Dad regelmäßig mit hierher genommen. Wir haben uns mit ungesundem Zeug vollgestopft und stundenlang hier gesessen. Er kannte fast alle Mannschaften und manchmal durfte ich sogar von der Bank aus das Spiel verfolgen.« Er lächelte, als er sich daran erinnerte. »Ich hatte das Gefühl, hier wäre alles in Ordnung.« Als er mich wieder ansah, musste ich den Drang unterdrücken, ihn zu umarmen, so leid tat mir der traurige Ausdruck in seinen bernsteinfarbenen Augen. In ihm steckte weitaus mehr als der ironische, selbstverliebte Junge, den er spielte. Verdammt. Wieso baute sich in mir immer stärker der Drang auf, herauszufinden, wer Ryan wirklich war?

»So ging es mir, wenn meine Mum mir das Nähen gezeigt hat. Jeden Sonntag saßen wir stundenlang in der Küche, haben nebenbei Mikrowellen-Popcorn gegessen und genäht. Mein erstes Teil war eine Kochschürze, die aussah wie ein Topflappen.«

»Das klingt schön.«

»Das war es.«

»Und jetzt ist die Nähmaschine wirklich kaputt?« Ich nickte stumm, weil ich keinen geraden Satz mehr bilden konnte. Denn wieder fiel mein Blick auf seine Lippen. Wieder dachte ich darüber nach, wie es wäre, ihm noch näher zu kommen. Doch dann besann ich mich und redete mir ein, dass es sowas von falsch war, die seichte Verbundenheit, die sich gerade entwickelte, auf eine körperliche Stufe zu heben.

Wir waren Stiefgeschwister. Also war das absolut keine gute Idee!

»Wieso hasst du deine Mum so?«, fragte ich leise und durch Ryans Körper ging ein Ruck, als würde ihn die Frage aus der weichen Wolke reißen, die sich in den letzten Minuten um uns gebildet hatte. Er senkte den Kopf und atmete laut aus.

»Wieso hasst du deinen Dad nicht?«, fragte er im gleichen Ton.

»Weil er mein Dad ist. Und weil er nicht wusste, wie er nach dem Tod meiner Mum mit all dem umgehen sollte.«

»Das ist eine schlechte Erklärung.«

»Mir genügt sie«, wisperte ich und es herrschte einen Moment Stille zwischen uns.

»Wie war sie?«

»Meine Mum?« Er nickte auf meine Frage und schenkte mir wieder seine volle Aufmerksamkeit. Ich musste immer lächeln, wenn ich an sie dachte. So wie jetzt auch. »Ihr Haar roch nach Erdbeershampoo und es war unglaublich weich. Außerdem war sie eine Weltverbesserin, ein richtiger Hippie. Vor meiner Geburt ist sie ständig auf Demonstrationen gegen Tierquälerei und sowas gegangen. Sie hat immer versucht, alle und jeden zu bekehren, auch wenn die

Menschen zu verbohrt waren und es gar nicht wollten.« Ich musste lachen.

»Hört sich an, als würdest du in ihre Fußstapfen treten.«

»Nein«, antwortete ich leise. »So gut wie sie bin ich nicht.«

»Wie ist sie gestorben?«

»Autounfall als ich zehn war.«

»Das tut mir sehr leid.«

»Muss es nicht.« Wie oft hatte ich diese Floskel schon in meinem Leben gehört. Ryan setzte an und wollte etwas sagen, doch er schloss den Mund wieder und presste stattdessen die Lippen aufeinander. Es gab auch nichts, das den Schmerz besser machen würde, der mich immer noch jeden Tag heimsuchte. Keine Worte. Keine Taten. Ich musste ihn nur ertragen, bis es wieder ein bisschen leichter wurde und mir nicht mehr die Luft zum Atmen raubte.

»Und deine Mum?«, fragte ich.

»Keine Ahnung, ich kann mich nicht daran erinnern, dass sie irgendwann etwas gemacht hat, was eine *Mum* tun würde.« Mein Herz zog sich bei seinen Worten zusammen.

»Dein Dad und sie sind getrennt?«

»Eigentlich waren sie nie wirklich ein Paar. Ich war das Ergebnis eines miesen One-Night-Stands auf einer Weihnachtsfeier in irgendeiner schäbigen Bar.« Er lächelte traurig. »Und sie haben es mich beide oft genug wissen lassen, dass ich das nicht vergesse. Mit Worten …« Er atmete tief und schwer. »Und mit Taten.«

Ich konnte es nicht mehr unterdrücken. Ohne groß darüber nachzudenken, schlang ich meine Arme um seinen Nacken und zog ihn an mich. Er hielt immer noch mit beiden Händen die Chipspackung und klammerte sich daran fest. Trotzdem spürte ich, wie er sich tiefer in meine Umarmung fallen ließ und den Kopf an meine Halsbeuge drückte. Wir atmeten im gleichen Rhythmus und ich fühlte mit einem Mal so stark wie nie zuvor, was uns verband. Vielleicht konnte ich deswegen kaum ertragen, seinen Schmerz zu sehen, weil ich genau wusste, wie sich dieser anfühlte.

Ich atmete noch einmal lange aus und ließ ihn los. Eine ganze Weile hatte ich keine Ahnung, was ich auf diesen Moment sagen sollten und scheinbar ging es Ryan ähnlich.

»Also der Deal …«, kam ich wieder zum eigentlichen Thema zurück. »Hast du es dir überlegt?«

Er sah mich so intensiv an, dass ich das Gefühl hatte, genau das Falsche gesagt zu haben. Bis er langsam nickte.

»Ja.« Er hielt mir die Hand hin und ich ergriff sie. Seine Berührung war fest und er zog mich leicht ein Stückchen weiter zu ihm. Auf seine Seite. »Wir haben einen Deal. Wir spielen die glücklichen Geschwister, damit unsere Eltern nicht mehr ausrasten und wir beide unsere Ruhe haben.«

»Genau.«

»Okay, ist hiermit besiegelt.« Ryan schüttelte meine Hand, dann ließ er mich los und ich spürte immer noch das Kribbeln auf meiner Haut. Er wandte sich wieder dem Spielfeld zu und ich hatte das Gefühl, er reparierte mit seinem plötzlichen Schweigen die Risse in seiner Mauer, die soeben entstanden waren und sein wahres Gesicht zeigen würden.

Und vielleicht war das besser so. Denn ich hatte eine wage Ahnung, was passierte, wenn ich es sehen würde.

Und das wollte ich unter allen Umständen vermeiden.

Kapitel 18

Ryan

Der Nachmittag war erstaunlich schön gewesen. Blair und ich hatten all die Dinge aus dem Weg geschafft, die zwischen uns gestanden hatten und in mir wuchs das Gefühl, wir verstanden uns nun ein Stückchen besser. Zumindest ahnte ich jetzt, wieso Blair ihrem Dad etwas vorspielte. Damit dieser nicht in alte Muster fiel, die nur Leid und Schmerz über die Familie bringen würden. Ich konnte nachvollziehen, dass genau das Blairs größte Angst war.

Sie schloss die Haustür auf und als wir den Flur betraten, hörten wir die Stimmen unserer Eltern in der Küche. Sie lachten und ich musste feststellen, dass ich überhaupt nicht wusste, wie sich dieses Geräusch anhörte, denn meine Mutter hatte früher nicht gelacht. Niemals.

Meine Mum sah zuerst aus der Küchentür und wirkte überrascht, als sie uns zusammen entdeckte. Blairs Dad tauchte hinter ihr auf und legte seine Hände auf die Schultern meiner Mum.

»Oh, ihr wart gemeinsam unterwegs?«, fragte meine Mum. »Ich dachte, dir ging es nicht gut, Blair.«

»Es tut mir leid.« Sie warf mir einen kurzen Blick zu. Ich sah die Strenge, die auf Wards Gesicht auftauchte. Natürlich nahm er an, dass ich nach seiner Ansprache in der Schule genau das Gegenteil von dem gemacht hatte, was er gesagt hatte. »Wir mussten unsere Differenzen ein für alle Mal aus der Welt schaffen. Sorry für die kleine Notlüge, aber jetzt ist alles in Ordnung.«

»Ach so, okay, das ist kein Problem«, sagte meine Mum schnell, doch Blairs Dad schien den Worten seiner Tochter nicht zu glauben oder mir nicht zu trauen. »Also versteht ihr euch jetzt?«, fragte sie hoffnungsvoll und Blair nickte.

»Wir kommen klar.«

»Das tun wir«, sagte ich ebenfalls und unterdrückte die Worte, die als Provokation noch auf meiner Zunge lagen. Daran musste ich wirklich arbeiten, wenn ich den Deal nicht gefährden wollte.

»Wie schön, na dann … Das Essen ist gleich fertig, ihr kommt genau richtig.«

Während Blair hinter meiner Mum in die Küche ging, um zu helfen, blieb ich im Flur stehen. Ward starrte mich immer noch an. Ich erkannte die stumme Warnung in seinem Blick, aber ehrlich gesagt war sie mir ziemlich egal. Nach einigen Sekunden wandte er sich endlich ab und ich atmete erleichtert auf.

Ich war mir immer noch nicht sicher, ob ich den Deal wirklich wegen der Kohle angenommen hatte, die meine Probleme mit einem Mal lösen würde, oder einfach nur, um Blair zu helfen.

***

Es klopfte leise an meine Tür und ich sah auf. Ich lag mit verschränkten Beinen auf meinem Bett und hatte Mad gerade abgesagt, weil ich heute keine Lust auf irgendeine Party hatte.

»Hey, Bock auf einen Film?«, fragte Blair und hob einen Laptop in die Höhe. »Dachte, so als Friedensangebot. Ich hab Netflix.«

Ich musste grinsen und rutschte ein Stück rüber. »Klar, dazu kann ich schlecht nein sagen.«

»Super!« Auf Blairs Gesicht erschien ein wunderschönes Lächeln. Sie trug heute Abend eine lockere Pyjamahose und ein Trägertop. Ihre dunkelblonden Haare hatte sie hochgesteckt, sodass ihr schlanker Hals frei lag. Als sie sich zu mir aufs Bett legte, roch ich den frischen Duft ihres Duschgels, denn sie hatte gerade geduscht. Ich hatte die ganze Zeit das Rauschen des Wassers gehört und mir selbst verboten, darüber nachzudenken, wie sie nackt in der Dusche stand.

»Also, auf was stehst du? Crime, Thriller, Horror? Ich nehme mal an, Romantic eher weniger.«

»Ich stehe auf Stranger Things«, erwiderte ich und ignorierte ihren Arm, der meinen fast berührte, weil wir so nah nebeneinanderlagen. Vielleicht war das doch keine so gute Idee gewesen. Seit dem Moment in der Küche hatte sich irgendetwas geändert, sobald ich in Blairs direkte Nähe kam. Ich spürte das Kribbeln überall auf meiner Haut und die Stimme in meinem Inneren schrie immer lauter, sie endlich zu berühren.

»Oh ja! Ich muss noch die letzten zwei Folgen der aktuellen Staffel schauen! So spannend!« Ich musste lächeln, weil mich ihre Begeisterung ansteckte. Während sie durch die Seite klickte und die Serie suchte, betrachtete ich ihr Profil und bemerkte mal wieder, dass sie ausgesprochen hübsch war. Fuck. Woher kamen diese verdammten Gedanken ständig?

»Bist du bereit?« Sie sah mich an und riss mich damit aus meinem peinlichen Starren.

»Klar«, erwiderte ich schnell und hörte selbst heraus, wie rau meine Stimme geworden war.

Blair legte ihr Handy neben sich auf den Nachttisch, verschränkte die Arme und starrte auf den Laptop, der so auf ihren Oberschenkeln stand, dass wir beide schauen konnten. Ich setzte mich ein Stück auf und versuchte, mich auf die Serie zu konzentrieren, aber es fiel mir gar nicht so leicht.

Vor allem nicht nach den Geständnissen von heute Mittag.

Ich spürte die Präsenz ihres Körpers neben mir so stark wie meinen klopfenden Herzschlag, der immer schneller wurde. Unruhig rutschte ich ein Stück zur Seite, weil ich fühlte, wie mein Unterleib auf ihre

Nähe reagiert. Shit, nicht jetzt … Ich war doch keine sechzehn mehr!

Sie sah mich kurz an und hob die Augenbraue. Wahrscheinlich spürte sie meine Unruhe. »Alles okay? Kennst du die Folge schon?«

»Nein, nein, lass uns einfach weiterschauen.«

Sie betrachtete mich und ich riskierte ebenfalls erneut einen Blick auf sie. Ihr Kopf ruhte leicht an meiner Schulter. Es fehlte nur ein Hauch und es kostete mich eine wahnsinnige Kraft, diese winzige Linie nicht zu überschreiten und sie an mich zu ziehen.

»Schaut dein Freund nicht gerne Serien mit dir?«, fragte ich, weil ich mich zum einen selbst darauf besinnen wollte, dass sie vergeben war und weil es mich zum anderen auch wahnsinnig interessierte, wie sie zu ihm stand. Dachte sie an ihn? So wie ich an sie dachte? Manchmal wirkte es nicht gerade so. Ich hatte sie nicht oft zusammen erlebt, aber die Blicke, die sie mir zuwarf, wirkten ganz und gar nicht unschuldig und vor allem völlig anders, als in den Momenten, in denen sie ihren Freund ansah. Vielleicht waren sie aber auch schon so lange zusammen, dass das Feuer mittlerweile erloschen war.

»Julien? Ähm, nein, er steht nicht so auf Serien. Er schaut lieber Filme, weil die abgeschlossen sind und er nicht auf weitere Folgen warten muss.«

»Aber an Serien hat man doch viel länger etwas.«

»Ja! Das sage ich ihm auch immer!«, erwiderte sie begeistert und rutschte so weit hoch, dass sich unsere Gesichter nun auf gleicher Höhe befanden. Ihre Wärme, ihr Duft, der Gedanke, sie hier in meinem Bett … Gott, was war los mit mir? Wieso weckte sie solche Gefühle in mir? Das einzige Mädchen auf der ganzen Welt, bei der das nicht der Fall sein sollte und was tat mein bescheuerter Körper? Bekam einen Ständer, wenn sie nur in meine Nähe kam!

»Deine Augen sind der Wahnsinn«, sagte ich leise und konnte mich einfach nicht von ihrem Anblick lösen.

»Sie können sich nicht entscheiden«, erwiderte sie in der gleichen Intensität wie ich. Ich musste fast schmunzeln, wie sehr ihre Aussage auf sie selbst zutraf. »Ich meine, ob sie braun oder grün sein wollen.«

»Macht die Mischung sie nicht gerade aus?«, fragte ich.

Sie schüttelte vorsichtig den Kopf. »Ich denke nicht.«

Ich lehnte mich ein kleines Stückchen zu ihr vor. Nur ein winziges Bisschen. Sie kam mir entgegen. Ihre Lippen waren so nah an meinen, dass ich das Atmen vergaß. Mein Puls raste mit meinen drehenden Gedanken im Kreis. Wie sie wohl schmeckte? Ob sie meinen Kuss erwidern würde, wenn ich es einfach wagte?

Sie leckte sich über die Lippen und ich hob meine Hand und strich ihr eine Strähne hinter das Ohr. Langsam senkten sich ihre Lider und ich hatte einen Blick auf ihre langen, dichten Wimpern. Gott, Blair.

Doch in dem Moment, in dem ich mich gehen lassen und sie küssen wollte, vibrierte ihr Handy auf dem Nachttisch und wir fuhren auseinander.

Ich schloss die Augen und legte den Kopf gegen das Rückenteil des Bettes. Fast hätten wir etwas verdammt Falsches getan. Fuck!

»Hi, Julien.« Doppel-Fuck. Ihr Freund. »Ich schaue nur eine Serie. Ja, klar, kannst du noch vorbeikommen.«

Ich öffnete die Augen und starrte gegen Blairs Rücken. Sie hatte sich an den Bettrand gesetzt und ihre Stimme klang gedämpft. Ob sie es bereut hätte, wenn es passiert wäre? Natürlich hätte sie das.

»Bis gleich«, sagte sie leise und ließ das Handy sinken. Dann drehte sie sich zu mir um, und das Bedauern, das ich in ihren schönen Augen erkannte, haute mich förmlich um.

»Julien kommt gleich, ich sollte gehen.« Sie stand hastig auf und klappte den Laptop zu. »Wir können die Folge ja irgendwann anders zusammen schauen.«

»Klar.«

»Dann gute Nacht«, sagte sie leise und ich wusste nicht, ob ich aufspringen und sie davon überzeugen sollte, hierzubleiben und auf ihren Freund zu scheißen … oder ob ich sie das Richtige tun ließ.

Als sie hinter der Badezimmertür verschwand, die unsere Zimmer miteinander verband, hatte ich augenblicklich das Gefühl, falsch reagiert zu haben. Und zwar in dem Moment, in dem ich sie gehen gelassen hatte.

Kapitel 19

Blair

Es waren ein paar Tage vergangen, seitdem Ryan und ich beschlossen hatten, unseren Waffenstillstand einzuführen. Und der funktionierte erstaunlich gut.

Trotz des Abends in seinem Zimmer, bei dem ich ihn fast geküsst hätte. Oder er mich. Aber glücklicherweise hatte Julien angerufen und war vorbeigekommen. Ich hatte ihm nichts davon erzählt, denn er hätte diese ganze Sache alles andere als gut gefunden. Allein schon, weil es Julien beschissen ging und er mieser drauf war als irgendwann sonst in der Vergangenheit, seit Theo vor der ganzen Schule geoutet wurde.

Er brauchte jetzt eine Freundin, die für ihn da war und nicht das gefährdete, was wir uns aufgebaut hatten. Das konnte ich ihm nicht antun. Nicht für einen einzigen Kuss. Obwohl alles in meinem Körper Ryans Namen geschrien hatte.

Also war es gut, dass Julien heute mit uns allen zu Abend aß, um etwas Distanz in diese ganze Geschichte zu bringen.

Doch heute war auch ein besonderer Tag. Zumindest für meinen Dad.

»Happy Birthday to you, happy Birthday to you!«, sangen mein Dad, Heather und Julien im Chor, während Ryan sich raushielt, mich aber trotzdem leicht anlächelte. Ryan und Julien verstanden sich überhaupt nicht und ignorierten sich schon den gesamten Abend. Ich hoffte, dass beide sich zusammenreißen konnten, auch wenn mir der heutige Tag nicht wirklich viel bedeutete.

»Hier, Spatz«, sagte mein Dad und schob mir ein kleines Päckchen über den Tisch zu. Ich bedankte mich und löste die gepunktete Schleife, die den Karton zusammenhielt.

»Oh wow, das ist … wirklich schön!«, sagte ich und drehte das geöffnete Etui, in dem sich zwei Füller mit meinem eingravierten Namen befanden, in meinen Händen.

»Für deinen Collegeeinstieg und für deinen zukünftigen Job als Lehrerin.«

Ryan zog eine Augenbraue hoch und ich spürte seinen Blick auf mir. Wir hatten uns noch nicht darüber unterhalten, was ich studieren wollte. Ja, ich würde in die Fußstapfen meines Vaters treten. Obwohl meine Leidenschaft ganz woanders lag. Auch wenn ich einmal gedacht hatte, Ryan war nur mit seinem eigenen Kram beschäftigt, bekam er mehr mit, als mir lieb war.

»Danke, Dad, ich freue mich sehr«, sagte ich und riss meinen Blick und meine Gedanken von Ryan los.

Als ich flüchtig zu Julien sah, wirkte dieser ganz und gar nicht begeistert. Er hatte meinen Ausdruck bemerkt.

»Jetzt bin ich dran«, sagte Julien und bemühte sich zu einem Lächeln. Er streckte mir ein flaches, recht kleines Paket entgegen und ich nahm es ihm ab. Ich öffnete das Geschenkpapier und musste grinsen.

»Sechs weitere Monate Netflix, damit dir nie langweilig wird.«

»Schaust du dann wenigstens mal mit mir zusammen?«, fragte ich und konnte nicht verhindern, dass mein Blick kurz zu Ryan huschte, weil ich an den Abend in seinem Zimmer dachte. Schon wieder …

»Klar, für dich doch gerne.« Er zog mich an sich und gab mir einen Kuss auf die Stirn. Heather und Dad lächelten zufrieden. Nur Ryan wirkte fast wütend, als ich mich von Julien löste.

Ich nahm nicht an, dass Ryan irgendetwas für mich hatte, und das war anscheinend wirklich nicht der Fall, denn er übergab mir nichts. Heather präsentierte zum Essen eine vegetarische Gemüsepfanne, die sie eigenhändig gekocht hatte und wir aßen und unterhielten uns über alltägliche Dinge. Es war ein schöner, ruhiger Abend also genau das, was ich gewollt hatte und trotzdem hing eine graue Wolke über Ryan, die ich nicht einfach ignorieren konnte.

Irgendwann nach dem Essen verschwanden Julien und ich in mein Zimmer, denn ich nahm nicht an, dass wir heute nochmal ausgehen würden. Julien warf sich auf mein Bett und ich setzte mich auf meinen Schreibtischstuhl und drehte mich im Kreis, während ich an die Decke starrte.

»Wie geht es dir?«, fragte mein Freund, als mir bereits schwindelig wurde. Ich stoppte und schloss die Lider, ließ das Gefühl Besitz von mir ergreifen und mich alle anderen vergessen. Zumindest für zwei Sekunden funktionierte es sogar.

»Gut.«

»Ich weiß, wie schwer dir der heutige Tag fällt, komm her!«, sagte Julien und breitete seinen Arm aus. Ich stand auf, legte mich neben ihn und schmiegte mich an ihn. Auch als ich noch nicht wusste, dass Julien auf Männer stand, hatte ich nie mehr als freundschaftliche Gefühle für ihn gehabt.

Julien hatte mich kurz nach unserer Vereinbarung einmal gefragt, was ich tun würde, wenn ich einen Menschen traf, an dem ich wirkliches Interesse hatte. Ich hatte ihm damals geantwortet, dass dieser Jemand ganz bestimmt nicht vor meinem dreißigsten Geburtstag in meinem Leben auftauchen würde. Tja. Jetzt war ich mir da nicht mehr so sicher. Aber trotz allem waren Julien und ich das perfekte Arrangement eingegangen und ich hätte es durch keine flüchtigen Gefühle aufgegeben. Dafür bedeutete mir unsere Freundschaft einfach viel zu viel.

»Was geht da zwischen dir und Ryan?«, fragte Julien unerwartet und ich erstarrte.

»Was meinst du?«

»Wie ihr euch anseht, das ist … merkwürdig. Magst du ihn jetzt doch?«

»Mögen? Nein, ganz bestimmt nicht!«

»Was ist es dann? Er ist heiß, keine Frage und wenn er schwul wäre, würde ich mir das mit meiner Enthaltsamkeit nochmal überlegen«, sagte Julien und ich musste lachen.

»Ach ja, nur weil er heiß ist?«

»Ich bin ziemlich einfach gestrickt, das weißt du doch.« Er stimmte in mein Lachen mit ein und zog mich dann wieder enger an sich. »Nein, im Ernst. Typen wie er machen Ärger, vor allem die, die mit sich selbst unzufrieden sind und nicht wissen, wo sie im Leben stehen. Ryan ist eine verlorene Seele und du bist nicht dafür verantwortlich, dass es ihm besser geht. Lass dich nicht benutzen, Blair.«

»Was meinst du damit?« Ich setzte mich auf und sah ihn an. »Denkst du, ich lasse mich manipulieren und sehe das nicht selbst?«

»Nein, natürlich nicht. Du bist zu schlau für ihn.« Julien seufzte. »Ich weiß, wieso du diese Deals mit all unseren Mitschülern eingehst. Du rechtfertigst dich damit, dass sie dir Geld bezahlen und dann fühlt es sich vielleicht ein bisschen anders an, aber es verschleiert nur die Tatsache.«

»Welche Tatsache denn bitte?«

»Dass du dich schuldig fühlst und gute Dinge tun willst, damit dieses Gefühl besser wird.« Ich schnaubte, aber wusste nicht, was ich darauf antworten sollte. Hatte er recht? Er setzte sich ebenfalls auf und sah mich an. »Du kannst nichts dafür, okay? Und wenn du Ryan vor seiner eigenen Wut rettest, wird es dir nicht besser gehen.«

Ich öffnete die Lippen. So kurz stand ich davor, meinem besten Freund zu sagen, wie es wirklich in mir aussah. Dass ich Ryan nicht nur retten wollte, sondern die Verbindung zwischen uns spürte. Dass ich eigentlich überhaupt nicht auf die Stanford wollte, um Lehrerin zu werden wie mein Dad! Dass ich … In dem Moment klopfte es an der Tür und wir sahen beide in die Richtung.

»Ja?«, fragte ich und Ryan erschien hinter dem Türblatt.

»Hey, wollte euch nicht stören«, sagte er und sah mit zusammengepressten Lippen zwischen Julien und mir hin und her. Klar, wir lagen gemeinsam auf dem Bett. Wie sollte das schon aussehen … Am liebsten hätte ich Ryan die Wahrheit gesagt. Aber im Geheimnisse für mich behalten, war ich ziemlich gut. Ich fühlte mich immer beschissener.

»Blair, kommst du mal bitte?«, fragte er leise und ich nickte.

»Klar.«

Ich lief auf ihn zu und ignorierte Juliens mahnende Blicke. Er machte sich nur Sorgen um mich und das konnte ich ihm nicht verübeln.

Wir durchquerten das Bad und gingen in Ryans Zimmer. Mittlerweile sah es fast so aus, wie seines. Ich hatte meine restlichen Nähsachen zu mir geräumt. Seine Klamotten lagen überall verstreut und er hatte die pinkfarbene Blümchenbettwäsche durch dunkelblaue ausgetauscht. Auf dem Schreibtisch befanden sich diverse Dinge, einschließlich einiger Bücher über Medizin. Lernte er weiter, auch wenn er im Moment suspendiert war? Daneben stand meine Nähmaschine mit einer roten Schleife. Ich sah ihn an und verstand überhaupt nichts.

»Ähm, happy Birthday, Blair«, sagte er leise und fuhr sich durch die Haare. »Ich dachte, du würdest dich darüber freuen. Hab einen Laden ausfindig gemacht, der noch Teile für deine alte Maschine auf Lager hatte und sie ausgetauscht hat.«

»Du hast was? Sie reparieren lassen?«

Ich ging hinüber und strich über den weißen, polierten Lack mit den Kratzern, von denen ich jeden einzelnen genau kannte. »Ja, ich dachte, du freust dich«, sagte er leise hinter meinem Rücken. Er stand so dicht bei mir, dass ich mich kaum traute, mich zu bewegen.

Trotzdem drehte ich mich langsam um und legte den Kopf in den Nacken, um ihn ansehen zu können. »Wow, das ist wirklich großzügig. Danke«, sagte ich und auf Ryans Lippen erschien ein vorsichtiges Lächeln. Dieses Geschenk bedeutete mir tatsächlich so viel mehr, als Ryan auch nur vermuten konnte.

Er nickte nur knapp und wieder spürte ich das heftige Herzklopfen, das ich nur in seiner Nähe hatte. Vielleicht war er doch anders, als er seine Mitmenschen glauben lassen wollte oder er sogar selbst von sich dachte. Er war nicht egoistisch. Kein bisschen.

»Du bist jetzt achtzehn«, sagte er und wackelte ein wenig mit den Augenbrauen. Ich musste grinsen.

»Sieht wohl so aus.«

»Ich dachte, du und Julien hättet vielleicht Lust auf eine richtige Party.«

»Du stiftest mich zum Schwänzen an und willst mich jetzt noch auf eine Party mitnehmen?« Ryan erwiderte mein Lächeln. So nah. So nah war sein Gesicht. Seine Lippen. Sein Duft.

»Vielleicht, weil mich interessiert, wo die heiße Kleine von letzter Nacht hin ist, die ich in ihrem extrem kurzen Mini erwischt habe.«

»An ihr hättest du Interesse?«, fragte ich und spürte, wie mein Atem immer schneller ging.

Ryans Ausdruck wurde ernster. »Ich habe an allen Seiten von dir Interesse.« Er senkte den Blick und seufzte. »Sorry, das hätte ich nicht sagen sollen. Vergiss es einfach«, stotterte er und trat einen Schritt zurück. »Also, falls ihr Lust habt, Mad und ich fahren in einer Stunde los. Dein Dad kann jetzt nichts mehr dagegen sagen und na ja, es ist sowieso dein Geburtstag. Du hast ein bisschen Spaß verdient.«

»Danke. Ich spreche mit Julien«, sagte ich und ging nach einem letzten Blick auf Ryan an ihm vorbei. Eine Party. Mit Ryan. Und Julien. Und diesem komischen Typen Mad. Nichts hörte sich nach einer schlechteren Idee an als das, und trotzdem hatte ich wahnsinnige Lust genau darauf.

Kapitel 20

Ryan

Durch Mads Fights hatten wir einen Vorteil. Wir kannten viele Leute hier im Umkreis und bekamen definitiv mit, wenn irgendwo eine gute Party veranstaltet wurde. Was das betraf, ließen uns unsere sogenannten Freunde wenigstens nicht im Stich.

Als wir etwas weiter entfernt von dem verlassenen Fabrikgebäude parkten, erkannten wir durch die teilweise kaputten Milchglasfenster bereits die zuckenden Lichter über der Tanzfläche. Der Beat dröhnte nach draußen und haufenweise Menschen tummelten sich um die alte Halle.

Selbst heute Nacht war es heiß, deswegen trug ich auch nur Jeans und ein Shirt ohne Jacke.

Blair stieg aus dem Wagen und ich konnte kaum den Blick von ihren langen Beinen in den engen, schwarzen Skinny Jeans nehmen. Sie hatte sich heimlich ein paar verdammte hohe Schuhe mitgenommen und auf der Fahrt hierher ihre Bluse im Auto gelassen, unter der sie ein bauchfreies Trägertop anhatte.

Ihr ganzes Aussehen und die verstohlenen Blicke, die sie mir über den Rückspiegel zugeworfen hatte, trugen nicht gerade dazu bei, dass es mir leichtfiel, mich zusammenzureißen. Doch ihr Freund Julien war an ihrer Seite und bewegte sich nicht mehr als zwei Zentimeter von ihr weg, als wäre er ein verdammter Wachhund.

Wobei ich genaugenommen sein Benehmen überhaupt nicht verurteilen konnte. Denn ich hätte mich an seiner Stelle genauso verhalten.

Ich würde heute keinen Alkohol trinken, das hatte ich Blairs Dad und auch ihr versprochen. Ich schloss den Wagen ab und steckte den Schlüssel in meine Jeanstasche, als wir auf den Eingang der Location zuliefen. Mad war vorgegangen und wollte irgendwo draußen auf uns warten, damit wir keinen Eintritt bezahlen mussten. Irgendein Kerl, mit dem er mal gekämpft und den er besiegt hatte, veranstaltete das Ganze hier. Ich hatte keine Ahnung davon und wollte mich auch nicht zu tief da reinhängen. Es reichte, wenn Mad das tat.

Schon aus der Ferne sah ich seinen schwarzen Schopf und wie er mit einem ähnlich großen Typen vor der Tür sprach. Sie lachten, was wohl ein gutes Zeichen war, doch als der Kerl Blair sah und sie fast mit seinen Blicken auszog, hätte ich ihm am liebsten … Okay. Ich musste mich zusammenreißen. Echt jetzt.

»Hey.« Ich schlug mit Mad ein und stellte Julien vor. »Blair kennst du ja bereits.«

»Oh ja, happy Birthday, Süße.« Mads Grinsen wurde breiter, aber Julien räusperte sich und zog somit die Aufmerksamkeit meines besten Freundes auf sich. »Verstanden, keine Sorge, Großer, ich bin harmlos«, sagte er und tätschelte Julien die Schulter. Ich wusste, dass Mad ihn wahrscheinlich mit einem einzigen Schlag zu Boden bringen konnte und musste zugeben, dass ich es mir ab diesem Moment mehr als einmal vorstellte.

Verdammt, woher kam denn diese Eifersucht? Sie brachte mich schier um den Verstand.

Mad wechselte einige Sätze mit dem Türsteher, dann deutete er ins Innere und wir betraten die Halle. Ich ging links neben Blair, während Julien sich rechts von ihr befand und Mad vorauslief, als würde ihm diese verdammte Bude gehören.

Das Publikum war sehr gemischt. Von Leuten mit blauen Haaren und Nasenringen, bis zu jungen, viel zu brav aussehenden Studentinnen oder großen Kerlen, die eher in einen Biker Club gehörten. Gefühlt tummelte sich jeder aus dem Umkreis von Jacksonville hier und machte heute Abend Party. Die harte Housemusic ließ die Menge in einer wogenden Masse zusammenschmelzen, die sich im gleichen Beat bewegte, und wir hatten Mühe, uns in den hinteren Bereich und zu einer Sitzgruppe vorzukämpfen.

Julien nahm Blairs Hand und schob sie hinter sich, während ich vorging und mir ganz sicher nicht anschauen wollte, wie sie sich eng aneinanderdrückten.

Mad traf haufenweise Leute, die er kannte und unterhielt sich mit einigen, bevor wir wieder weiterlaufen konnten und endlich die Sitzecke erreichten, vor der eine rote Kordel gespannt war. Mad nickte einem Typen zu, der das Seil daraufhin zur Seite drückte und wir so den Loungebereich betreten konnten.

»Dein Freund muss ja eine Menge Leute kennen«, sagte Blair in mein Ohr, als wir uns gesetzt hatten. Natürlich hatte ich neben ihr Platz genommen.

»Ja, er ist ziemlich bekannt. Allein durch seinen Dad, der mal ein Plattenlabel hatte und echt viele Musiker und sowas kennt.«

»Oh wow, das ist beeindruckend.«

»Lass ihn das nicht wissen, sonst hebt er komplett ab«, sagte ich und deutete grinsend in Mads Richtung. Er stand am Rand der Lounge und sah in die tanzende Menge, als suche er sich sein Opfer für heute Nacht.

Mad drehte sich zu uns und warf sich neben mir auf die Couch. Er legte den Arm um meine Schultern und lehnte sich vor zu Blair. »Na, seid ihr bereit, eine Runde das Tanzbein zu schwingen?«, schrie er gegen die Musik an und während Julien weiterhin mürrisch schaute, nickte Blair freundlich lächelnd. Dadurch, dass Mad mich immer noch ein Stückchen nach vorne drückte, war ich Blair so nah, dass ich schlucken musste. Endlich zog mich Mad hoch und ich folgte ihm in die Menge. Ich warf einen Blick zurück und erkannte, dass Julien mich mit verengten Augen beobachtete. Wie als würde er sein Revier markieren, zog er Blair auf einmal an sich und drückte ihr einen Kuss auf die Lippen. Ich drehte mich schnell zurück und versuchte die Wut, die mir bei diesem Anblick wie Feuer durch meine Venen brachte, nicht die Oberhand gewinnen zu lassen. Shit. Die Idee, mit den beiden hier den Abend zu verbringen war beschissen gewesen. Total. Beschissen.

Mad blieb in der Menge stehen und kurz darauf stellten sich auch Blair und Julien zu uns. Er hatte die ganze Zeit seine verdammten Finger an ihr, als hätte er sie an einer unsichtbaren Leine. Konnte sie nicht einmal allein atmen? Musste dieser Typ so übertreiben?

Wir begannen zu tanzen und ich versuchte, nicht zu sehr auf Blair zu achten und wie sie sich geschmeidig zu der Musik bewegte. Sie schien das alles nicht zu stören und tanzte mit Julien. Klar. Wahrscheinlich hatte ich auch all die Nähe, die Blicke und dieses Gefühl völlig falsch interpretiert, das von ihr ausgegangen war. Sie hatte kein Interesse an einem Kerl wie mir. Ich musste das endlich akzeptieren und mich nicht in etwas verrennen, das keine Zukunft hatte.

Mad hatte irgendeine Blondine aufgerissen, mit der er jetzt eng tanzte. Nur ich Idiot stand wie verloren auf der verdammten Tanzfläche und fühlte mich auf einmal völlig fehl am Platz, während ich dabei zusah, wie der falsche Kerl mit dem Mädchen tanzte, das mir schlaflose Nächte bereitete.

Wie konnte ich davon ausgehen, dieser Abend würde nicht ein komplettes Desaster werden?

Kapitel 21

Blair

Ich spürte Ryans Blicke auf meiner Haut und traute mich kaum, zu ihm zu sehen. Julien führte sich absolut bescheuert auf und das nur, weil er mich davon abhalten wollte, Zeit mit Ryan zu verbringen. Es reichte. Er hatte sich mir noch nie so gegenüber verhalten und ich hatte die Schnauze voll.

Ich packte Juliens Hand, bevor er mich noch einmal unvorbereitet küssen konnte und zerrte ihn Richtung Toiletten. Ich hoffte, dort würde es leiser sein als mitten auf der Tanzfläche.

Nachdem wir hinter der Ecke in einem Flur verschwanden, verschränkte ich die Arme vor der Brust und funkelte ihn wütend an, damit er gleich die Lage verstand. »Was soll der Scheiß?«

»Was?« Er zuckte mit den Schultern und tat so, als wüsste er nicht, wovon ich sprach.

»Ich dachte, du bist mein Freund.«

»Genau deswegen tue ich das doch!« Seine Stimme wurde lauter. So hatte ich ihn noch nie zuvor erlebt.

»Das glaube ich dir nicht! Was ist eigentlich los mit dir? Ist es nach wie vor wegen Theo oder machst du dir tatsächlich Sorgen um mich?«

Er seufzte und wich meinem Blick aus. »Fuck, Blair. Selbst meine Eltern haben von der Sache Wind bekommen, weil sie Theos Eltern wohl als Elternsprecher raushaben wollen.«

»Wie bitte?« Ich konnte kaum fassen, was ich da hörte. »Weil Theo einen Jungen liebt? Nur deswegen?«

Julien sackte gegen die Wand und wirkte auf einmal unendlich müde. »Sie denken, es wäre ansteckend … Gott, meine Eltern leben völlig im Mittelalter, was das betrifft, und man kann keinen vernünftigen Satz mit ihnen darüber sprechen. Meine Mum hat sogar geweint …«

Ich hob meine Hand und legte sie auf seine Schulter. »Lass dich nicht so von ihnen behandeln. Es darf sie doch eigentlich überhaupt nichts angehen …«

»Tut es aber!«, schnitt er mir das Wort ab. »Mein Dad hat gesagt, wenn ich so wäre, würde er mir das komplette Geld fürs College wegnehmen, bis ich zur Vernunft komme. Ich weiß doch auch nicht, was ich tun soll, Blair. Und irgendwie bin ich ausgetickt heute Abend und … ach keine Ahnung.«

Wie konnte ein Mensch nur so zu seinem eigenen Sohn sein? »Scheiße.«

»Ja.«

»Wieso hast du mir das nicht vorhin gesagt?«

Er rieb sich über die Brust. »Weil ich nicht will, dass du denkst, ich halte dich deswegen von Ryan fern. Ich hab nur so Schiss, dass diese ganze Sache auffliegt.« Er deutete zwischen uns hin und her.

»Das würde ich dir niemals antun!«

»Ich habe trotzdem ein schlechtes Gewissen deswegen. Abgesehen davon ist klar, dass Ryan nicht der Richtige ist, aber was, wenn ich dich irgendwann von dem Richtigen fernhalte? Ich bin ein beschissener, egoistischer Freund.« Julien wirkte total gedrückt.

»Nein, bist du nicht. Bei dir geht es im Moment um weitaus mehr, aber tu mir einen Gefallen und lass mir ein bisschen Luft zum Atmen. Auch vergebene Frauen dürfen sich mit anderen Männern unterhalten und harmlosen Spaß an ihrem Geburtstag haben«, sagte ich grinsend und gab Julien einen freundschaftlichen Schubs gegen die Brust. »Außerdem kennt uns hier niemand! Genau das können wir doch nutzen!«

»Klar, hast ja recht.« Julien schlang den Arm um meine Schulter und zog mich an sich. »Danke, ich bin froh, dich als meine beste Freundin zu haben«, murmelte er in mein Haar und drückte mir einen Kuss darauf.

»Danke! Unsere Freundschaft bedeutet mir viel mehr als irgendein Flirt«, sagte ich und spürte die Lüge schwer auf meiner Zunge, denn es fühlte sich ganz und gar nicht so an, als wäre Ryan nur irgendjemand. Es war anders. Aber ich konnte diese Sachen zwischen uns kaum mir selbst erklären, wie also sollte ich sie vor Julien benennen?

»Deswegen gebe ich dir jetzt erstmal einen Mojito als Entschuldigung aus«, sagte Julien und zog mich in Richtung Tanzfläche.

»Gute Entscheidung!«

Nachdem wir zuerst bei der Bar unsere Getränke geholt hatten, kämpften wir uns zurück zu der Sitzlounge, weil auf der Tanzfläche keiner der anderen mehr zu sehen war. Mad saß neben der Blondine auf der Couch und unterhielt sich angeregt mit ihr. Als ich sah, dass Ryan neben einer anderen Frau saß, musste ich kurz das Gefühl unterdrücken, losschreien zu wollen. Ich hatte kein Recht darauf. Außerdem war sie hinreißend, hatte langes, braunes Haar und trug ein extrem enges Kleid. Konnte ich es Ryan verdenken, wenn er auf sie stand?

Julien und ich nahmen neben ihnen Platz und die anderen schenkten uns keinerlei Aufmerksamkeit. Großartig.

»Was trinkt ihr?«, fragte Ryan und saß plötzlich direkt neben mir. Die Brünette tippte irgendetwas in ihr Handy, als würde sie die Situation langweilen.

»Mojito«, antwortete ich ihm verwirrt. Wollte er sich nicht um seine Eroberung kümmern?

»Kann ich nur mal dran riechen, ich meine, wo ich schon heute fahren muss und selbst nichts trinken darf.«

»Das ist seltsam«, sagte ich mit gerunzelter Stirn und einem Grinsen auf den Lippen.

»Aber ich hab geschafft, dass du nicht mehr grimmig schaust«, erwiderte er und ich verlor mich einen Moment in seinem anziehenden Lächeln.

»Ich schau nicht grimmig.«

»Natürlich nicht«, murmelte er und sah kurz hinüber zu der Brünetten.

»Bin gleich wieder da«, sagte Julien laut, betrachtete Ryan mit einem mahnenden Blick und ging zurück Richtung Toiletten, während er sein Handy aus der Jeans zog. Es fühlte sich so an, als hätte Julien vielleicht ebenfalls Geheimnisse vor mir. Der Sache musste ich unbedingt auf den Grund gehen. Später.

Ich widmete meine Aufmerksamkeit wieder Ryan. »Willst du nicht dein Date unterhalten? Sie scheint sich zu langweilen.«

»Tue ich doch gerade. Ich dachte, du bist mein Date, du hast schließlich Geburtstag«, sagte er und rutschte noch ein Stückchen näher an mich heran. Unsere Oberschenkel berührten sich und ein Kribbeln baute sich an dieser Stelle auf, das sich in meinem gesamten Körper zu verteilen schien. Wie war das? Niemand kannte uns hier? Wir konnten tun und lassen, was wir wollten?

»Das bin ich garantiert nicht«, erwiderte ich, obwohl mir der Gedanke immer mehr gefiel.

»Ach, das ist nur Ryans kleine Schwester, keine Sorge«, vernahmen wir Mads laute Stimme und sahen zu den anderen Drei hinüber.

»Seine kleine Schwester?«, fragte die Brünette und schien das alles überhaupt nicht zu verstehen. Aber das taten wir ja selbst nicht mal. Für Geschwister saßen wir viel zu nah nebeneinander. Und obwohl ich wusste, dass Mad es nicht böse gemeint hatte, tat seine Aussage weh.

Ryan warf ihm einen wütenden Blick zu, dann packte er kurzentschlossen meine Hand und zog mich hoch, durch die Menge und nach draußen. Als die frische Luft in meine Lungen strömte, hatte ich das Gefühl, endlich wieder ein bisschen atmen zu können. Ryan ließ mich erst los, als wir am Hallenende angekommen waren. Dort lehnte ich mich gegen die Wand, während Ryan vor mir stehen blieb und mich ansah, als hätte er Schmerzen.

»Sorry, Mad ist ein Idiot.«

»Dabei hat er recht.«

»Wir sind keine Geschwister!«, sagte Ryan auf einmal laut, als müsse er sich selbst vom Gegenteil überzeugen. Seine Brust hob und senkte sich unter seinen schweren Atemzügen. Er wirkte plötzlich völlig außer sich. »Man denkt an seine Schwester nicht so, wie ich an dich denke, verdammt!«

Er kam näher, legte einen Unterarm gegen die Wand und ich drückte mich enger mit dem Rücken dagegen, um ihm ein Stückchen zu entkommen. Etwas änderte sich gerade an der Intensität zwischen uns und das machte mir verdammt nochmal riesige Angst.

»Man hat nicht solche Gefühle in der Nähe seiner Schwester, wie ich in diesem Moment habe.« Seine freie Hand legte er auf die Stelle meines Herzens, hinter der es heftig wummerte. So stark, dass mir fast schwindelig wurde. So stark, dass ich es nicht mehr ignorieren konnte. »Und fuck, ich kann es nicht mehr länger leugnen! Ich will dich, Blair! So sehr, dass es verdammt noch mal richtig wehtut! So sehr, dass ich diesen bescheuerten Deal nur eingegangen bin, weil es dich glücklich gemacht hat! So sehr, dass ich nicht mehr nur an mich denke, sondern das erste Mal darüber nachdenke, wie es einem anderen geht! Dir!« Er lehnte seine Stirn an meine und ich schloss die Augen. »Gott, wieso fühlt es sich so richtig an, wenn wir allein sind und so falsch, sobald andere dabei sind?«

»Ich weiß es nicht«, flüsterte ich ehrlich.

»Wenn du mit deinem Freund glücklich bist, dann gehe ich jetzt sofort einen Schritt zurück und spreche nie wieder davon, wie sehr ich dich küssen will, aber … wenn der winzige Funken Hoffnung besteht, dass du das Gleiche fühlst wie ich …« Er senkte den Kopf weiter und ich spürte seinen Atem auf meinen Lippen. Angestrengt lauschte ich nur seiner tiefen, rauen Stimme, die mir durch den gesamten Körper fuhr, während meine Finger sich zu Fäusten ballten. Weil ich ihn sonst ohne zu Zögern schon längst an mich gezogen hätte. »Dann gibt es kein Halten mehr für mich und ich werde allen beweisen, dass du zu mir gehörst! Nur zu mir! Bloß weil unsere Eltern sich lieben, heißt es nicht, dass das zwischen uns nicht okay ist. Wir können doch nichts dafür!«

Ich fühlte schon die Hitze seiner Lippen, das kribbelige Gefühl, das man kurz vor einem Kuss hatte, nach dem man sich so sehr sehnte. Dieses Knistern, das sich aufbaute, bis es mit einem lauten Knall explodierte, wenn man sich zum ersten Mal berührte. Aber es ging nicht. Es war unmöglich für uns, uns diesem Verlangen nun hinzugeben. Weil es alles zerstören würde, verkomplizieren, beenden, anstatt etwas Schönes und Neues zu erschaffen.

Als ich die Augen öffnete und Ryan tief in seine sah, hörte ich das Krachen meines Herzens, als ein kleines Stückchen herausbrach, das man nie wieder würde reparieren können. »Durch unsere Eltern sind wir sehr wohl Geschwister, Ryan. Wir können nicht mehr sein. Julien wartet auf mich.«

Er schluckte, dann drückte er sich von mir weg. Sein Gesichtsausdruck war hart und zerstörte mich noch ein wenig mehr. Er nickte, aber ich sah ihm an, wie schwer er mit dieser Zurückweisung zurechtkam. Und auch mir war etwas nie schwerer gefallen. Keine Lüge lag gewichtiger auf meinen Schultern als die, die ich soeben ausgesprochen hatte.

»Okay, wir sehen uns drin«, sagte er knapp und stürmte los ins Innere des Gebäudes. Und ich stand immer noch hier und kämpfte mit den Tränen. Weil ich meinen besten Freund nicht verraten konnte für etwas, das mich nur vielleicht glücklich machen würde. Denn was, wenn nicht? Dann hatte ich zwei Dinge verloren: Freundschaft und Liebe. Und dieses Risiko konnte ich nicht eingehen.

Kapitel 22

Ryan

»Komm mit«, sagte ich hart zu der Brünetten, die immer noch neben Mad und ihrer Freundin auf der Couch saß. Ein Glück war Julien weiterhin verschwunden, sonst hätte ich ihm wahrscheinlich eigenhändig eine verpasst. Einfach so.

Ich wusste, dass Blair mir dreist ins Gesicht gelogen hatte aber irgendetwas musste ich tun, um sie aus meinem Kopf zu bekommen. Sie wollte lieber bei ihrem Macker bleiben? Gut. Konnte sie haben. Dann würde mein Leben eben so weitergehen wie zuvor.

Ich zog die Kleine durch die Menge zur Bar. Dort bestellte ich zwei Kurze. Scheiß drauf, dass ich heute eigentlich fahren wollte, sollten die anderen sich eben ein Taxi bestellen.

Die Brünette sah mich mit hochgezogener Augenbraue skeptisch an. Ich hatte noch nicht mal eine Ahnung, wie sie hieß.

Als der Barkeeper uns zwei Tequila vor die Nase stellte, bezahlte ich und schob ein Glas zu ihr hinüber. Ich nahm meines und wollte es gerade anheben, da legte sie ihre Hand auf meinen Unterarm und stoppte mich. Sie lehnte sich zu mir und ich roch ihr süßliches Parfüm und den Duft ihrer Haare. Ich mochte Frauen, wie sie sich anfühlten und dufteten. Doch auch wenn sie heiß war, war sie nicht so anziehend wie Blair. Fuck. Schon wieder diese Gedanken. Sie mussten endgültig aus meinem kranken Schädel verschwinden!

»Ich weiß, was du versuchst, aber glaub mir, wenn ich dir sage, dass es nichts bringt«, sagte sie und sah mich mitleidig an. Was sollte diese Nummer denn jetzt?

»Keine Ahnung, was du meinst«, antwortete ich und sah hinunter auf das Schnapsglas, das immer noch deutlich zu voll war. Sehr zu meinem Missfallen.

»Vor drei Monaten habe ich meinen Freund mit einer anderen in unserer Wohnung erwischt. Was meinst du, habe ich versucht, um ihm genauso wehzutun wie er mir? Es war übel, das kannst du mir glauben.« Sie lächelte ein wenig und ich atmete seufzend aus.

»Das hier ist anders«, versuchte ich mich, zu erklären, aber sie zwinkerte mir nur zu.

»Klar, ganz bestimmt ist es das und ich habe keine Ahnung was dieses Geschwisterding bedeutet, aber wenn es so kompliziert ist, wie ich vermute, dann nimm meinen Rat an und lass lieber die Finger davon.« Sie löste sich von mir, legte ihre Handtasche auf den Tresen und fischte einen Lippenstift daraus hervor, mit dem sie ihre Lippen nachzeichnete. Lass die Finger davon … Ja, das versuchte ich hier doch gerade!

Ich hatte vor, einen Schritt auf sie zuzugehen, sie an mich zu ziehen und den verdammten Lippenstift von ihrem Mund weg zu küssen. Aber ich konnte nicht. Weil ich es im Grunde wirklich nicht wollte. Die Kleine hatte recht.

Also stellte ich das Schnapsglas ab, drehte mich zur Bar und stützte mich mit den Unterarmen darauf an.

»Oh Mist, hat es dich echt so schlimm erwischt?«, fragte sie und ich zuckte mit den Schultern.

»Keine Ahnung. Ich kenne dieses Gefühl nicht.« Ich fuhr mir durch die Haare. »Und ich kann verdammt nochmal nicht glauben, dass ich dir das jetzt erzähle, obwohl wir uns überhaupt nicht kennen«, murmelte ich. Sie lächelte und hielt mir die Hand hin.

»Ich bin Amy, solltest du meinen Namen von vorhin schon wieder vergessen haben. Somit kennen wir uns nun.«

Ich schüttelte ihr die Hand. »Ryan. Und du bist verdammt in Ordnung, Amy.«

»Danke, das weiß ich. Mein Ex ist ein bescheuerter Flachwichser, der sich irgendwann einen Arsch abärgern wird, wenn er merkt, wie perfekt ich wirklich bin«, erwiderte sie und warf ihr braunes

Haar auf ihrer Schulter zurück. »Und auch wenn ich mich ehrlich gesagt auf eine heiße Nacht mit dir gefreut habe … das kann ich nicht tun.« Sie drehte ihr Gesicht und ich folgte ihrem Blick. Blair war zurück. Mit gesenktem Kopf drückte sie sich durch die Menge, bis sie auf der Erhöhung ankam, auf der die Sitzlounge stand. Sie wechselte dort einige Worte mit Julien, der ebenfalls wieder auf dem Sofa saß, dann sahen sie beide zu Amy und mir hinüber. Fuck. Ich drehte mich schnell wieder um.

»Wenn ich dir noch einen Tipp geben darf«, sagte Amy und ich schenkte ihr erneut meine Aufmerksamkeit. »Sag ihr einfach, was du fühlst. Dann kann sie entscheiden. Obwohl mir die Wahl zwischen euch beiden auch nicht gerade leichtfallen würde. Aber wenn sie dich ansieht, hat sie dieses Funkeln in den Augen, das Mädchen oft nur einmal im Leben bei einem Mann bekommen. Versau es nicht.«

Ich lachte schnaubend auf. »Kann ich auch nicht, weil sie sich schon entschieden hat und wie du unschwer erkennen kannst, nicht für mich ...«

»Oh. Na, dann bleiben für dich leider nicht mehr so viele Optionen. Drüber hinwegkommen oder kämpfen.« Sie nahm ihr Glas und kippte es mit einem Mal hinunter. Dann griff sie zu meinem und trank es ebenfalls aus. »Mädchen stehen übrigens auf Option zwei«, sagte sie und räusperte sich, weil der scharfe Tequila ihr wohl gerade die Kehle verbrannte. Ich hatte weiterhin Lust drauf, herauszufinden, ob der Alkohol mich endlich betäubte. Aber im Grunde wusste ich, dass dieser niemals eine Lösung sein würde, sondern immer nur Probleme mit sich brachte. Wenn ich eines in meiner Vergangenheit und durch meine großartige Mum gelernt hatte, dann das.

»Nicht alle stehen drauf.«

»Doch, mein lieber Ryan … alle.«

So gerne hätte ich ihren Worten Glauben geschenkt. Aber wenn ich jetzt zu Blair hinübersah, konnte ich mir nicht vorstellen, dass es ihr schwergefallen war, zu mir nein zu sagen.

***

Blair schloss die Haustür auf und wir betraten den Flur. Es war schon spät und wir versuchten auf dem Weg nach oben so leise zu sein, wie wir konnten, um unsere Eltern, die im unteren Stockwerk schliefen, nicht zu wecken. Doch ich merkte Blair die Mojitos an, die sie mit ihrem Freund getrunken hatte. Sie schwankte und ich musste sie zweimal stützen, damit sie die Treppe nicht nach unten fiel. Die Wut auf diesen Julien und dass er sie abgefüllt hatte, brachte mich schier um den Verstand. Ein Glück hatte Blair keine Anstalten gemacht, bei ihm auszusteigen, als ich dort gehalten hatte. Dann wäre ich garantiert vollständig explodiert.

»Pst, du musst leise sein«, flüsterte ich und Blair kicherte. Ich konnte sie kaum ansehen, weil ich dann jedes Mal wieder daran erinnert wurde, dass sie nicht mich gewählt hatte und es auch niemals tun würde. Niemals. Und trotzdem wollte ich für sie da sein und sie nicht betrunken ihrem Schicksal überlassen.

»Also, dann … danke für die Party und das Geschenk«, flüsterte Blair und blieb vor ihrer Zimmertür stehen. Ich steckte die Hände in die Hosentaschen und nickte.

»Gern.«

»Ist noch alles okay zwischen uns?«, fragte sie leise und ich wusste nicht so recht, was ich zu ihr sagen sollte.

»Klar.« Größte Lüge ever.

Sie legte den Kopf ein Stück auf die Seite und musterte mich, als würde sie mir meine Aussage nicht abnehmen, was ich ihr nicht verübeln konnte. »Amy wirkt nett und sieht ziemlich gut aus«, sagte sie, während sie auf ihrer Lippe herumkaute. Normalerweise war Blair selbstbewusst, doch gerade war sie wie ausgewechselt, was vielleicht auch am Alkohol lag. Dachte sie wirklich, ich hätte sie heute durch eine Andere einfach ersetzt? Obwohl ich das zuerst vorgehabt hatte … Es wäre nicht gegangen. Amy und ich hatten fast den gesamten Abend an der

Bar verbracht, während wir über Blair und Amys Ex gequatscht hatten, bis ich die anderen nach Hause gefahren hatte. Amy war wirklich nett und ziemlich attraktiv und zu einem anderen Zeitpunkt hätte ich sie sicher mit nach Hause genommen. Nämlich, wenn ich Blair niemals kennengelernt hätte. Aber Amy war nicht für mich bestimmt. Wahrscheinlich war das niemand auf dieser verdammten Welt.

»Seht ihr euch wieder?«, fragte Blair und ich ertrug dieses falsche Spiel einfach nicht mehr. Ich ging einen Schritt auf sie zu.

»Was soll das, Blair? Hast du vergessen, was ich dir heute Abend gestanden habe? Ich kann es nicht verdrängen! Anders als du!«

Sie senkte schuldbewusst den Blick. »Ich kann es auch nicht vergessen«, wisperte sie leise und fast hätte ich sie nicht verstanden.

»Scheiße, was soll dann das Ganze mit Amy? Ich will dich, aber … ach, egal!«, fauchte ich.

Ich wandte mich ab und wollte in mein Zimmer gehen, da hielt mich Blair auf einmal an der Hand fest und drehte mich mit Schwung zu sich um. Plötzlich kam sie mir entgegen und drückte sich an mich. Ihr Mund fand meinen und ich war einen kleinen Moment völlig paralysiert. Bis ich sie schmeckte und realisierte, was hier gerade passierte. Sie küsste mich. Sie! Mich!

Ihr schlanker Körper fühlte sich so unbeschreiblich gut an. Ich umschlang sie fest mit meinen Armen und schob sie nach hinten, während unsere Lippen immer noch aufeinander ruhten. Mit einer Hand hielt ich sie eng an mich gepresst, mit der anderen drückte ich die Klinke nach unten und schob sie in ihr Zimmer. So leise wie es ging, schloss ich die Tür hinter mir, drehte sie herum und presste sie gegen die Wand. Ihre Hände umfassten meinen Nacken, zogen mich näher, klammerten sich an mir fest. Ich schmeckte sie, schmeckte den Alkohol, und konnte auf einmal nicht mehr denken, als sie leicht die Lippen öffnete und mich einlud, den Kuss zu intensivieren. Endlich. Gott, es war wie als würde ein Knoten in meinem Inneren platzen.

Als könnte ich zum ersten Mal in meinem Leben richtig Luft holen. Tief drang ich mit meiner Zunge in ihren Mund, umkreiste ihre und konnte kaum fassen, dass sie meinen Kuss voller Leidenschaft erwiderte. Nein. Sie hatte das hier sogar angefangen! Mein Körper stand völlig unter Storm, als sie leise seufzte, fast stöhnte. Fuck. Wir pressten uns immer enger aneinander, sie fuhr mit ihren Fingern in meine Haare und zog daran, bis meine Kopfhaut brannte, weil sie genauso wenig genug von mir bekommen konnte wie ich von ihr. Das Gefühl befeuerte mich umso mehr. Ich führte meine Hände unter ihren Po und drückte sie höher gegen die Wand, während sie ihre Beine um meine Hüften schlang. Als ich uns Richtung Kommode drehte und sie darauf schob, fiel irgendwelches Zeug hinunter und erzeugte dumpfe Schläge auf dem Boden. Blair löste sich plötzlich von mir und wir sahen uns schweratmend an.

»Meine Eltern«, flüsterte sie und ich konnte nur ihren Blick erwidern. In ihre schönen Augen sehen und das Kribbeln meiner Lippen spüren, das unsere heftige Knutscherei übriggelassen hatte. Überall. »Und Julien«, sagte sie und hob ihre Fingerspitzen an ihren Mund, als könnte sie nicht fassen, dass sie sich so hatte gehen lassen. »Es tut mir leid, ich kann ihm das nicht antun.«

Ich lachte bitter auf. »Wer hat sich denn wem an den Hals geworfen?«, fragte ich gehässig und wusste, dass ich unfair war. Aber ich konnte nicht ertragen, dass sie in diesem Moment an einen anderen dachte, wenn ich nur sie im Kopf hatte. Ständig. Immer.

Ich trat einen Schritt zurück, damit ich wieder atmen konnte. Blair saß weiterhin auf ihrer Kommode. Ihre Haare waren zerzaust, ihr Blick glasig und ihre Lippen geschwollen. Von meinen verdammten Küssen! Die sie jetzt bereute, obwohl sie diese genauso sehr wollte wie ich!

Ich wandte mich ab, weil ich es keine Sekunde länger ertrug, sie anzusehen, und stürmte durch das Bad in mein Zimmer. Dort warf ich die Tür zu und war kurz davor, durchzudrehen. Dieser ständige

Wechsel von Nähe zu Distanz machte mich wahnsinnig! Sie machte mich wahnsinnig! Völlig verrückt! Und was blieb mir?

Nichts! Ich musste es nur ertragen. Jeden. Verdammten. Weiteren. Tag. Bis ich endlich hier abhauen konnte und das alles ein Ende fand.

Kapitel 23

Blair

Meine Finger ruhten immer noch an meinen Lippen. Ich hatte mich keine Sekunde bewegt, seitdem Ryan aus meinem Zimmer gestürmt war. Was war passiert? In meinem Schädel pulsierte der Alkohol mit meinen Endorphinen um die Wette. Ich erinnerte mich daran, dass Ryan die gesamte Heimfahrt wütend gewesen war und mich vor meinem Zimmer stehenlassen wollte. Und ich hatte unfassbare Angst bei dem Gedanken gehabt, Ryan würde mich allein lassen. Ich hatte ihn küssen wollen, wie nichts anderes auf dieser Welt und hatte die Schwelle tatsächlich überschritten. Und es war … wow. Ich hatte nicht viel Erfahrung, aber ich wusste, diese Küsse waren auf keinen Fall Standard. Sie waren großartig. Welterschütternd. Unvergesslich. Überall in meinem Körper summte es und der Duft von Ryan lag auf mir wie eine kuschelige Decke.
Und trotzdem könnten diese Küsse mich alles kosten, was mich ausmachte. Was ich vorgab, zu sein. Und ich mir aufgebaut hatte.

Mein Blick fiel auf die Nähmaschine, die Ryan vorhin in mein Zimmer gestellt hatte. Sein Geschenk war so aufmerksam gewesen, dass ich ihm fast bei der Übergabe schon um den Hals gefallen wäre. Wie konnte jemand, der den Eindruck machte, er wäre ein totaler Arsch, in Wirklichkeit solche weichen Seiten haben? Wieso versteckte er sein wahres Ich, wenn er sich so erst recht Probleme einhandelte, in dem er so tat, als wäre ihm alles egal?

Ich war unendlich verwirrt. Und unendlich traurig.

Mit klopfendem Herzen sah ich zu der Tür, durch die ich gehen müsste, um zu ihm zu kommen. Nur einige Schritte und ich könnte ihm sagen, dass ich ihn angelogen hatte, als ich gesagt hatte, dass ich nichts für ihn empfand. Dass es andere Gründe gab, die er nicht verstehen würde.

Verdammt. Ich legte mein Gesicht in die Hände und konzentrierte mich darauf, zu atmen. *Eins. Zwei. Drei.* Ich zählte, bis ich das Gefühl hatte, nichts Falsches mehr zu tun. Aber was war falsch? Und was richtig?

Ich wusste nur, dass ich es heute ganz bestimmt nicht herausfinden durfte. Denn in diesem Moment war ich zu keiner rationalen Entscheidung mehr fähig und schon gar nicht, wenn ich noch einmal in Ryans Nähe kam.

***

Die Tage zogen vorüber, als wäre alles wie vor Ryans und meinem Deal. Als wäre überhaupt nichts geschehen. Weder unser Lachen, noch unsere Nähe.

Auch nicht das Gefühl, aus uns könnte zumindest so etwas wie Freunde werden. Selbst wenn ich wusste, dass das ohnehin nicht ohne weiteres möglich war, denn die Anziehung, die zwischen uns herrschte, war deutlich zu stark. Sobald wir uns im selben Raum befanden, flirrte die Luft und es fühlte sich an, als drohte ein heftiges Unwetter. Vielleicht mussten wir uns doch wieder bekriegen, damit die Energie wenigstens ein kleines Ventil fand. Denn zusammen zu sein, ohne das Verlangen herauszulassen, das wir füreinander empfanden, war unmöglich.
Julien benahm sich wieder fast wie vor dem Zwischenfall mit Theo, mit dem Unterschied, dass er noch versessener war, allen anderen zu zeigen, dass wir ein Paar waren. Wir mussten unbedingt vorsichtiger sein, denn die Gossipgeier kreisten bereits über der Schule und warteten nur auf den nächsten Skandal. Doch trotzdem übertrieb Julien es in vielen Punkten. Er brachte mir während des Sportunterrichts Blumen, umarmte mich auffällig oft und fast hatte ich Angst davor, dass er mir zusätzlich noch einen Alibiantrag beim nächsten Footballmatch vor der gesamten Schule machte.

Theo hatte sich offen zu seiner Homosexualität bekannt und lief nun erhobenen Hauptes durch die Schulflure. Und auch wenn Julien das insgeheim bewunderte und vor allem beneidete, fand er selbst noch lange nicht den Mut, genau wie Theo zu sein.

Was man ihm aufgrund seines strengen Vaters und der Aussicht auf eine Profikarriere im Football nicht verdenken konnte. Ich verstand, weshalb er so reagierte, aber ich zweifelte immer mehr daran, ob es tatsächlich meine Aufgabe war, mein eigenes Leben dafür zu opfern und die homosexuelle Identität meines besten Freundes zu schützen.

Meine üblichen Dinge innerhalb der Schule und die Organisation des Halloweenfestes lenkten mich zwar ab, aber jedes Mal, wenn ich nach Hause kam und Ryans Wagen vor der Tür sah, rutschte mein Herz ein kleines Stückchen tiefer.

Er ignorierte mich und war ständig unterwegs, wahrscheinlich bei seinem Freund Mad oder auf irgendwelchen Partys. Auch wenn ich verstand, dass die Beziehung zu seiner Mum und die derzeitige Situation mit uns nicht einfach war, konnte ich nicht verstehen, dass er mir so völlig aus dem Weg ging. Mir fehlten unsere Neckereien, sein Guten-Morgen-Gruß im Badezimmer, selbst seine laute Musik am Abend und die Nachrichten, die wir uns daraufhin immer schrieben.

Das Komitee der Festorganisation, das noch aus Debbi, Theo, Kyle, Nancy, Julien und mir bestand, hatte sich heute Mittag zur Planung bei mir zu Hause verabredet. Keiner von uns hatte am Nachmittag Lust auf die verstaubten Schulflure gehabt und vor allem war es untersagt dorthin Essen zu bestellen.

Und da mein Dad und Heather heute auf einer Lehrerversammlung waren, hatte ich die Chance genutzt und alle zu uns eingeladen. Mein Dad hatte nichts dagegen und Ryan war sowieso arbeiten, also konnte nichts schiefgehen. Zumindest *fast*.

Unsere Unterlagen zum Schulfest waren überall im Wohnzimmer verteilt. Theo saß mit Debbi auf dem Zweisitzer, während Kyle und Julien auf dem Sofa daneben saßen. Ich hatte im Schneidersitz neben einer halbleeren Familienpizzaschachtel und Nancy Platz genommen, die sich nebenbei ihre Fingernägel schwarz lackierte.

Im Hintergrund lief leise irgendein Pop-Mix und während wir fast alle Punkte auf unserer Liste abhaken konnten, fehlte uns immer noch eine passende Location.

»Hattest du nicht erzählt, dein Stiefbruder ist auf dem College? Glaubst du die *Freeze* macht es mit, dass wir die Party dorthin verlagern? In irgendein Studentenheim wäre doch mega hot«, sagte Debbi und legte ihr Smartphone auf der Seitenlehne des Sofas ab.

Ich stütze mich auf die Hände zurück und streckte meine schmerzenden Beine aus. »Hak das Thema endlich ab, Debbi.«

»Gib doch zu, dass du nur hier bist, weil du denkst, du triffst ihn«, sagte Theo, der glücklicherweise nach der Aufregung der letzten Zeit wieder ehrlich lachte. Mir fiel auf, dass Juliens Blick ein wenig länger als sonst auf ihm verweilte, bevor er zu Debbi sah, aber vielleicht bildete ich mir das auch nur ein.

»Deb, lass lieber die Finger von dem. Ich kenne ihn und …«, sagte Julien auf einmal.

»Und was?«, fragte ich bissig und fixierte ihn nach seiner Aussage. Unsere Vereinbarung war das eine, aber dass er jetzt noch anfing, über Ryan zu reden, passte mir gar nicht. Eigentlich ging er Julien überhaupt nichts an.

»Ich dachte nur, er ist nicht gerade der Typ, mit dem Debbi ausgehen sollte«, sagte Julien.

Ich verdrehte die Augen. Debbi war das Mädchen mit dem höchsten Anteil an Dates seit der sechsten Klasse in unserer gesamten Schule. Juliens Gedanken in Ehren und dass er sich Sorgen um sie machte, aber dieser Zug war für Debbi eindeutig abgefahren. Mehrmals.

»Ich wollte damit einfach nur sagen, dass er für niemanden von unseren Mädchen etwas wäre.«

»Unseren Mädchen?« Jetzt wurde es ja noch schöner!

»Uhhh, Ärger im Paradies!«, jubelte Kyle und rieb sich die Hände. »Ich bin für Blair!«

Die andere kicherten und Julien und ich lieferten uns ein Blickduell. So langsam könnte man meinen,

Julien hatte ein persönliches Problem mit Ryan. Weshalb auch immer.

»Übrigens hat sich das Location Problem sowieso gelöst!«, wechselte Julien das Thema und die anderen widmeten ihre volle Aufmerksamkeit ihm.

»Wieso?«, fragte ich und Julien verschränkte die Arme vor der Brust.

»Mein Dad hat vorgeschlagen, dass wir bei uns feiern können.«

»Bei euch zu Hause?«, fragte Theo ungläubig.

»Du willst zweihundert Schüler und einige Lehrer euer Haus zerstören lassen?« Ich konnte nicht fassen, weshalb Julien so etwas anbot. Vor allem, nachdem er mir noch erzählt hatte, wie sie auf Theos Outing reagiert hatten.

»Mein Dad hat es selbst vorgeschlagen, vielleicht will er zeigen, dass er als Elternsprecher einiges mehr bereit ist zu investieren. Ist mir auch eigentlich egal, Hauptsache wir haben einen coolen Platz.«

»Ich weiß nicht, ob ich das so gut finde …«, sagte ich.

»Musst du auch nicht«, erwiderte Julien knapp. Irgendwas störte ihn heute und ich musste unbedingt herausfinden, was das war.

In dem Moment wurde die Tür aufgeschlossen und man hörte lachende Stimmen. Oh shit, wieso ausgerechnet jetzt? Die letzten Tage war Ryan doch nicht zu Hause gewesen! Wo auch immer er übernachtet hatte … Was mich nicht interessierte. Überhaupt nicht …

»Bro, hast du gesehen, was die Kleine mit ihrem …« Mad verstummte, als er und Ryan am Türdurchgang vorbeikamen und ins Wohnzimmer sahen. Auf Mads Gesicht breitete sich ein Grinsen aus und er lehnte sich gegen den Türrahmen.

Ich sah wie Debbi und auch Nancy sich aufrechter hinsetzten und den beiden Jungs ihre strahlendsten Lächeln und tiefen Ausschnitte präsentierten.

Gott. Ich musste seufzen und Ryan sah zu mir. Aber nur kurz, dann widmete er seine Aufmerksamkeit wieder Debbi, Ms Ich-hatte-schon-Titten-in-der-Fünften.

»Hey, was ist denn hier los?«, fragte Ryan mit seinem bekannten Verführerlächeln und zwinkerte Debbi zu, die wie auf Kommando loskicherte. Mir fiel auf, dass er eine Sporttasche über die Schulter geschmissen hatte und seine Haare leicht feucht waren, als hätte er eben geduscht. Allein das Shirt, das seine trainierte Brust betonte, und die lässige Jogginghose stellten eindeutig Dinge mit mir an, die in diesem Moment alles andere als förderlich waren. Vor allem nicht vor all den Menschen, die nicht merken sollten, was für ein furchtbares Durcheinander zwischen uns herrschte.

»Etwas, das dich nichts angeht!«, keifte ich ihn auf seine Frage an und er zog nur unbeeindruckt die Augenbraue nach oben.

»Wieso so zickig, Sis, sind dir die Tampons ausgegangen?«

»Du könntest mir ja welche leihen«, antwortete ich zuckersüß und er nickte mir kurz anerkennend zu. Dann warfen Mad und er ihre Sporttaschen in den Flur.

»Wir sind in der Küche was futtern, falls uns jemand Gesellschaft leisen möchte!«

Debbi und Nancy sprangen sofort auf. »Wir haben auch Hunger!«

»Es gab eben drei Familienpizzen«, sagte Kyle trocken und verdrehte die Augen. »Weiber! Und ihr sagt, wir Kerle sind schlimm.« Er stand auf und streckte sich, nachdem die anderen in der Küche verschwunden waren. »Na, wenn die Party hier sowieso von zwei Collegetypen gecrasht wird, gegen die wir keine Chance haben, mach ich mich mal auf den Nachhauseweg. Ist eh schon spät! Soll ich dich mitnehmen, Theo?«

»Klar, Mann.« Er stand ebenfalls auf und hob die Hand in meine Richtung. »Bis morgen in der Schule.«

»Aber wir sind noch gar nicht fertig!«, versuchte ich, die Gruppe zusammenzuhalten.

»Der größte Punkt mit der Location ist doch dank Julien geklärt«, erwiderte Theo. »Also mach dir keinen Stress, bye!«

Kyle nahm sich ein letztes Stück Pizza auf die Hand mit, dann verschwanden die beiden Jungs im Flur und ich sah Julien an, mit dem ich nun allein im Wohnzimmer saß. Er erwiderte meinen Blick mit seinem typischen »Hab ich es dir doch gesagt«-Ausdruck, den ich so an ihm hasste.

»Ryan schnippt und alle rennen. Sind wir ja gewohnt.«

»Hör auf damit, Julien!« Ich sprang auf und strich mir die Bluse glatt. »Ich zeig ihm, dass es so nicht funktioniert!«

»Klar, das will ich sehen«, erwiderte er gelangweilt. »Aber wenn du in fünf Minuten nicht wieder hier bist, kümmere ich mich darum.«

Ohne etwas darauf zu erwidern, stürmte ich rüber in die Küche. Dort saß Nancy auf der Arbeitsplatte und Mad stand vor ihr, während er ihr irgendetwas über bescheuerte Riesenameisen erzählte und mit dem Finger ihren Oberschenkel hinauf strich. Sollte sie das beeindrucken? Mir fiel wieder mal auf, wie schräg Mad eigentlich war. Am Anfang hatte ich das Gefühl gehabt, er wäre dauerbekifft, aber mittlerweile wusste ich, dass er einfach so schräg war. Als wäre er hyperaktiv und gechillt gleichzeitig.

Vielleicht mussten die Ärzte seine Pillendosis überdenken …

»Wo ist Ryan?«, fragte ich, weil ich ihn und Debbi nirgendwo sah. Ich konnte mir schon denken, wo sie waren und das machte mich sogar noch wütender, als ich gedacht hatte. Hätte er kein anderes Mädchen als Debbi nehmen können?

Mad zuckte mit den Schultern. »Du kennst euer Haus besser als ich. Irgendwas mit Wasser«, sagte er und drehte sich wieder zu Nancy, die ihn mit großen Augen ansah, als hätte er das Rad erfunden.

Wasser ... Also kam nur eines in Frage, wenn er mit Debbi nicht gerade in unserer Badewanne steckte. Ich lief durch die Küche und dort nach draußen, bis ich die beiden sah. Und plötzlich hatte ich das Gefühl, in mir würde heiß eine Sicherung durchbrennen. Ryan machte nach der gesamten Sache einfach so weiter wie bisher, schleppte Mädels in unseren Pool und machte vor meinen Augen mit ihnen rum. Zumindest standen beide im Wasser und während Ryan sich links und rechts am Beckenrand festhielt, erinnerte ich mich augenblicklich an die Situation von damals. Als ich an Debbis Stelle gewesen war. Nur, dass sie sich ganz und gar nicht dagegen zu wehren schien. Sie küssten sich nicht. *Noch* nicht. Doch das war nur eine Frage der Zeit, so nah wie Ryan ihr im Moment kam. Mein Herz raste und ich stand kurz davor das Radio am Beckenrand hinein zu schmeißen und die beiden verglühen zu lassen. Wobei Mord sehr wahrscheinlich keine geeignete Lösung sein würde.

»Ryan!«, rief ich bissig und er zuckte zusammen, als hätte er mich zuvor gar nicht bemerkt. Debbi grinste mich bescheuerte von unten an und ich sah, dass nicht nur Ryan nur noch Boxershort trug, auch sie hatte nur noch Unterwäsche an. Das ging aber schnell. Ausgezogen in weniger als fünf Minuten, Respekt.

»Was ist los, *Sis*?«, fragte er und am liebsten hätte ich sein schamloses Grinsen aus seinem Gesicht geschlagen. Er machte mich rasend, war absolut nervtötend und auch wenn ich wusste, dass er das tat, um mich zu provozieren, verfehlte es nicht seine Wirkung!

»Was soll der Scheiß?«

»Was denn?«, fragte er und sah kurz zu Debbi, deren lange Krallen sich nun an seinem Rücken nach oben kratzten.

»Auf. Ein. Wort«, presste ich unter zusammengebissenen Zähnen hervor und er zuckte nur lässig mit den Schultern.

»Bin grade beschäftigt.«

»Deine Mum und mein Dad sind wahrscheinlich bald zu Hause.«

»Und?«

»Und dann veranstaltest du hier eine Poolorgie!«

Debbi kicherte im Hintergrund und ich stellte mir vor, wie ich ihre blonden Extensions packte und … Nein. Ich war niemals gewalttätig! Auch nicht in diesem Moment! Sollte er doch machen, was er wollte!

»Denkst du, sie wollen mitmachen?«, fragte er unschuldig und ich schloss kurz die Augen, um mich zu sammeln. Ich war den Tränen nahe. Weil ich nichts dagegen ausrichten konnte, dass Ryan mit einer anderen rummachte und vor allem, weil ich nicht ehrlich sein konnte. Nicht zu ihm und nicht zu mir selbst.

»Reg dich ab, Blair, ich wusste, dass du prüde bist, aber das ist lächerlich«, hörte ich Debbi und konnte kaum noch klar denken, so sehr drängte die Verzweiflung sich gegen die Wut.

»Hör auf damit«, sagte Ryan streng zu ihr, dann plätscherte Wasser. »Komm mit«, hörte ich auf einmal seine Stimme deutlich näher vor mir. Als ich die Augen öffnete, stand er vor mir. Vielleicht hatte er jetzt doch bemerkt, dass ich kurz davor war, durchzudrehen.

»Baby!«, rief Debbi.

»Bin gleich wieder da, mach es dir schon mal bequem.« Nach diesen Worten wurde mir nur noch übler. Er packte mich am Arm und zog mich ins Innere des Hauses, vorbei an Mad, die Treppe nach oben. Wir mussten diese Situation nun endlich klären, damit wir normal nebeneinander weiterleben konnten.

»Sag es!« Er schubste mich förmlich in sein Zimmer und warf die Tür zu.

»Was?«, fragte ich und mein Atem wurde so schnell, dass mir schwindelig wurde.

»Dass es dir nicht egal ist, wenn ich mit einer anderen im Pool bin.«

»Es ist mir egal!«, schrie ich und ballte die Hände zu Fäusten. Ryan stand halbnackt vor mir, im unteren Stockwerk warteten Debbi und vor allem Julien. Wenn er herausbekam, dass ich mit Ryan hier in seinem Zimmer war … Die Hölle würde losbrechen! Er ging einen Schritt auf mich zu. Seine Nähe war kaum auszuhalten. »Es stört dich! Genauso sehr wie es mich stört, wenn ich daran denke, dass du mit deinem ach so tollen Freund zusammen bist! Fickt er dich wenigstens richtig ordentlich durch, während du an mich denkst?«

Ich holte aus und das klatschende Geräusch meiner Ohrfeige hallte durch das gesamte Zimmer. Ich verstand seinen Schmerz, seinen Frust und seine Wut, aber das gab ihm kein Recht, so mit mir zu sprechen! Alles war außer Kontrolle geraten.

»Hör auf«, wisperte ich und spürte die heißen Tränen, die bereits mein gesamtes Gesicht benetzten. Sie tropften zu Boden und versickerten im Teppich, während wir mit bebenden Körpern und brennenden

Blicken voreinander standen und beide völlig überfordert mit der Situation waren.

»Denkst du, für mich ist das einfach? Als meine Mum gestorben ist? Mein Dad mir eine neue Frau vor die Nase gesetzt hat und diese einen verzogenen Sohn mitgebracht hat, der sich wie der allerletzte Arsch benimmt? Ein Kerl, der selbst nicht weiß, wo er steht aber von allen anderen erwartet, dass sie ihn so zu nehmen haben, wie er ist? Ihn akzeptieren, wenn er sich wie ein Arschloch verhält und ihn dann noch mit Liebe überschütten?« Ich atmete zittrig aus und schubste mit beiden Händen fest gegen seine Brust. Auch wenn er sich kaum bewegte, gab es mir doch ein Stückchen Genugtuung, meinen Frust endlich herauslassen zu können. Immer war ich die Beherrschte, aber das war nun vorbei! »Kennst du es, wenn du dich für jemanden aufopferst, obwohl du nicht mal weißt, ob du etwas dafür zurückbekommst? Einfach, weil du denjenigen liebst? Ohne eigenen Nutzen, ohne Gewinn für dich, du tust Dinge nur, weil du möchtest, dass dein Gegenüber glücklich ist? Ich glaube nicht, dass du diese Gefühle jemals empfunden hast oder vielleicht sogar dazu fähig bist! Deine Mum hat einen besseren Sohn als dich verdient!«

Ich schlang die Arme um meinen Oberkörper und gab mir so ein wenig Halt, während ich sah, wie meine Worte in Ryans Kopf sickerten. Seine Kiefer pressten sich fest aufeinander und seine Gesichtszüge verhärteten sich. Ich wartete auf eine Erwiderung, nur eine einzige! Etwas, das mir sagte, dass ich falsch lag mit dem, was ich ihm an den Kopf geworfen hatte. Aber nichts. Er sah mich nur an und es schien fast so, als schaute er durch mich hindurch.

Nur noch einen einzigen Atemzug wartete ich ab, bis ich an ihm vorbei und aus seinem Zimmer stürmte, denn es hatte keinen Sinn. Die kleinen, hellen Momente überstrahlten bei Weitem nicht die dunklen Ecken in Ryans kaputter Seele.

Und was das betraf, hatte Julien recht. Ich konnte nicht jeden auf diesem verkorksten Planeten retten.

Kapitel 24

Ryan

Als die Tür hinter Blair ins Schloss fiel, zuckte ich zusammen. Aber nicht der laute Knall hatte mich getroffen, es waren ihre Worte. Jemanden so sehr zu lieben, dass man sein eigenes Wohl zurückstellte, damit es dem anderen gut ging? Ich hatte keine Ahnung, ob ich das jemals getan hatte. Wahrscheinlich nicht. Weil es noch nie diesen einen Jemanden für mich gegeben hatte. Bis jetzt. Vielleicht … Und trotzdem konnte ich aus dem Käfig nicht mehr ausbrechen, den ich vor langer Zeit um mich herum hochgezogen hatte. Es war, als läge der Schlüssel draußen in Sichtweite und egal, wie sehr ich meine Arme danach ausstreckte … ich bekam ihn nicht zu fassen.

Es klopfte an der Tür und obwohl ich niemanden hereinbat, öffnete sie sich. »Hey, Mann, was ist denn los? Alles okay?«, vernahm ich Mads Stimme. Bisher hatte ich diesen besorgten Klang darin noch nicht sehr oft gehört. Ich stand mit dem Rücken zu ihm und war froh, dass er nicht in meinem Gesicht lesen konnte, wie es tatsächlich in mir aussah. Als ich mich langsam umdrehte, versuchte ich mich an einem falschen Lächeln, doch mein Freund durchschaute es sofort. »Ja, klar, alles gut.«

Er runzelte die Stirn und schob sich weiter in den Raum. »Hm, nehm ich dir voll ab«, erwiderte er mit ironischem Ton. »Seitdem du hier wohnst, bist du nicht mehr der Alte. Ich könnte mit meinen Eltern sprechen, vielleicht kannst du doch längerfristig bei mir pennen und …«

»Nein, schon okay. Es geht mir wirklich gut, ich halte das aus.«

»Du hast Angst gehabt, du erträgst deine Mum nicht, aber jetzt ist das Problem die Kleine, oder?« Ich antwortete ihm nicht und er schenkte mir ein trauriges Lächeln. »Verstehe, du willst nicht drüber sprechen. Ich nehm die beiden anderen Mädels mit zu mir, dann kannst du das hier auf die Reihe kriegen.«

»Danke, Mad.«

»Nicht dafür, hey, ich habe das Glück heute zwei heiße Damen auszuführen und du gehst leer aus. Bedauern wäre das falsche Wort für diese Situation.« Ich musste lachen, als Mad wild mit den Augenbrauen wackelte und mich so ein wenig aufmunterte. »Aber ruf mich an, wenn du soweit bist, okay?«, sagte er dann wieder etwas ernster. Wenn es drauf ankam, konnte ich mich eben doch auf meinen besten Freund verlassen.

»Klar, mach ich.«

Er nickte, dann hob er die Hand und verschwand hinter der Tür. Und ich hatte keine verdammte Ahnung, wie ich mein Leben nun endlich wieder auf die Reihe kriegen konnte.

Als ob das vorher einfach gewesen wäre aber nun, mit dem Durcheinander, das Blair in mir anrichtete, war es nahezu unmöglich, in dieses Chaos Ordnung zu bringen.

Kapitel 25

Blair

»Kann ich mal kurz mit dir sprechen?« Ich drehte mich um und sah, wie Ryans Freund am Türrahmen zum Wohnzimmer stand. Ich hatte mitbekommen, wie er eben hoch zu Ryan gegangen war und hatte versucht, nicht darüber nachzudenken, was er wohl zu Mad gesagt hatte. Wusste er Bescheid? Über den Kuss? Und würde er Julien jetzt sogar davon erzählen?

Mein gesamter Körper spannte sich fast schmerzhaft an. In diesem Moment trat Julien neben mich und baute sich auf, als würde Mad mich entführen wollte. Völliger Schwachsinn. Ich sah meinen Freund kurz an und wusste nicht so recht, was ich sagen sollte, damit er diese Beschützerrolle wieder aufgab.

Er drückte mir ein Küsschen auf die Schläfe, während er Mad fixierte. »Ruf später nochmal an, okay?«, sagte er leise zu mir und ich nickte. Anscheinend hatte er doch verstanden, dass ich diese Situation allein klären musste. Er ging an uns vorbei und es hatte nur gefehlt, dass er Mad dabei anrempelte. So kannte ich Julien überhaupt nicht und solch eine besitzerergreifende Seite hatte ich an ihm noch nie bemerkt. Wir mussten das unbedingt wieder in den Griff bekommen. Alles war außer Kontrolle geraten, seitdem Ryan zu uns gezogen war und ich konnte mit diesem Gefühl nicht umgehen.

Denn vor allem nach der Situation eben war ich immer noch völlig durch den Wind. Ich hatte versucht, die Spuren meiner Tränen mit kaltem Wasser aus meinem Gesicht zu waschen, damit niemand bemerkte, wie nahe mir der Streit gegangen war, aber natürlich war das unmöglich gewesen.

Debbi und Nancy waren glücklicherweise bereits weg. Keine Ahnung, ob Ryan sich gleich noch zu ihnen gesellen würde, wenn er etwas übergezogen hatte. Ich konnte mir aber vorstellen, dass ihn meine Worte völlig kalt gelassen hatten und er einfach so weitermachte wie vorher.

Mad und ich setzten uns jeder jeweils auf ein Sofa. Bisher hatte ich ihn immer mit einem frechen Grinsen auf den Lippen erlebt. Niemals war er so ernst gewesen wie jetzt.

»Ich kenne Ryan ziemlich lange. Schon vor unserer Zeit im Internat, weil er in einer Wohnung gegenüber unserer gewohnt hat.« Er wich meinem Blick aus, bevor er ihn wieder einfing. Ich klemmte die gefalteten Hände zwischen die Knie und presste die Lippen aufeinander. Alles an mir war immer noch angespannt. »Bei Ryan daheim ging es echt übel zu. Wir haben die Schreie fast jeden Tag durch das gesamte Haus gehört. Eigentlich war er ständig bei uns. Meine Mum hat ihm sogar Pausenbrote geschmiert, weil er dauernd Hunger hatte, aber es niemals zugegeben hätte. Scheiße, er hat manchmal fettere belegte Brote als ich von ihr bekommen!« Er lachte traurig. »Weil seine Mum eigentlich jeden Tag besoffen war, weißt du. Und sein Dad war ständig unterwegs, den hat das überhaupt nicht interessiert.«

Ich erinnerte mich an die Zeit, kurz nachdem meine Mum gestorben war. Mein Dad war in einem Loch versunken, aus dem er es kaum mehr herausgeschafft hatte. Also konnte gerade ich verstehen, wie es war, sich im eigenen Heim nicht zu Hause zu fühlen.

»Mein Dad hat mit seinem Vater gesprochen«, fügte Mad hinzu, »und ihm den Vorschlag mit dem Internat gemacht. Ich war eigentlich nur dort, damit Ryan jemanden hatte, und nicht mehr allein war. Ich bin sein Sidekick und er meiner, wenn du verstehst. Ich habe ihn genauso oft aus der Scheiße gezogen wie er mich.«

»Ich bin froh, dass Ryan einen Freund wie dich hat«, sagte ich ehrlich. Ich dachte an Julien. Auch er war mir mein Leben lang eine Stütze gewesen. Vielleicht hatte ich deswegen so einen großen Drang, ihn und sein Geheimnis um alles in der Welt beschützen zu wollen.

»Wir wären ohne einander untergegangen. Als wir dann eine Weile in dem Internat waren, ist Ryan aufgeblüht. Er konnte er selbst sein. Wir hatten echt verdammt viel Spaß. Die Ferien waren übel … jedes Mal, bevor wir nach Hause mussten, hat er tagelang kaum noch ein Wort gesprochen und sich oft ziemlich arschig benommen. Auch mir gegenüber. Aber ich kann es verstehen, er wollte nicht zurück zu seiner Mum.« Mad seufzte und wirkte, als hinge er in einem schlimmen Traum fest. »Ich erinnere mich an die eine Nacht, als wäre es gestern. Wir waren gerade mal zwei Tage in den Winterferien zu Hause. Ich habe Schreie gehört und bin zum Flur gerannt. Wir waren fünfzehn und hatten keine Ahnung vom Leben, noch weniger davon, einen Menschen sterben zu sehen. Ryans Mum ist besoffen in den Pool in unserer Wohnanlage gefallen. Sie wäre ertrunken, wenn er sie nicht wiederbelebt hätte.«

»Großer Gott …« Ich musste heftig schlucken, so sehr brannten die Tränen über dieses Erlebnis, das Ryan durchmachen musste, in meinen Augen.

»Ja, aber das war nicht alles. Er hat sie ständig zusammengeflickt. Platzwunden, Schrammen, blaue Flecken, seine Mum sah aus, als würde er sie verprügeln, dabei hatte sie ihr Leben nur nicht unter Kontrolle. Als er siebzehn war, hat sie sich in seinem Beisein die Pulsadern aufgeschnitten und ich habe keine Ahnung, wie oft sie zu ihm gesagt hat, dass er schuld an allem war … dass sie ihn eigentlich gar nicht wollte und er ihr Leben zerstört hat.«

Auch wenn mein Dad ebenso ein Alkoholproblem gehabt hatte, er hatte seine Trauer niemals an mir ausgelassen, sondern stets still und für sich in einer Kneipe getrunken, bis er spät abends nach Hause kam und sich ins Bett gelegt hatte. Ich konnte mir kaum vorstellen, wie es Ryan gegangen sein musste, fast jeden Abend so etwas mitzumachen. Die Heather aus Mads Erzählungen passte so überhaupt nicht zu der, die ich kennengelernt hatte. Es war erschreckend, wie Alkohol einen Menschen vollständig verändern konnte, aber nun verstand ich einige Dinge deutlich besser als noch vor einer halben Stunde. »Ich erzähl dir das nicht, weil du Mitleid mit ihm haben sollst oder sowas. Ich möchte, dass du weißt, dass er nur Angst vor Zurückweisung hat. Das ist wie sein Kryptonit. Er war immer auf sich allein gestellt, es ist komisch für ihn, jetzt auf einmal so krasse Gefühle für jemand anderen zu haben. Er ist ein Idiot, aber er ist kein völlig verkehrter Idiot. Er will es nur zuerst verkacken, bevor du ihm den Laufpass geben kannst so wie es aus seiner Sicht alle getan haben.«

Seine Worte sickerten in meinen Geist und ich seufzte tief. »Danke, du bist ein wirklich guter Freund«, sagte ich und Mad wirkte auf einmal noch deprimierter.

»Na ja, er will Arzt werden, um Menschen zu helfen, weil er gemerkt hat, dass es das ist, was ihn glücklich macht. Ich bin allerdings schuld daran, dass er sein Studium vielleicht nie wieder weitermachen kann. Der Brand … das war allein mein verdammter Fehler wegen einer völlig beschissenen Situation. Aber niemand hat mir geglaubt, als ich erzählt habe, dass Ryan überhaupt nicht im gleichen Raum gewesen war. Weil wir beide schon immer irgendwelche Scheiße zusammen angestellt haben und es uns nur im Doppelpack gab. In diesem Fall ist das eher ein Fluch als ein Segen.«

»Er war es gar nicht?«

Mad schüttelte den Kopf. »Ich wollte da dieses Mädchen abschleppen und die hatte mal erzählt, dass sie auf Romantik, Kerzen und so einen Scheiß steht … Sie war so heiß, dass ich sie unbedingt rumkriegen wollte. Währenddessen haben wir gar nicht gemerkt, wie das Feuer sich ausgebreitet hat, bis es zu spät war … Ryan hat uns gerade noch so aus dem Zimmer gezogen!«

»Oh Mist …«

»Das kannst du laut sagen!«

»Aber man muss dir doch glauben, wenn du sagst, dass Ryan dafür nichts kann!«

»Ich hab's versucht, Blair, wirklich, ich habe es echt versucht, aber wenn noch nicht mal seine eigene Mum an Ryan glaubt, obwohl gerade sie es nach ihrer Vergangenheit tun sollte … Wer sonst wird es tun?« Mad seufzte, dann stand er auf und fuhr sich durchs schwarze Haar, das danach zu allen Seiten abstand. »Sag ihm bitte nicht, dass ich dir das alles erzählt habe. Er würde mich umbringen.« Er lachte einmal auf und ich nickte. »Aber ich dachte, du solltest das wissen. Ich bin nicht bescheuert, ich habe gesehen, wie er dich ansieht und natürlich habt ihr meinen Segen. Falls der Vollidiot es nicht komplett verhaut. Das mit dem Geschwisterding ist nur ein Spaß, das weißt du, oder?«

»Danke.« Ich nickte und schenkte ihm ein vorsichtiges Lächeln. Bisher hatte ich Mad ganz anders kennengelernt, aber dass er auch eine ernste Seite zu haben schien, die sich um Ryan Sorgen machte, imponierte mir. Nun konnte ich besser verstehen, wieso die beiden miteinander befreundet waren.

»Und du bist eine wirklich scharfe Braut, wäre schade für ihn.« Da war es wieder, dieses freche Grinsen. Diesmal erwiderte ich es mit einem Lächeln. »Bis dann, Blair.«

»Bye.«

Als die Haustür sich hinter Mad schloss, saß ich reglos in unserem Wohnzimmer und wusste nicht so recht, was ich mit diesen Informationen anfangen sollte. Oder zumindest, wie ich Ryan damit helfen konnte.

Er musste den Kreis durchbrechen, aber vielleicht musste er das auch erst selbst erkennen, bevor ihm jemand anderes unter die Arme griff, weil er Hilfe an diesem Punkt überhaupt nicht annehmen würde.

Ich hatte keinen Schimmer, wie ich nun richtig reagieren sollte.

Kapitel 26

Ryan

Keine Ahnung, wie lange ich halbnackt in meinem Zimmer auf dem Fußboden vor dem Bett saß und in die Dunkelheit starrte, aber es waren sicherlich einige Stunden, denn mir war arschkalt.

Auch wenn sich meine Gedanken wild im Kreis drehten und ich keinen richtigen Anhaltspunkt fand, hatte ich das Gefühl, dass es so weit war. Es musste sich endlich einiges ändern und das bezog sich nicht nur auf die Sache mit Blair und dass ich sie einfach nicht mehr aus meinem Kopf bekam.

Ich wollte endlich etwas aus meinem Leben machen und mich nicht auf dem Umstand ausruhen, dass ich eine beschissene Kindheit gehabt hatte. Die hatten Millionen von Menschen ebenfalls!

Also beschloss ich irgendwann in den frühen Morgenstunden, heiß duschen zu gehen und mich auf den Weg in das zwei Stunden entfernte Savannah zu machen, um Mads Dad heute den gesamten Tag im Plattenladen zu helfen. Er wollte sowieso eine Vollzeitkraft, aber bisher hatte ich nebenbei immer noch für mein Studium gelernt, das ich im Moment ohnehin nicht fortführen konnte. Also würde ich die Kohle mit Zehn-Stunden-Schichten so schnell wie möglich beschaffen. Vielleicht hätte der Dekan dann ein Erbarmen.

Als ich jedoch um kurz vor acht vor dem Laden ankam, musste ich feststellen, dass das Geschäft noch geschlossen war. Egal, dann wartete ich eben, Mads Dad war sowieso meistens früher hier.

Ich lehnte mich gegen das heruntergelassene Rollgitter vor dem hohen Ladenfenster und zog mein Handy aus der Tasche, um meine Nachrichten zu checken. Laute Stimmen ließen mich plötzlich aufsehen.

»Sieh zu, dass du Land gewinnst, Buster! Wir haben gesagt, dass wir keinen Ärger hier wollen und du hast deinen Freischein eindeutig heute verspielt!«

Eine blonde Frau mittleren Alters stand mit verschränkten Armen vor einer Treppe, die nach oben in das Innere einer zweistöckigen Villa führte. Die weiße, abgeblätterte Fassade sah aus, als hätte sie seine besten Zeiten hinter sich. Einige Läden vor den Fenstern, die wahrscheinlich einmal so was wie grün gewesen waren, hingen nur noch in Fetzen hinunter. Allgemein sah das gesamte Grundstück nicht sehr gepflegt aus, aber was mir Sorgen machte, war etwas anderes.

Ein alter Mann schwankte vor der Frau. Er trug eine verschlissene Jeans und ein schiefgeknöpftes kariertes Flanellhemd. Er wirkte wie die Typen, die meine Mum früher regelmäßig mit nach Hause genommen hatte und meine Hände ballten sich wie automatisch zu Fäusten.

»Margret! Komm schon!«, nuschelte er und war eindeutig um diese frühe Uhrzeit bereits ratzedicht. Plötzlich wurde die Haustür geöffnet, die auf die Veranda führte. Ein Mädchen kam heraus, sie war höchstens zehn. Ohne dass die Frau sie bemerkte, stellte sie sich an den Rand der Brüstung und beobachtete den Mann mit großen Augen. Als er sie sah, breitete er die Arme aus.

»Sue! Sue, sag Maggie, dass ich es nicht so gemeint habe!«

Das Mädchen zuckte zusammen und ich stellte mich aufrechter hin. Nun zog die ganze Szenerie noch mehr meine Aufmerksamkeit auf sich. Dieser Typ ging einen Schritt auf die Frau zu, aber sie streckte beide Hände nach ihm aus, um ihn abzuwehren.

»Nenn mich nicht Maggie, das kann ich nicht leiden, Buster! Verschwinde, sonst rufe ich dieses Mal wirklich die Polizei!«

Er lachte hämisch. Dabei stolperte er zwei Schritte zurück. »Machst du doch sowieso nicht!«

Wieder ging er auf sie zu, aber diesmal würde ich nicht mehr untätig zuschauen, bis tatsächlich etwas passierte. Am Bürgersteig sah ich nach links und rechts und rannte dann auf den Vorgarten zu.

»Hey!«, rief ich laut und hatte die gesamte Aufmerksamkeit aller Anwesenden. »Sie hat gesagt, du sollst verschwinden!«

Dieser Buster lachte, als könnte er es nicht fassen, dass ihm ein Fremder eine Ansage machte. Er sah zurück zu der Frau, dann wieder zu mir. »Meinst du mich?«, nuschelte er und am liebsten hätte ich ihn jetzt schon am Kragen gepackt und von dem Grundstück gezerrt.

»Klar, wen sonst?«, sagte ich und blieb mit verschränkten Armen vor ihm stehen. Er konnte sich kaum auf den Beinen halten und ich roch seine Fahne noch zwei Meter entfernt. Menschen wie er funktionierten bei mir wie ein Trigger. Sofort sah ich die Bilder vor mir, die ich am liebsten verdrängt hätte. Das gewohnte Engegefühl wuchs in meiner Brust an. Aber anstatt mich davon niederreißen zu lassen, verwandelte ich die Furcht in Wut. »Also lass es mich nicht wiederholen und verzieh dich endlich.«

Der Typ war mindestens einen Kopf kleiner als ich und definitiv nicht in der Lage, einen Kampf zu überstehen, das wusste selbst er. Also wandte er sich an die Frau und deutete mit dem dreckigen Zeigefinger auf sie. »Das wird ein Nachspiel haben! Das schwöre ich!«

»Ja klar, Buster, ich freue mich, wenn du wieder einen Fuß auf mein Grundstück setzt, denn dann kann ich endlich Betsy unter der Spüle hervorholen und dir die alte Schrotflinte meines Mannes aus nächster Nähe zeigen«, sagte die Frau und zwinkerte ihm zu. Sie war taff und strahlte diese warme Mütterlichkeit aus, die auch Mads Mum immer an sich gehabt hatte.

Buster fluchte einige Male, dann torkelte er auf den Bürgersteig. Mein Blick flog zurück zu dem Mädchen, das sich unter die Brüstung gedruckt hatte, danach sah ich diese Margret an. »Alles in Ordnung?«

»Klar, mit solchen Typen werde ich wohl nach so vielen Jahren hier fertig.« Sie putzte sich die Hände an einer blau-weißen Schürze ab und hielt mir eine hin. Ich ergriff sie. »Ich danke dir trotzdem, dieser Auftritt war sehr ritterlich. Ich bin Margret McCamden und falls du jemals ein Bett und ein warmes Mahl brauchst, bist du herzlich willkommen! Obwohl du glücklicherweise nicht so aussiehst, als bräuchtest du einen Unterschlupf Junge.«

Ihr Händedruck war fest, bis sie mich wieder losließ und ich ihr Lächeln erwiderte. »Danke, und ich würde nicht drauf wetten.« Mein Blick wanderte über das Haus und ich bemerkte noch weitere Menschen, die neugierig aus den Fenstern spähten. »Was ist das hier, wenn ich fragen darf, Ma'am?«

»Das ist ein Heim für alle, die keines haben.« Sie drehte sich um und streckte die Hand nach dem Mädchen aus, das direkt auf sie zulief und sich in ihre Umarmung drückte. Mir fiel auf, dass ihr Unterarm provisorisch verbunden war und das ziemlich schlecht. Im ersten Semester hatten wir bessere Druckverbände gelernt.

»Und was ist das?«, fragte ich und nickte mit zusammengezogenen Brauen auf die Wunde, die dem Mädchen wahrscheinlich ziemliche Schmerzen bereiten musste. Die Wut kroch erneut an die Oberfläche.

Margret seufzte. »Das war Buster. Er hat sich nicht unter Kontrolle, wenn er getrunken hat und deswegen habe ich ihn auch vor die Tür gesetzt. Diesmal endgültig.«

Ich ging einen Schritt auf das Mädchen zu und streckte langsam die Hand aus. »Darf ich mal sehen?«

Sie sah nervös zu Margret, die ermutigend nickte. Das Mädchen reichte mir ihren Arm. Das Blut nässte bereits den dünnen Verband durch.

»Eine Flasche, es war keine Absicht von ihm aber trotzdem unverzeihlich. Dieser Idiot braucht nicht mehr hier aufzutauchen!«, sagte Margret und ich hörte die Wut aus ihrer Stimme.

»Habt ihr noch Verbandszeug im Haus, Desinfektionsmittel und solche Dinge?«

»Kennst du dich damit aus?«

Ich zuckte mit den Schultern. »Ein bisschen. Habe einige Semester Medizin studiert.«

»Oh! Wieso sagst du das nicht gleich? Wir können immer ein paar helfende Hände gebrauchen, vor allem solche starken, wie deine! Komm rein, Junge, natürlich nur, wenn du Zeit hast!«

Ich sah kurz rüber zu dem Plattenladen, der immer noch geschlossen war. Mads Dad würde sicherlich nicht vor einer halben Stunde kommen, außerdem rechnete er nicht vor zehn mit mir. »Sehr gerne!«

»Dann zeige ich dir danach das Haus und stell dich allen vor«, sagte Margret und lief bereits mit Sue an der Hand die Veranda nach oben.

Irgendetwas sagte mir, dass ich hier meine perfekte Ablenkung finden würde und gleichzeitig noch etwas Gutes tun konnte.

Vielleicht war das der Schlüssel zu meinem Käfig.

Kapitel 27

Blair

Mir fiel auf, dass Ryan nach unserem Streit wieder versuchte, allen aus dem Weg zu gehen. Er war nicht unbedingt gemein oder wütend wie sonst, eher wirkte er, als sei er müde. Und ich war es auch.

Ich wollte nicht mehr streiten. Eigentlich wollte ich nur das Beste für alle Beteiligten. Für meinen Dad genauso sehr wie für Ryan.

Es waren einige Tage vergangen. Als ich mein Zimmer verließ, um mir einen Snack zum Lernen zu holen, hörte ich, dass mein Dad im Wohnzimmer eine Sportsendung im Fernsehen schaute. Heather war mit irgendeiner Freundin verabredet und mir passte es ganz gut, dass ich meinen Dad somit alleine antreffen würde. Jetzt, wo ich all die Dinge von ihr wusste, hatte ich ehrlicherweise keine Ahnung, wie ich auf sie reagieren sollte. Es war nicht fair von mir, sie genauso für alte Dinge zu bestrafen, wie Ryan das tat, aber nun konnte ich verstehen, wie er sich fühlen musste, denn er hatte mittendrin gesteckt. Solche Erlebnisse konnte man vielleicht verdrängen, doch niemals vergessen.

»Hey, Dad«, sagte ich, als ich das Wohnzimmer betreten hatte. »Was schaust du?«

»Hi, Spatz. Ach, ich sehe den *Dolphins* beim Verlieren zu«, grummelte er und stellte die Lautstärke leiser, als ich mich zu ihm auf die Couch setzte. Er lächelte mich warm an, so wie er es immer getan hatte. »Wie geht es dir eigentlich? Wir haben uns schon lange nicht mehr wirklich unterhalten.«

»Alles bestens«, log ich und schlug die Beine unter. Ich konnte ihm schließlich nicht erzählen, was zwischen Ryan und mir alles passiert war. »Wir haben nur immer noch super viele Dinge für die Halloweenparty zu organisieren und die ist schon in zwei Wochen.« Ich lehnte mich nach vorne und nahm mir eine Handvoll Popcorn aus der Schüssel meines Dads. »Und bei dir und Heather, alles in Ordnung?«

»Ja, absolut.« Ich sah meinem Dad immer sofort an, wenn ihn etwas beschäftigte.

»Wirklich?«

»Heather macht sich so große Sorgen um Ryan. Er ist noch seltener zu Hause, kommt noch öfter spät abends heim und spricht eigentlich mit keinem mehr so wirklich.«

»Hat sie dir erzählt, was damals alles zwischen ihnen passiert ist?«, fragte ich leise und mein Vater nickte.

»Denk schon. Ich kann verstehen, wenn er das nicht so einfach verarbeitet bekommt aber dann noch die Sache mit seinem Studium … Er wirft seine Zukunft weg.«

»Was wäre, wenn er überhaupt nichts für den Brand konnte? Habt ihr darüber mal nachgedacht?«

»Ja natürlich, auch wenn es schwer anzunehmen ist, nach dem, was Heather alles über ihn und seinen Freund Mad erzählt hat.«

»Ich glaube nicht, dass sie in der Lage ist, zu urteilen«, stellte ich fest und hatte zum ersten Mal den Mut, offen auszusprechen, was ich die ganze Zeit dachte. Und das, obwohl die Gefahr bestand, meinen Dad damit zu verärgern. Aber er wirkte nicht wütend, sondern eher traurig.

»Da bin ich auch nicht gerade der Richtige Ansprechpartner …«

»Ich denke nur, du kannst Heather davon überzeugen, nochmal Ryans Geschichte anzuhören. Und vielleicht kann sie mit ihrem Einfluss als Direktorin mehr erreichen, als sie möchte.«

»Denkst du, sie sperrt den Studienplatz extra für ihren Sohn?«, fragte er entrüstet. »Das glaube ich nicht, Blair.«

»Ich denke, dass beide vielleicht in einer Art Tunnel stecken aus dem sie nicht so einfach herauskommen. Aber sie können froh sein, dass sie uns als Vermittler haben.« In dem Moment schwang die Haustür auf und Heathers Stimme erklang im Flur. Ich lehnte mich nach vorne, gab meinem Vater ein Küsschen auf die Wange und stand auf. »Gute Nacht, Dad. Vielleicht denkst du mal darüber nach, was ich gesagt habe.«

»Nacht, Spatz.« Er wirkte tatsächlich so, als würden ihn meine Worte beschäftigen.

»Hey«, sagte Heather fröhlich und kam in den Raum. Wenn ich sie so sah, konnte ich mir nicht vorstellen, wie sie früher gewesen sein musste. Aber was ich nun definitiv wusste, war, dass ich froh war, wie glücklich und verliebt sie meinen Vater jedes Mal aufs Neue ansah. Allein deswegen verzieh ich ihr ein kleines Bisschen mehr, auch wenn mich Mads Erzählungen einfach nicht losließen.

Ich wünschte beiden eine gute Nacht, schnappte mir die Popcornschüssel unter lautem Protest meines Dads und ging zurück in mein Zimmer, um noch ein wenig zu lernen. Denn das war das einzige, das mich von den Gedanken über Ryan einigermaßen ablenkte.

Zwei Stunden später fielen mir die Augen über meinen Lernunterlagen zu und ich konnte kaum den Kopf aufrecht halten. Draußen war es bereits dunkel und nur eine Lampe warf einen schmalen Lichtkegel über den Schreibtisch, während mein Kopf auf meinen Unterarm sank. So müde. Ich war so verdammt müde.

Kapitel 28

Ryan

»Wieso bist du so oft hier?« Ich zuckte zusammen und ließ meinen Arm sinken, in dem ich einen Schraubenzieher hielt. Laut Margret ging das Außenlicht vor der Haustür schon seit Wochen nicht und auch wenn ich mich mit Elektronik nur halb so gut auskannte wie mit Schnittwunden, wollte ich wenigstens versuchen, es zu reparieren. Außerdem ging ich tatsächlich immer noch allen aus dem Weg. Selbst Mads Anrufe hatte ich ignoriert, weil ich keinen Bock hatte, jetzt über irgendetwas von all den Dingen zu sprechen, die Kreise in meinem Kopf zogen.

»Weil ich euch gerne helfe«, antwortete ich, stieg die zwei Stufen von der Trittleiter herunter und stellte mich vor Margret, die mir eine kalte Limo hinhielt. Gerade richtig, tagsüber waren es wieder gefühlte dreißig Grad gewesen trotz Oktober. Das Wetter spielte genauso verrückt wie mein Leben. »Danke.« Ich trank das Glas in zwei Zügen leer.

»Das glaube ich dir, aber ich meine den wirklichen Grund.« Sie ging hinüber zu der alten Hollywoodschaukel am Ende der Veranda, setzte sich und tätschelte den leeren Platz neben ihr. »Mach doch mal eine kurze Pause, es ist schon spät und du hast uns heute mehr als genug geholfen.« Widerworte waren bei Margret sowieso zwecklos, also setze ich mich und drehte das kühle Glas in meinen Fingern.

»Mein Mann Richard und ich sind in der High-School zusammengekommen«, begann sie und ich sah auf. Sie schaute in die Ferne, während sie die Finger auf ihrem Schoss knetete. Ich wusste, dass ihr Mann erst vor zwei Jahren an einem Herzinfarkt gestorben war und man sah ihr an, dass sie das immer noch belastete. »Jeder sagte, wir wären wie perfekt füreinander geschaffen, aber sie alle sahen nur das Äußere. Es gab auch einige Jahre in unserer Beziehung, die nicht gerade einfach waren und in denen ich gezweifelt habe, ob wir wirklich füreinander bestimmt waren. Doch trotz allem haben wir diese Zeit überstanden, weil ich eines gelernt habe: Kein Mensch ist perfekt, aber jeder verdient es, dass man an ihn glaubt.«

Sie suchte meinen Blick und tätschelte mir mütterlich das Knie. Ich konnte verstehen, wieso so viele Menschen zu ihr kamen, wenn sie keinen Ausweg mehr fanden. Margret war bestimmend und wusste, was sie wollte, aber sie war niemals belehrend. Man konnte ihr alles erzählen, und sie hörte einem zu, ohne zu urteilen, wie es viele andere getan hätten.

Ich nahm einen tiefen Atemzug und sah nach unten auf die abgewetzten Holzdielen zu meinen Füßen. »Meine Kindheit war nicht gerade das, was man sich unter einer schönen Zeit vorstellt«, begann ich und fand zum ersten Mal den Mut, über all das zu sprechen, ohne dass der Schmerz mich vollständig zerfraß. All die Worte, die ich gerne zu Blair gesagt hätte, mich aber nicht traute, sie offen auszusprechen. Weil sie sich dann deutlich realer anfühlten, als sie stumm in meinem angeknacksten Herzen versteckt zu lassen.

Doch als ich einmal angefangen hatte, konnte ich kaum mehr aufhören. Ich erzählte von meiner Mum, wie ich jeden Tag und jeden Abend damals mit ihr empfunden hatte und wie sehr ich es am Anfang verachtete, nun in ihrer direkten Nähe leben zu müssen. Ich erzählte von Blair und erinnerte mich an ihre Worte und zum ersten Mal wurde mir klar, dass ich nicht besser war als meine Mum.

Ich hatte ein Problem und wusste keinen Ausweg und anstatt einen zu suchen, flüchtete ich mich in eine Art, die andere davon abhielt, mir wehzutun. Dabei vergaß ich, dass ich damit genauso verletzte.

Auch wenn meine Mum diese Flucht auf eine völlig falsche Weise getan hatte, konnte ich, je mehr ich mit Margret darüber sprach, besser verstehen, wie sie sich früher gefühlt haben musste. Alleingelassen von einem Mann, der sich einen

Scheiß um sie und sein Kind kümmerte und lieber in der Weltgeschichte unterwegs gewesen war.

Und trotzdem hatte mir der letzte Funken gefehlt, ihr zu verzeihen. Bis ich Blair traf und gemerkt hatte, dass Liebe stärker war als Hass und Blairs Licht all das überstrahlte, das in mir Schatten warf.

Wenn ich tatsächlich glücklich werden wollte, musste ich zulassen, dass die Helligkeit überhandnahm und das Dunkle vertrieb. Erst dann könnte ich die Gefühle abwerfen, die mich in meinen Käfig getrieben hatten.

Jetzt war nur das Wie die große Frage. Denn vielleicht hatte ich schon zu viel kaputt gemacht, als dass es sich noch so einfach wie Blairs Nähmaschine reparieren ließ.

***

Ich kam spät nach Hause und das Innere lag fast in völliger Dunkelheit. Als ich den Flur betrat, sah ich den schwachen Lichtschein, der aus dem Wohnzimmer drang.

Ich legte meine Schlüssel auf der Kommode ab und ging einen Schritt nach vorne. Meine Mum lag zusammengerollt auf dem Sofa und schlief, auf ihren Beinen lag eine Wolldecke. Einen kurzen Moment blieb ich stehen.

Erneut überrannte mich das Gefühl von früher, wenn ich nach Hause gekommen war. Immerzu hatte ich gehofft, sie würde schon schlafen und ich so meine Ruhe haben, aber meistens war das leider nicht der Fall gewesen.

Ihre Lider flatterten und Bewegung kroch in ihren Körper. Ich wollte gehen, so tun, als wäre ich nicht da und abhauen, aber ich wusste, dass das diesmal nicht ging. Ich konnte nicht ewig vor ihr und meinen Gefühlen davonlaufen. Also blieb ich stehen.

»Ryan«, wisperte sie und setzte sich auf. Sie rieb sich schläfrig die Augen und zeigte ein vorsichtiges Lächeln. Es fiel mir immer schwerer ihr altes Ich und das heutige zusammenzubringen. »Ich habe auf dich gewartet.« Ich zuckte nur knapp mit den Schultern, weil ich keine verdammte Ahnung hatte, was ich sagen sollte. »Hast du eine Minute für mich?«

»Ja«, erwiderte ich, aber meine Stimme war schwach und rau. Ich betrat das Wohnzimmer und unter den Augen meiner Mum setzte ich mich auf das zweite Sofa neben ihrem.

»Danke«, flüsterte sie und ich nickte. »Du musst gar nichts sagen, aber ich habe nachgedacht, Ryan. Ständig eigentlich, seitdem ich die Therapie beendet habe.« Sie legte ihre Hand kurz an die Münze um ihren Hals. »Ich weiß, dass ich etliche Fehler begangen und dich für Dinge verantwortlich gemacht habe, für die du nichts konntest. Es tut mir so leid, dass du das alles durchmachen musstest.« Der Kloß in meinem Hals vergrößerte sich und ich wich ihrem Blick aus. »Vielleicht wird es irgendwann okay zwischen uns sein, das wünsche ich mir sehr.«

»Ich mir auch«, gestand ich ehrlich. Ich war müde von dem Kämpfen, dem Weglaufen und der Wut. Seufzend fuhr ich mir mit den Händen durch die Haare.

»Ich habe auch nochmal mit Mad gesprochen wegen des Brandes und ich glaube ihm, dass du damit nichts zu tun hattest.« Überrascht sah ich auf. Sie glaubte mir? »Blair hat Ward ins Gewissen geredet, dass ich deine Seite der Geschichte nochmal anhören soll und sie hat recht. Ich bin für all die Taten schuld, die du angestellt hast, niemand sonst und ich möchte das wieder geradebiegen. Ich habe heute schon mit dem Dekan der *Savannah State* telefoniert und wir haben einen Termin für nächste Woche ausgemacht, um nochmal über die gesamte Sache zu sprechen. Mad weiß schon Bescheid und er und seine Eltern sind ebenfalls dabei.«

»Wirklich?« Mir fehlten die Worte.

Meine Mum lächelte ein wenig und fast wäre ich über den gigantischen Schatten gesprungen und hätte sie dafür umarmt. Fast.

»Also möchtest du mir erzählen, was da vorgefallen ist?«

Sie drückte ihren Rücken durch und sah mich an.

Ich konnte es nicht fassen. Zum ersten Mal in meinem Leben fingen wir so etwas wie eine normale Unterhaltung an und ich hatte die volle Aufmerksamkeit meiner Mum.

Vielleicht würde doch noch alles gut werden, so wie ich immer gehofft hatte.

Kapitel 29

Ryan

Es hatte einige weitere Tage gedauert, bis ich den Mut gefunden hatte, in Blairs Zimmer zu gehen. Margret und die kleine Sue hatten mir definitiv geholfen. Denn auch wenn ich nun nicht mehr vor meiner Mum flüchtete, war ich weiterhin jeden Tag vor und nach meiner Schicht in Mads Plattenladen dort gewesen.

Wie Margret mir auf der Hollywoodschaukel erzählt hatte, hatte sie das Haus vor neun Jahren mit ihrem Mann aufgebaut, kurz nachdem sie ihren Sohn bei einem Unfall verloren hatten und nicht mehr wussten, wie sie weiterleben sollten. Sie hatten damals psychisch an einem Abgrund gestanden, der nur noch in die Tiefe führte, hatten sich aber entschlossen, umzudrehen und weiterzugehen. Und ich bewunderte jeden Tag aufs Neue, mit was für einer Selbstlosigkeit sich Margret um alle kümmerte.

Die meisten der Menschen, die ihre Zeit bei ihr verbrachten, hatten kein eigenes Zuhause mehr und brauchten leichte medizinische Versorgung, Essen und Wasser. Andere waren Rentner, die ihren Lebensabend nicht allein verbringen wollten. Sie kümmerten sich um die kleine Sue oder die anderen

Kinder, die mit ihren Eltern zu Margret kamen, kochten Essen oder gingen einkaufen. Ich hatte einige der schwereren Arbeiten übernommen, denn das alte Haus fiel an jeder Ecke auseinander. Und es tat gut, etwas Sinnvolles mit meiner Zeit anzufangen. Nicht nur, um mein Gewissen zu erleichtern, auch, weil Margret ein großartiger Mensch war. Sie kümmerte sich so selbstlos und herzlich um diese Leute, ohne nur ein kleines Danke zurückzufordern. Das imponierte mir und sie erinnerte mich ein wenig an Blair. Auch sie versuchte, allen und jeden in ihrem Umkreis zu retten und zum ersten Mal hatte ich verstanden, wieso sie das tat.

Weil sie sich so ihrer Mum ein Stückchen näher fühlen konnte und ich Idiot hatte nicht erkennen können, wie wichtig ihr das war.

Als ich am Morgen einen alten Schrank in Margrets Haus abbauen sollte, um Platz für ein weiteres Bett zu schaffen, fielen mir haufenweise Stoffe entgegen. Ich hatte keine Ahnung davon, aber sie sahen aus, als wären sie recht teuer, zumindest waren sie ganz hübsch. Nachdem ich Margret erzählt hatte, dass Blair nähte, hatte sie darauf bestanden, mir alle der zehn Rollen mitzugeben.

Und nun stand ich in Blairs Zimmer mit dem Stoff unter dem Arm und rührte mich keinen Zentimeter vom Fleck, weil ich sie nicht wecken wollte. Sie war mit dem Kopf auf ihrem Schreibtisch eingeschlafen

und ich war mir nicht sicher, ob ich sie schlafen lassen oder in ihr Bett tragen sollte. Doch die Antwort stand schon fest, bevor ich die Frage überhaupt gestellt hatte. Ich hatte durch ihren Dad mitbekommen, wie sie jeden Abend bis spät in die Nacht lernte, um das gesamte Pensum zu schaffen, das auf ihren Schultern lag.
Leise legte ich die Stoffbahnen auf den Boden neben den Schreibtisch und schob meine Arme unter Blairs schmalen Körper. Sie bewegte sich und stöhnte vor Müdigkeit, bis ich sie an meine Brust gedrückt hielt und kurz stehen blieb. Auch wenn ich eine Zeitlang gedacht hatte, meine Gefühle für Blair waren nur aus Rache zu meiner Mum entstanden, lag ich sowas von falsch. Ich mochte sie nicht aus Rache, ich mochte sie um ihrer selbst Willen. Weil sie so war wie sie eben war.

Ihre Lider flatterten und sie sah mich schläfrig an. Ich konnte mich kaum dem Anblick ihrer schönen Augen entziehen. Immer, wenn ich hineinsah, zogen sie mich förmlich in einen Sog.

»Ryan?«, wisperte sie.

»Hi«, erwiderte ich genauso leise. Ihre Finger krallten sich in mein Shirt.

»Ich habe dich vermisst«, flüsterte sie und kurz musste ich schlucken, weil sie genau die Worte ausgesprochen hatte, die ich ihr sagen wollte. »Es tut mir leid.« Langsam hob sie die Hand an meine

Wange, als würde der Schmerz ihrer Ohrfeige immer noch dort brennen. Aber der glühte ganz woanders. Tief in meiner Brust. »Ich wollte dich nicht schlagen.«

»Ich hatte es verdient«, antwortete ich und drehte uns um, damit ich sie auf ihr Bett legen konnte.

»Stimmt, aber es tut mir trotzdem leid.« Endlich konnte ich wieder lächeln. »Und was ich zu dir gesagt habe auch.«

»Du hattest recht. Alles ist gut, Blair.« Vorsichtig legte ich sie auf die Laken und zögerte, bevor ich mich aufrichtete. Sie setzte sich auf und sah mich immer noch an.

»Ist es das wirklich?« *Keine Ahnung*. »Ich will dich kennenlernen. Ohne all die Hindernisse, die uns im Weg stehen.«

»Gute Nacht, Blair«, beendete ich dieses Thema und wollte mich abwenden. Weil ich nicht ertragen konnte, jetzt über ihren Freund sprechen zu müssen und erneut zu sehen, wie aussichtslos es war, dass Blair mich jemals so lieben würde wie ich sie in diesem Moment.

»Nein! Geh nicht! Ich will nicht, dass du gehst!« Ihre wunderschönen vollen Lippen waren etwas geöffnet und ihre Brust hob und senkte sich genauso schnell wie meine. Mein Blick glitt über ihr Gesicht, als könnte ich mir so jeden einzelnen ihrer Züge einprägen. »Bleib.« Sie sagte das Wort so leise, dass ich es fast nicht verstanden hätte. Es stand zwischen uns und hallte in meinem Schädel nach. Ich wollte endlich einmal das Richtige tun und dann machte es mir Blair so schwer, in dem sie mich um so etwas bat. Ich leckte mir über die trockenen Lippen und seufzte. »Bitte«, schob sie nach und rutschte ein Stück zur Seite, um mir Platz auf ihrem Bett zu machen. »Ich will nur mal wieder mit dir sprechen oder eine Serie schauen, oder irgendetwas. Aber bitte, geh nicht.« Dann fiel ihr Blick auf die Stoffe auf dem Boden und sie sah überrascht zu mir zurück. »Was ist das?«

»Stoff.«

Sie lächelte und ich konnte kaum fassen, wie schön ihre Augen dabei glänzten. Allein wegen dieses Ausdruckes in ihrem Gesicht, hatte sich die Schlepperei gelohnt. »Das sehe ich, aber ist der für mich?«

»Nein, ich wollte ihn nur hier zwischenlagern … Natürlich ist der für dich!« Sie sprang aufgeregt auf, lief zu den Bahnen und kniete sich auf den Boden, bevor sie vorsichtig über den Stoff strich, als würde er nach einer Berührung zerfallen wie Schmetterlingsflügel.

»Wow, sie sind wunderschön! Da ist Seide dabei! Und Popeline und Musselin! Sag schon, wo hast du das her? Das alles ist unfassbar teuer!« Sie starrte mich mit aufgerissenen Augen an und ich setzte mich auf den Bettrand, schob meine Füße hinauf und klopfte auf den freien Platz neben mir.

»Komm, ich erzähl es dir«, sagte ich resigniert. Sie sprang freudestrahlend auf und legte sich auf den freien Platz aufs Bett. So nah bei ihr zu liegen und ihre Wärme zu spüren, war unbeschreiblich und ich merkte erst jetzt, wie sehr ich das vermisst hatte. Wie sehr ich *sie* vermisst hatte. Ich wartete auf den nächsten Moment, der unsere zarte Zweisamkeit erneut trennen würde. Doch jetzt gerade wollte ich diesen genießen so lange er anhielt.

Also verriet ich ihr von Margret, von Sue und den anderen. Ich erzählte, wie sie dort lebten und was Margret für ein toller Mensch war. Sie saugte jedes Wort auf, das ich sprach und ich spürte in jeder Minute, in der ich in ihrer Nähe war, wie wohl ich mich fühlte und wie die Last auf meinen Schultern leichter wurde.

Da war wieder dieses Phänomen. Wenn wir alleine waren, war es für mich, als könnte ich an keinem anderen Ort der Welt glücklicher sein. Doch sobald sich andere Menschen in unserem Umkreis befanden, war es wie, als wäre alles verkehrt. Als wäre all das, was sich jetzt gerade so gut anfühlte, nicht mehr richtig. Sie und ich. So richtig und so fucking falsch zugleich.

»Wow, und das hast du die letzten Tage gemacht? Du warst gar nicht mit Mad unterwegs? Auf Partys?«

»Nein, ich war bei Margret.«

»Darf ich sie kennenlernen?« Blair wirkte aufgeregt und ich musste ein wenig über ihre Begeisterung lachen.

»Klar, sie wird sich freuen, sie kann es sowieso kaum schon erwarten.«

»Du hast ihr von mir erzählt?« Ich bemerkte, dass sich Blairs Gesicht nur noch wenige Zentimeter vor meinem befand. Waren wir uns in den letzten Minuten so nahe gekommen? Vorsichtig nickte ich. »Hast du ihr gesagt, dass ich deine nervige Stiefschwester bin?«, fragte sie leise und ich drehte mich wie sie auf meine Seite und rutschte ein Stück hinunter, sodass wir uns nun genau gegenüberlagen. Blair hatte ihre Hände zusammengefaltet unter ihre Wange geschoben. Ihre Augen waren hell und klar und völlig aufmerksam. Ich hatte keine Lust mehr auf Spiele, auf Lügen oder so zu tun, als würde ich nichts für sie empfinden.

»Nein. Ich habe ihr von dem Mädchen erzählt, in das ich mich nicht verlieben darf, es aber trotzdem getan habe.«

Blair stockte der Atem. »Warum?«, flüsterte sie und ich spürte, wie mein Herz heftig gegen meinen Brustkorb hämmerte.

»Du weißt, warum.«

»Sag es.«

»Weil du einen Freund hast.«

Sie biss auf ihrer Unterlippe herum und schloss kurz die Augen. Als Blair sie wieder öffnete, schaffte ich es nicht, aus ihnen alles zu lesen. »Das stimmt nicht.«

»Was?« Ich runzelte die Stirn und Aufregung fuhr in meinen Körper. »Habt ihr Schluss gemacht?«

»Nein.« Sie schüttelte den Kopf und nun war ich vollends verwirrt. »Wenn ich dir jetzt etwas anvertraue, wirst du es für dich behalten können?«

»Blair, ich verstehe nicht …«

»Julien ist schwul.« Die Worte sickerten nur langsam in meinen Verstand.

»Wie bitte?« Ich setzte mich auf und fuhr mir über die Brust. »Kannst du das noch mal wiederholen?«

Blair tat es mir gleich und sie krallte sich mit der Hand in meine Schulter. »Du musst mir versprechen, es niemandem, wirklich niemandem, zu sagen!«

»Ihr täuscht allen etwas vor? Aber wieso?«

»Das ist nicht so einfach zu erklären …«, sagte sie und wich meinem Blick aus.

»Du hast auch mich die ganze Zeit verarscht?« Ich wusste nicht, ob ich wütend oder erleichtert sein sollte.

»Er ist mein bester Freund, ich hätte es ihm nicht antun können, es weiterzuerzählen.«

»Wieso dann jetzt?«

»Weil ich nicht mehr kann …«, wisperte sie. »Ich kann mich nicht mehr von dir fernhalten, wenn ich am liebsten immer in deiner Nähe bin! Ich muss ständig an dich denken! Dauernd frage ich mich, wie es dir geht, was du gerade tust, ob du auch an mich denkst!«

»Das heißt ...« Ich rutschte wieder näher und umfasste Blairs Gesicht. Sie legte ihre Hände an meine Unterarme und sah mir genauso tief in meine Augen. Wir versanken jede Sekunde mehr ineinander. »Wir können zusammen sein?«, fragte ich atemlos.

Und wieder zerstörte sich mein aufgebautes Luftschloss mit nur einem Wort. »Nein.« Ich löste mich von ihr. »Zumindest im Moment noch nicht. Julien hat einen super strengen Dad, der ihn verstoßen würde, wenn er rausbekommt, dass er schwul ist. Wir waren dreizehn, da hat Julien zum ersten Mal Interesse an einem Jungen gehabt und diese Geschichte hat ganz bestimmt kein Happy End.«

Kapitel 30

Blair

Ich konnte nicht fassen, dass ich das größte Geheimnis meines besten Freundes ausgeplaudert hatte, aber ich hatte es nicht mehr zurückhalten können. Ich wollte nicht mehr auf das verzichten, was sich zwischen Ryan und mir aufbaute. Ich wollte ihn kennenlernen und mit ihm zusammen sein, zumindest so, wie es für uns beide überhaupt möglich war. Die Anziehung, das Verlangen und die Gefühle waren zu stark, als dass ich mich ihnen länger widersetzen konnte. Also musste ich darauf vertrauen, dass Ryan mir zuliebe dichthielt. Ich würde es Julien ohnehin auf jeden Fall gestehen und von ihm fordern, sein eigenes Leben endlich anzufangen. Er musste den Mut finden, seinen Eltern zu sagen, wie es in ihm aussah. Wenn sie ihn wirklich liebten, würden sie es verstehen.

»Er hieß Matthew und war erst ein paar Wochen auf unserer Schule. Juliens Dad hatte schon immer betont, wie wichtig er es findet, dass aus Julien ein ordentlicher Mann wird, er Football spielt, eine Freundin hat, all sowas. Julien hatte eine beschissene Zeit, als er merkte, wie sehr er auf Matthew stand. Er wollte es nicht, hat sich mit allen Mitteln gewehrt und hundert Dinge versucht, um sich selbst von dem angeblich Schlechten zu heilen. Ich erinnere mich noch, wie er völlig aufgelöst vor mir stand. Nach dem Footballtraining hat Julien Matthew wohl beim Umziehen beobachtet und na ja … Was soll ich sagen, du kannst dir deinen Teil denken. Matthew hat es mitbekommen und ihn dann vor all den anderen Jungs gefragt, ob er schwul wäre oder was. Sie haben sich wochenlang über ihn lustig gemacht, ihn gemobbt und Dinge an seinen Spind gehängt. Wenn sie nur gewusst hätten, wie recht sie mit dieser Aussage hatten und wie sehr sie Julien damit verletzt und gebrandmarkt haben.« Es tat mir immer noch weh, wenn ich an Juliens panischen Ausdruck dachte, als er nach diesem Erlebnis zu mir gekommen war. »Und dann hat er mich am Nachmittag des gleichen Tages ohne Vorwarnung mitten auf dem Schulflur geküsst. Wahrscheinlich wollte er sich und den anderen etwas beweisen. Ich hatte immer schon nur rein freundschaftliche Gefühle für Julien, aber ich konnte meinen besten Freund doch nicht vor der ganzen Schule bloßstellen, in dem ich ihn auflaufen ließ. Also habe ich ihm meinen ersten Kuss geschenkt und ein Alibi. Das war ich ihm dafür schuldig, dass er immer für mich da war, als es meinem Dad nach dem Tod meiner Mum richtig beschissen ging und ich oft einen Ort brauchte, an den ich flüchten konnte.« Ryan nickte.

Er verstand es, denn er hatte eine ähnliche Situation mit Mad erlebt. »Also haben sich so nicht nur für Julien viele Probleme gelöst, auch ich habe mich gut gefühlt, in dem ich etwas zurückgeben konnte.«

»Okay, ich verstehe, dass du es mir nicht sagen konntest und ich schwöre dir, bei mir ist euer Geheimnis sicher. Auch wenn ich nicht verstehe, wieso ein Kind sich alles von seinen Eltern gefallen lassen muss. Julien sollte sein Leben leben können, wie er das für richtig hält.«

»Ich weiß, das sehe ich auch so. Ich hoffe, er findet den Mut, seinem Dad endlich die Meinung zu sagen. Aber so lange muss ich für ihn da sein.« Ryan nickte und ich rutschte noch ein Stückchen näher an ihn heran. »Und trotzdem möchte ich mit dir zusammen sein«, sagte ich vorsichtig. »Wenn du das auch willst. Auf diese völlig verkorkste Art.«

Ryan zögerte. »Ich will nichts lieber auf der Welt, aber … ich weiß nicht, ob ich das kann. In der Öffentlichkeit mit ansehen wie ein anderer dich küsst, egal, ob dabei nur freundschaftliche Gefühle im Spiel sind. Du bist mein Mädchen, das er küsst.«

»Dein Mädchen?«, fragte ich leise und musste grinsen. »Hört sich ziemlich besitzergreifend an.«

Endlich trat auf auch Ryans Lippen ein vorsichtiges Lächeln und er schlang einen Arm um meine Taille und zog mich auf seinen Schoss. Es fühlte sich gut an, ihm so nahe kommen zu können. Endlich.

»Ich bin auch ziemlich besitzergreifend, wenn es um dich geht.« Er legte seine großen Hände auf meine Oberschenkel und fuhr langsam auf und ab. Ich spürte durch den dünnen Stoff meiner Pyjamahose jeden seiner brennenden Finger und überall in meinem Körper begann es, zu kribbeln.

»Ich denke auch bei jedem einzelnen Kuss an dich, ich verspreche es«, neckte ich ihn und er schnalzte mit der Zunge.

»Das wollte ich in diesem Moment nicht gerade hören«, erwiderte er lachend und ich stützte meine Hände auf seinen Schultern ab. »Aber ich sehe das mal als etwas Gutes, weil ich weiß, zu wem zu wirklich gehörst. Vielleicht könntest du nur ab sofort drauf achten, dass es nicht zu oft passiert. Und deine Lippen nur mir gehören.«

»Versprochen. Wir müssen aber auch hier zu Hause vorsichtig sein«, sagte ich und wurde wieder ernst. »Dad kann mit Juliens Eltern ziemlich gut, außerdem sind sie im Elternvorstand und kennen Heather ebenfalls. Mal davon abgesehen, dass mein Dad dich sowieso umbringen würde, wenn er wüsste, dass etwas zwischen uns passiert, darf er es wegen Juliens Vater auf keinen Fall herausfinden.«

»Verstanden.« Ryan legte seine Hände an meinen Rücken und drückte mich ihm entgegen. Ein wölfisches Grinsen erschien auf seinen Lippen, die knapp vor meinen verharrten. »Das heißt im Klartext, ich darf ab sofort all die schmutzigen Dinge mit dir machen, die ich mir schon ewig in meinem Kopf ausgemalt habe, so lange uns niemand dabei erwischt?« Ich nickte vorsichtig und spürte das Feuer, das auf seine Worte hin in meinem ganzen Unterleib entflammte. »Und ich verstehe richtig, dass der einzige wirkliche Kuss, denn du jemals bekommen hast, von mir war?«, flüsterte er leise und noch näher an meinen Lippen. Sekundenlang schien die Zeit zwischen uns stillzustehen.

Ich spürte seinen schweren Atem auf meiner Haut, als ich erneut langsam nickte. »Nur von dir.«

»Dann werde ich ab sofort zusehen, dass du kaum noch zu etwas anderem kommst, als von mir geküsst zu werden. Wir haben viel zu viel Zeit verschwendet.«

Er umfasste mein Gesicht mit seinen Händen und überbrückte die restliche Entfernung, bis seine Lippen auf meinen lagen. Ich seufzte automatisch auf, krallte meine Finger in seine Schultern und öffnete meinen Mund für ihn. Bedächtig intensivierte Ryan den Kuss und behielt weiterhin die Führung mit seinen Berührungen. Seine Lippen waren sanft, während ich spürte, wie seine Zunge immer eindringlicher mit meiner verschmolz. Ich sank tiefer in unsere Verbindung, genoss das Gefühl, mich dieses Mal völlig gehen lassen zu können. Dieser Kuss war nicht aus Wut oder aus blindem Verlangen, er war aus so viel mehr Gründen, die ich kaum alle aufzählen konnte. Keine Geheimnisse lagen mehr zwischen uns und ich fühlte mich vollständig befreit.

Unser Atem wurde rauer genau wie unsere Berührungen. Mutig tastete ich unter Ryans Shirt und grinste in unseren Kuss, als ich seine harten Bauchmuskeln spürte, die ich endlich berühren durfte. Er drückte mich zurück und warf mich kontrolliert mit dem Rücken auf das Bett. Mir entwich ein kleiner Aufschrei und schnell presste ich meine Hand auf den Mund.

»Wie war das mit unseren Eltern? Du musst leise sein«, wisperte Ryan und ich erkannte an seinem Ausdruck, dass er irgendetwas plante. Vor allem, als er mein Shirt langsam nach oben strich und heißen Atem über das Körbchen meines BHs hauchte. Fest umfasste er meine linke Brust und drückte den Stoff nach unten, während ich mich unter ihm aufbäumte, um mehr von seinen Berührungen zu bekommen. Jede einzelne davon war verführerisch und langsam, er ließ sich Zeit, jeden Zentimeter meines Körpers zu erkunden, küsste sich über meinen Bauch zu meinem Nabel, den er mit der Zunge umkreiste. Immer wieder sah er dabei zu mir hoch, um meine Reaktionen scheinbar in sich aufzusaugen.

Plötzlich verharrte er und legte die stoppelige Wange auf meinem unteren Bauch ab. Ich hob die Hände und ließ meine Finger sanft durch sein weiches Haar gleiten, kratzte mit den Fingernägeln über seine Kopfhaut und er gab ein zufriedenes Brummen von sich. Meine Hände kneteten sich zu seinen breiten Schultern über, bis ich mit den Fingern an dem Stoff seines Shirts zupfte.

»Ist dir nicht warm? Du solltest das ausziehen«, sagte ich schmunzelnd und als Ryan mich ansah, beraubte mich das Feuer in seinen Augen all meiner Sinne.

»Ich weiß nicht, ob ich noch stoppen kann, wenn diese Grenze einmal überschritten ist.« Er stützte sich nach oben und kam über mich. »So lange wünsche ich mir das und ich sollte langsam sein und zärtlich und … keine Ahnung, ob ich das kann.«

»Ryan?«

»Was?«

Ich legte meine Hände an die Seiten seines kräftigen Halses und spürte seine angespannten Muskeln, weil er sich immer noch über mir abstützte. »Ich bin für alles bereit, was sich zwischen uns entwickelt. Ich bin achtzehn Jahre alt und habe definitiv einiges aufzuholen.«

»Bist du dir sicher?«

»Absolut.«

»Dann will ich dir deinen Wunsch auf keinen Fall

abschlagen.«

Kapitel 31

Ryan

Irgendwie war es absolut unwirklich, dass wir jetzt so etwas wie zusammen waren. Gut, wir mussten diesen Fakt aufgrund Juliens und unserer Eltern geheim halten, aber das war nur eine Frage der Zeit. Mir sollte zuerst genügen, Blair, solange wir allein waren, für mich zu haben. Besser als überhaupt nicht. Denn dieses Gefühl konnte ich nicht mehr ertragen.
Mit einem Grinsen auf den Lippen zog ich mir mein Shirt aus und tat das Gleiche mit ihrem. Sie war atemberaubend, wunderschön und ich musste zugeben, dass ich in diesem Moment verdammt aufgeregt war. Klar hatte ich so viel Erfahrung wie ein durchschnittlicher einundzwanzigjähriger Typ in seiner besten körperlichen Verfassung eben hatte. Aber mit Blair war es anders. Zum ersten Mal waren Gefühle im Spiel und ich wollte es nicht vermasseln. Wirklich nicht!

Deswegen hatte ich auch vor, langsam und behutsam mit ihr umzugehen. Mal davon abgesehen, dass wir sowieso nicht allein im Haus waren und ich Blair nicht die süßen Geräusche entlocken konnte, die ich eigentlich hören wollte.

Aber uns zumindest ein bisschen fallen lassen und wenn wir zusammen waren, war sowieso schon alles gewonnen.

Ihre Finger fuhren über meinen Bauch und ich genoss es, wie sehr sie mir zeigte, dass sie genauso auf mich stand wie ich auf sie. Ich beugte mich nach unten und küsste sie, verteilte weitere Küsse auf ihrem Mundwinkel, ihrem Kinn, ihrem Hals und runter zu ihrer Brust, die noch unter dem dünnen, rosafarbenen Stoff versteckt war.

Obwohl sie sich mir entgegenstreckte, ließ ich sie zappeln, bis ich endlich den BH öffnete, ihn wegwarf und ihre Brüste umfasste. Sie lagen perfekt in meinen Händen und ich konnte jetzt schon kaum genug von ihrem schlanken, trainierten Körper bekommen, der unter mir lag. Ihre Lippen waren halb geöffnet, genau wie ihre Lider, während sie jede meiner Bewegungen beobachtete und ich immer wieder den Blickkontakt suchte.

Ich zögerte, weil mich kurz all die Gefühle überrannten, die ich für Blair in der letzten Zeit entwickelt hatte und mich die Heftigkeit dieser völlig überraschte. Sie war wie das fehlende Teil, das Hell zu meinem Dunkel, das Warm zu meinem Kalt, das ich in meinem gesamten Leben vermisst hatte. Mein Zuhause.

Ich legte alles in meinen nächsten Kuss, was meine Worte niemals in diesem Moment ausdrücken konnten. Sie umfasste meinen Nacken, zog sich genauso dicht an mich heran, wie ich mich auf sie legte. In ihrem Zimmer erklangen nur leise unsere Küsse und Blairs Seufzen, während unsere Bewegungen plötzlich eindringlicher wurden. Auf einmal standen wir komplett in Flammen und die liebevollen Gefühle, die uns erfüllten, wurden von brennendem Verlangen getoppt, das nun unbedingt ein Ventil brauchte.

Ihre harten Nippel rieben über meine Brust, während mein Unterleib nur noch in Jeans und Shorts bedeckt gegen ihren drückte. Ich wollte sie so sehr, dass es fast wehtat, aber ich hatte keine Ahnung, ob ich den letzten Schritt bereits gehen sollte. Ob es der richtige Zeitpunkt war oder ob Blair es danach bereuen würde.

Bisher hatte ich mir nicht viele Gedanken über Sex gemacht. Er war da, um meine Lust zu stoppen und nicht, um Gefühle zu verstärken, die nun völlig unerwartet heftig in meiner Brust wummerten.

Blair löste sich von mir und ihre Augen flogen über mein Gesicht. »Ich will mit dir schlafen, Ryan. Ich will, dass du mein Erster bist.«

»Jetzt?«

Sie lachte leise. »Willst du zuerst ein Datum festlegen? Natürlich jetzt.«

»Vielleicht warten wir lieber, bis …«

»Ich hab genug gewartet. Nur dieses Mal möchte ich etwas tun, weil ich Lust darauf habe und nicht, weil ich mir Gedanken mache, was es jemand anderem nützt. Weil du hier bist, mit mir und wir uns damit frei fühlen können nur in diesem Moment.«

Ich verstand, was sie meinte und lebte eigentlich selbst nach dem Motto *»Nutze den Moment«*. Außerdem wollte ich Blair so nahe sein, wie es ging und wenn sie den gleichen Wunsch hatte, konnte ich ihn nicht abschlagen.

Ich nickte, dann gab ich ihr einen Kuss auf die Stirn und sprang auf. »Bin gleich wieder da.«

Mit rasendem Herzen und nach einem letzten Blick auf sie wie sie halbnackt in ihrem Bett lag und auf mich wartete, ging ich hinüber in mein Zimmer und nahm ein Kondom aus meiner Sporttasche.

Als ich an dem Spiegel im Badezimmer vorbeikam, sah ich einmal kurz hinein. Ich fühlte mich, als wäre ich es, der heute nochmal entjungfert werden würde und nicht Blair. Als ich zurück in ihr Zimmer kam, lag sie bis zum Hals zugedeckt unter ihrer Decke. Nun wirkte auch sie ein wenig nervöser als noch vor ein paar Minuten und ihre Augen glitten unruhig über meinen Oberkörper. Mein Blick fiel auf die restlichen Klamotten, die sie neben das Bett geschmissen hatten. Fuck. Sie war tatsächlich vollständig nackt.

Ich setzte mich auf den Bettrand und legte das Kondom auf ihrem Nachttisch ab. Dann beugte ich mich ein Stück hinunter und hauchte ihr einen Kuss auf die Lippen. »Wir können uns alle Zeit der Welt lassen …«

»Ich bin mir sicher«, schnitt sie mir das Wort ab und schenkte mir ein Lächeln. Ich stand wieder auf und entledigte mich meiner Jeans, den Socken und der Boxershorts, dann kroch ich zu ihr unter die Decke und schlang meine Hände um ihren Po, um sie an mich zu ziehen. Ihr Körper war warm und ihre Haut weich, das Gefühl sie so zu halten, war unglaublich.

Die Sicherheit kam zurück, als unser Kuss sich vertiefte und mein Körper hatte nur noch ein Ziel: sich vollständig und mit jeder Faser in Blair verlieren. Ich fuhr mit den Händen über ihre Haut, ertastete jeden Zentimeter mit den Fingern und schmeckte sie mit meinen Lippen. Es gab keine Stelle, die ich nicht gekostet oder berührt hatte, so lange, bis Blair sich unter mir auflöste und ich spürte, wie die Unsicherheit komplett von ihr abfiel. Erst dann fuhr ich küssend nach unten über ihren Bauch und berührte zum ersten Mal ihre Mitte mit meinen Lippen. Sie stöhnte so laut auf, dass sie sich erneut die Hand auf den Mund pressen musste und leise kicherte.

Ich umfasste ihren Po mit den Händen und sah zu ihr auf, während meine Zungenspitze durch ihre Schamlippen fuhr, sie teilte, ihren Kitzler sanft einsog und fühlte, wie sie sich mir vollständig hingab. Ihre Knie fielen auseinander und ihre Bewegungen wurden ungestümer, während ich sie an den Rand ihres Höhepunktes leckte und genoss, wie leidenschaftlich sich Blair mir schenkte. Erst als ich das Zittern ihres Körpers spürte, griff ich nach dem Kondom, zog es mir über und legte mich mit halbem Gewicht auf sie. Sanft strich ich mit dem Zeigefinger eine Strähne aus ihrem Gesicht, während ich mich neben ihr aufstützte.

Wir brauchten nicht viele Worte, denn unsere Blicke, die fest ineinander gerichtet waren, reichten aus, um alles auszudrücken, was wir mussten. Nun wusste ich, wie es sich anfühlte, jemanden zu finden, für den man nicht nur durchs Feuer gehen würde, sondern dessen Leben wertvoller war als sein eigenes.

Als ich vorsichtig mit der Spitze in sie eindrang, stöhnte ich kurz aufgrund ihrer Enge auf. Sie verzog das Gesicht und ich gab ihr Zeit, sich an mich zu gewöhnen.

»Alles in Ordnung?«, fragte ich und atmete flacher, weil ich es kaum aushielt, mich noch nicht vollständig in ihr zu versenken.

Sie nickte mit glasigen Augen und streckte sich mir entgegen, um mich erneut zu küssen. Vorsichtig bewegte ich mich und Blairs Anspannung verflog. Als sie genauso schnell wie ich atmete und ich spürte, dass es ihr immer besser gefiel, begann ich, die Zurückhaltung durch meine gesamte Leidenschaft auszutauschen. Ich drang zum ersten Mal komplett in sie ein und zog mich wieder zurück, bis das leise Keuchen, das über Blairs schöne Lippen kam, mich wie in einen Rausch zog. Ich sah nur noch sie, spürte nur noch ihren warmen, weichen Körper und wollte das bis zum Ende meiner Tage immer und immer wieder genießen. Kein anderes Gefühl war besser, als mit ihr zu schlafen, nichts köstlicher, als sie zu küssen, und kein Laut hörte sich schöner in meinen Ohren an wie ihr Stöhnen und das leise Flüstern meines Namens.

Sie schlang ihre Beine um meine Hüften, presste ihren Mund gegen die Schulter, damit meine Haut ihr Keuchen dämpfte, während ich sie nun mit langen, tiefen Stößen nahm. Immer wieder glitt ich in sie, bis das Zittern erneut ihren Körper beherrschte und ihre Fingernägel sich in meinen Rücken bohrten.

»Ryan«, keuchte sie gedämpft, während ich weitermachte und sie sich endlich unter mir auflöste. Sie krampfte und zuckte um mich und als sie es vollständig ausgekostet hatte, ließ ich selbst los, folgte ihr in wenigen Stößen und konnte kaum fassen, wie sehr mich die Gefühle für sie bis in jede einzelne Körperzelle erfüllten.

Das hier war nicht nur Sex, wie ich ihn bisher gehabt hatte. Es war richtig! Es musste richtig sein! Denn etwas, das sich so anfühlte, konnte nicht falsch sein!

Kapitel 32

Blair

»Blair, hast du dir heute keinen Wecker gestellt?«, dröhnte die Stimme meines Dads von unten. Schwerfällig schlug ich die Lider auf und war einen Moment nicht in der Lage, die Situation einzuordnen. Ein breiter, schwerer Arm lag quer über meinem nackten Körper.

»Blair!« Plötzlich erwachte mein Geist zum Leben. Mein Dad polterte die Treppe nach oben und ich realisierte, dass ich vollkommen nackt mit Ryan im Bett lag. Deutlicher konnte die Situation nicht sein, wenn mein Vater uns hier erwischen würde. Und das würde gar nicht gut enden …

»Ryan!«, zischte ich und drehte mich in seiner Umklammerung um.

»Schlaf noch ein bisschen«, murmelte er und hastig schlüpfte ich unter seinem Arm hervor, sprang auf und schnappte mir meine Kleidung, die verteilt auf dem Boden lag.

»Mein Dad ist auf dem Weg in mein Zimmer, wach auf und hau ab«, flüsterte ich und mit einem Mal öffnete auch Ryan schlagartig die Augen.

»Shit!« Er sprang ebenfalls auf und drehte sich um die eigene Achse, um seine Klamotten zu suchen.

»Blair, bist du wach?«, tönte die Stimme meines Dads von draußen und er klopfte laut gegen die Tür.

»Ja! Moment! Ich hab gestern nur lange gelernt und bin auf dem Schreibtisch eingeschlafen!«

»Alles in Ordnung? Du klingst so gehetzt?«, fragte er durch die Tür und ich sah rüber zu Ryan, der mir ein zweideutiges Grinsen zuwarf. Fast unsere gesamte Nacht bestand tatsächlich aus allerlei Dingen, die mich immer noch atemlos zurückließen, wenn ich nur daran dachte.

»Ja, Blair, wieso bist du so gehetzt?«, flüsterte Ryan und zog seine Jogginghose hoch.

»Hör auf damit!«

»Was hast du gesagt?«, fragte mein Vater dumpf hinter der Tür.

»Nichts, nichts, Dad, alles in Ordnung, das war nur das Radio!«

Ryan wackelte mit den Augenbrauen und lief rüber zum Bad. Im gleichen Moment öffnete sich die Tür und ich drehte mich erschrocken in die Richtung meines Dads.

»Spatz, ist wirklich alles in Ordnung?«, sagte er und streckte den Kopf zur Tür rein. Glücklicherweise hatte ich mir gerade noch mein Top übergezogen und trug Unterwäsche und die Pyjamahose. »Bist du krank?«

»Nein, alles gut, sagte ich doch!« Meine Stimme klang viel zu piepsig selbst für meine eigenen Ohren.

»Ryan?«, fragte Dad und schob sich ganz durch den Türspalt. »Was machst du denn hier?«

Ryan stand mit verschränkten Armen oberkörperfrei vor der offenen Badezimmertür und runzelte die Stirn. »Ich hab Stimmen gehört, als hätte Blair mit jemandem gesprochen, da wollte ich nach dem Rechten sehen«, sagte er ohne mit der Wimper zu zucken. Mein Herz raste und die Feuchtigkeit meiner Hände nahm bedrohliche Ausmaße an. Mein Blick flog zurück zu meinem Dad.

»Ja, habe ich auch gehört … Blair, möchtest du uns was gestehen? War Julien heute Nacht hier?«

Ryans Gesichtsausdruck verhärtete sich.

»Nein, Dad«, erklärte ich. »Ich habe doch gesagt, es war das Radio.«

»Ich dachte, du hättest verschlafen, wie kann es dann sein, dass das Radio läuft?«

Verdammt. Mein Vater war zu lange Lehrer, als dass er sich etwas vormachen ließ. Doch dann begann er zu grinsen und zuckte mit den Schultern. »Sag Julien einen schönen Gruß, er hätte nicht aus dem Fenster klettern müssen. Ich war auch mal jung.«

»Okay, das ist mein Stichwort. Ich bin weg«, murmelte Ryan und verschwand hinter der Badezimmertür, als hätte er mit all dem nichts zu tun. Er war wirklich ein deutlich besserer

Schauspieler als ich, denn mein Herz raste immer noch, weil mein Dad uns fast erwischt hätte.

»Wir sehen uns gleich unten beim Frühstück, Spatz. Und dass du mir nichts verheimlichst, das musst du nicht.« Dad streckte den Zeigefinger aus und zwinkerte mir erneut zu, bevor er hinter der Tür verschwand und ich seine Schritte auf der Treppe nach unten vernahm.

Ryan kam grinsend zurück in den Raum und lief lässig auf mich zu. Ich schnappte mir ein Kissen von meinem Bett und warf es gegen seine Brust, aber er zuckte nicht einmal. »Was sollte der Scheiß?«, fauchte ich.

»Was denn?«, fragte er unschuldig und schlang die Arme um meine Taille. Seine Hände fuhren hinunter zu meinem Po und drückten mich fest gegen ihn. Er war schon wieder bereit und auch in mir kribbelte alles, sobald er mich nur ansah.

»Willst du uns auffliegen lassen?«

»Nicht doch, ich wollte nur ein bisschen Spaß.« Er legte den Kopf schief und küsste meinen Mundwinkel. Sofort wurde ich Wachs in seinen Händen. Auch wenn mein gesamter Körper durch die letzte Nacht vollständig ausgelaugt war, erwachte er in diesem Moment geradewegs wieder zum Leben.

»Das war echt gefährlich, weißt du das eigentlich?«, fragte ich ein wenig sanfter. Ryan küsste meinen Hals und lachte leise gegen meine Haut.

»Ich stehe auf gefährliche Sachen.« Mit seinem Körper drückte er mich Richtung Bett.

»Das kannst du haben, wenn wir nicht gleich unten auftauchen. Dad wartet mit dem Frühstück.«

»Er wartet auf dich, zu mir hat er nichts gesagt«, sagte er, zog die Kordel meiner Pyjamahose auf und ich schlug ihm auf die Finger.

»Ich meine das ernst, wir können jetzt nicht weitermachen. Ich muss zur Schule und du zur Arbeit.«

Ryan machte ein schmollendes Gesicht und legte genervt seufzend den Kopf in den Nacken. »Und dann sehen wir uns den ganzen Tag nicht.« Sein Gesichtsausdruck wirkte schmerzverzerrt. »Sorry, jetzt habe ich mich angehört wie eine Glucke.«

Ich musste lachen. »Ich mag es, wenn du gluckst.«

»Okay, dann komm zurück ins Bett, denn ich halte es keine Minute ohne dich aus.«

»Nein!«

»Och menno«, quengelte er wie ein Kind, dem man sein Spielzeug weggenommen hatte.

Ich wand mich aus seiner Umarmung, zog ein paar Klamotten aus meiner Kommode und lief hinüber Richtung Badezimmer. Er folgte mir und als ich vor dem Spiegel stehen blieb, stellte er sich hinter mich und erwiderte warm meinen Blick. Für einen kleinen Moment verlor ich mich in ihm. Mir fiel wieder auf, wie deutlich breiter und vor allem größer er war als ich, wie weich sein dunkles Haar in sein Gesicht fiel und dass sein Bartschatten in der letzten Zeit ein wenig dichter geworden war. Für einen Mann war er wirklich schön. Aber ich würde ihm das unter keinen Umständen sagen, denn dann würde sein Ego noch ungesundere Ausmaße annehmen als ohnehin schon.

»Ich hab eine Idee«, sagte er, beugte sich nach unten und legte den Kopf auf meiner Schulter ab, während er mich weiterhin fixierte. »Du gehst in die Schule, ich zur Arbeit und später treffen wir uns bei Margret und ich stelle euch einander vor.«

»Oh ja, sehr gerne!« Ich freute mich wirklich unglaublich, dass Ryan mich ein Stück weiter in sein Leben lassen wollte. Und in Savannah kannte uns garantiert niemand, der uns verraten könnte.

»Schön.« Er legte die Hände an den vorderen Bund meiner Hose und glitt hinein, bis seine Fingerspitzen meine Mitte berührten und ich überrascht die Luft einsog. »Und jetzt beeilen wir uns besser. Nicht, dass dein Dad uns doch noch erwischt.«

***

Ich war ziemlich aufgeregt, als ich vor dem Haus parkte und mein Blick über die alte Fassade glitt.

Ryan hatte mir einiges über Margret und die anderen erzählt, wodurch ich noch gespannter auf den Ort war, der Ryan im positiven Sinne so für sich eingenommen hatte.

Die Haustür ging auf und Ryan kam aus dem Haus. Lässig joggte er auf mein Auto zu und ich ließ die Scheiben hinunter. »Hey, kennst du einen Ryan Walker? Der Typ ist mir noch eine Rechnung schuldig und ich habe gehört, er ist hier!«, rief ich ihm zu und er lehnte sich mit den Unterarmen auf mein geöffnetes Fenster, als er mein Auto erreicht hatte.

»Noch nie gehört, aber ich kann jeder sein, den du suchst, Baby.« Er biss sich grinsend auf die Unterlippe und ich streckte mich ihm entgegen, damit wir uns endlich wieder küssen konnten. Zwischen unseren Küssen lagen viel zu viele Stunden.

»Hi«, wisperte ich an seinen Lippen.

»Hi«, erwiderte er im gleichen leisen Ton. »Hab dich vermisst.« Ich konnte kaum fassen, wie schön es war, mit Ryan zusammen zu sein. Auch wenn wir das zwischen uns noch geheim halten mussten, fühlte es sich jetzt schon so an, als hätte sich ein Puzzleteil endlich an die richtige Stelle gefügt. »Los, die anderen warten und sind ganz gespannt.«

Ich nahm meine Umhängetasche, stieg aus und Ryan zog mich an sich, sodass wir Arm in Arm auf das Haus zuliefen. »Ich bin echt ein bisschen aufgeregt«, gestand ich und Ryan drückte mir einen Kuss auf den Scheitel.

»Das brauchst du nicht sein, Margret und die anderen sind toll!«

Als wir die Treppenstufen nach oben gestiegen waren und das Haus betreten hatten, war es, als tauchten wir in eine andere Welt ein. Das Innere glich der *Villa Kunterbunt* und mich übermannte sofort eine warme, gemütliche Atmosphäre. Überall hörte man Stimmen, Radiomusik drang aus der Küche, irgendein Fernsehprogramm aus dem Wohnzimmer. Vom Flur aus gingen mehrere Türen ab und hinter den geöffneten sah ich, dass jedes Zimmer in einer anderen Farbe gestrichen war. Zu unserer Rechten führte eine weiße Holztreppe mit einem kunstvoll geschnitzten Geländer in den ersten Stock.

Ein Mädchen rannte auf einmal aus einem der linken Zimmer auf Ryan zu. Sie war vielleicht um die zehn, hatte kinnlanges kastanienbraunes Haar und große, wache Augen. Als sie mich erkannte, blieb sie stehen und musterte mich neugierig. Ryan ging einen Schritt auf sie zu und verwuschelte mit der Hand ihr Haar, sie lachte und versuchte, seine Attacke abzuwehren.

»Blair, das ist Sue, Sue, das ist meine Freundin Blair.«

Kurz schenkte ich Ryan ein Lächeln, weil es sich gut anfühlte, dass er mich seine Freundin nannte.

Dann streckte ich Sue die Hand hin und ging ein Stück in die Knie.

»Hallo Sue, freut mich, dich kennenzulernen«, sagte ich und schüttelte ihre kleine Hand.

»Mich auch«, erwiderte sie freundlich. »Maggie ist in der Küche, der Apfelkuchen ist fertig!« Sue strahlte über das ganze Gesicht, bevor sie sich umdrehte und den Flur hinunterrannte.

»Ein liebes Mädchen«, sagte ich und Ryans Lächeln verblasste ein wenig.

»Ja. Margret hat sie vor acht Jahren aufgenommen, ihre Eltern sind bei einem Unfall gestorben. Ihr Dad war Margrets Sohn.«

»Oh, das tut mir leid.«

Ryan nickte. »Ihr geht es gut hier, Margret hat ein riesiges Herz und viel Platz darin. Komm, sie wartet schon.«

Als wir den Flur hinunterliefen, wuchs die Lautstärke der murmelnden Stimmen an, bis wir die Küche betraten, die riesig war und eine gesamte Hausseite annahm. In der Mitte stand ein großer, ovaler Tisch, an dem ich vier Menschen zählte. Sue stellte einen Teller vor jedem ab und eine blonde Frau um die Ende sechzig holte gerade einen Kuchen aus dem Ofen, der einen köstlichen Duft im gesamten Raum verteilte.

Die Menschen verstummten, als Ryan und ich die Küche betraten und schenkten uns ihre volle

Aufmerksamkeit, die mir zuerst ein wenig unangenehm war.

»Leute, das ist Blair.«

Ich hob die Hand. »Hi.«

»Hallo, Blair«, murmelten alle halbwegs einstimmig aber sehr freundlich, was mir ein wenig die Anspannung nahm.

Ryan deutete auf einen Mann um die fünfzig, der am Kopfende saß. Er hatte graues Haar, das er zu einem modernen Manbun frisiert hatte. Auf seinen Armen, die durch sein T-Shirt halb freilagen, erkannte ich eine Menge unterschiedlicher Tattoos und seine Statur war die eines Bären. Er wirkte wie jemand aus einem Biker Club, doch im Kontrast zu seinem harten Aussehen, war sein Gesichtsausdruck absolut freundlich.

»Das ist Jo, er wohnt ein paar Häuser die Straße runter und hilft hier oft bei allen möglichen Dingen aus.« Jo hob auf Ryans Erklärung die Hand und ich nickte ihm zu. »Das ist Susann, sie wohnt mit ihrer Katze Creme hier, die gerade irgendwo draußen unterwegs ist.« Eine hagere Frau mit glattem, braunem Haar begrüßte mich. Sie wirkte sehr zurückhaltend und ihre Augen hatten einen traurigen Glanz, sodass man sofort den Drang hatte, sie in den Arm zu nehmen. »Das ist Doug. Wenn er nicht gerade in der Weltgeschichte unterwegs ist und skateboarded, was er eigentlich den ganzen Tag macht, dann ist er hier.«

»Und irgendwann werde ich Profi sein und bin nur noch unterwegs!«, sagte ein Junge, ungefähr drei oder vier Jahre jünger als ich. Er hatte schulterlange Dreadlocks und trug ein weites Shirt, auf dem das Bild eines Affen mit Kopfhörern war. Sein Grinsen war frech und ich konnte mir vorstellen, dass er es faustdick hinter den Ohren hatte. »Und hi Blair!«

»Hi.«

»Und das ist Curtis. Er ist taub und spricht nicht, aber er malt wie ein zweiter Picasso. Du musst dir später mal seine Bilder ansehen, die sind der Wahnsinn!« Ein Mann mittleren Alters lächelte warm und nickte. Und auf einmal kam die Frau, die ich für Margret hielt, auf mich zu und umarmte mich. Ich konnte verstehen, dass Ryan sich hier wohlfühlte, denn ihre Ausstrahlung war freundlich und mütterlich.

»Blair, willkommen bei uns und fühle dich wie zu Hause!«

»Danke sehr, auch für die Einladung!«

»Immer gerne! Setzt euch!« Sie deutete auf zwei freie Stühle an der rechten Seite des Tisches. Ryan und ich gingen hinüber und nahmen Platz. Während die Menschen wieder begannen, ihre Gespräche aufzunehmen, wanderten meine Blicke über ihre Gesichter bis zu Ryan, der meine Hand unter dem

Tisch ergriff.

Ich hatte den Eindruck, nach all den Dingen, die ich von Mad wusste, fühlte sich Ryan endlich an einem Ort zugehörig. Weil Margret ein Mensch war, der andere so akzeptierte, wie sie waren und das etwas war, das Ryan brauchte. Keine Kompromisse.

Kapitel 33

Ryan

Es war schon spät am Abend, als wir uns von Margret und den anderen verabschiedeten. Wir hatten wahnsinnig viel Spaß gehabt, noch ewig am Tisch gesessen, Kuchen gegessen und uns unterhalten. Ich hatte das Gefühl, alle schon länger zu kennen, als es in Wirklichkeit der Fall war. Und Blair passte genauso gut in die Gruppe, wie ich vermutet hatte.

»Wo sind wir hier?«, fragte Blair, während ich meinen Wagen auf einem Parkplatz nur wenige Fußminuten vom Strand entfernt parkte. Durch meine Zeit auf der *Savannah State* kannte ich diesen Ort ziemlich gut und wusste, wo man hier die besten panierten Calamari mit Lemon Aioli bekam, die es im ganzen Land zu finden gab. Ich wollte Blair wenigstens ein Stück von dem Leben zeigen, das ich hier gelebt hatte und das wir führen könnten, wären die Dinge nicht so kompliziert. Irgendwie hatte ich generell den Drang, sie so weit wie es ging in alles hineinzulassen. Vielleicht auch tiefer in mein Herz, als dort irgendjemand vor ihr gewesen war.

Ich stieg aus dem Auto, öffnete ihre Tür und zog sie an ihrer Hand hinaus. Es tat gut, mit ihr an diesem Ort umgehen zu können, als wären wir ein ganz normales Pärchen, weil uns hier niemand kannte. Es bestand keine Gefahr, dass unsere Eltern uns erwischten, jemand von Blairs Schule oder sogar Julien.

Wenn wir uns zu Hause befanden, waren wir nur Blair und Ryan. Hier allerdings, weit weg von unserem gewohnten Umfeld, waren wir viel mehr.

Ich schlang den Arm um ihre Schultern und manövrierte sie in die Richtung der Beachbar, in der ich vorhatte, das Essen zu besorgen. Danach wollte ich ein schönes Plätzchen am Strand suchen und mit ihr den restlichen Abend genießen, bis wir uns erst wieder in ihrem Zimmer trafen, wenn alle schliefen.

»Was hast du deinem Dad gesagt, wo du heute Abend bist?«, fragte ich und war mir nicht sicher, ob ich die Antwort wirklich hören wollte.

»Bei Julien.«

Okay, das hatte ich definitiv nicht hören wollen.

»Weiß er mittlerweile von uns?«

»Noch nicht so ganz.« Ich konnte nicht verhindern, dass in mir das Gefühl wuchs, Blair hatte niemals vor, ihrem besten Freund von mir zu erzählen.

»Findest du nicht, er sollte es wissen? Oder steckt da doch mehr dahinter, als du mir erzählt hast?«

»Was? Nein! Wir sind wirklich nur Freunde.«

»Wieso ist er dann so eifersüchtig? Wenn ich an den Abend deines Geburtstages denke, kommt mir sein Verhalten doch schon irgendwie merkwürdig vor.«

»Auf gar keinen Fall, er hat nur extremen Druck von zu Hause. Sein Vater würde ihm das Leben zur Hölle machen, wenn er rausbekommt, dass Julien schwul ist.«

»Und deswegen darfst du neben dieser Sache niemanden haben, mit dem du dich datest?«

Die Beachbar kam in Sicht und ich blieb mit Blair einige Meter vor der Tür stehen. Sie drehte sich zu mir, stellte sich auf die Zehenspitzen und drückte mir einen Kuss auf die Lippen. »Tun wir das denn, uns *daten*?«

Meine Hände fuhren an ihren Armen auf und ab. Ihre Haut war unglaublich weich und ich konnte mich nur zurückhalten, sie an mich zu ziehen und besinnungslos zu küssen, weil um uns herum haufenweise Leute zur Promenade liefen oder die Beachbar betraten und verließen.

»Ich würde es zumindest gerne tun. So richtig, nicht nur dann, wenn niemand uns erwischen kann. Stört dich das nicht?«

»Doch schon …«

»Aber du kannst es zum jetzigen Zeitpunkt nicht ändern«, stellte ich ein wenig enttäuscht fest.

»Es tut mir leid«, sagte sie leise. »Ich möchte nur, dass du weißt, dass es nicht an dir liegt! Ich will mich ja ganz zu dir bekennen, aber das ist nicht so einfach. Bitte lass mir Zeit.«

Auch wenn ich wusste, dass die Angst, Blair direkt wieder zu verlieren, irrational und nur auf der miesen Vergangenheit mit meiner Mum begründet war, ließ sie sich nicht abstellen. Zum ersten Mal fühlte es sich an, als könnte ich tatsächlich einen kleinen Neuanfang wagen und nicht nur so tun. Mad hatte die Sache mit dem Brand aufgeklärt und meine Mum hatte sich für mich eingesetzt. Ich konnte nach den Herbstferien wieder anfangen zu studieren. Auch das Verhältnis mit meiner Mum war besser geworden. Wir hatten immer noch nicht all die Dinge vergessen, die wir uns gegenseitig angetan hatten, aber es war Zeit für mich, darüber hinwegzukommen. Es musste vorwärtsgehen und diese Schritte wollte ich mit Blair an meiner Seite tun, weil sie das Licht war, das die dunklen Ecken in meinem Leben ausleuchtete.

»Vielleicht sollten wir noch ein halbes Jahr warten, bis wir am College und weit von zu Hause weg sind, bis wir es allen erzählen«, sagte Blair auf einmal und der Knoten in meinem Hals zog sich zu. Sie wich meinem Blick aus und ich unterdrückte das Gefühl, das in mir weiter anwuchs und mir die Luft zum Atmen abschnürte.

»Du weißt, dass die Stanford auf genau der anderen Seite des Landes ist? Das sind sieben

Flugstunden …« Blair biss auf ihrer Unterlippe herum und sah mich mit gequältem Gesichtsausdruck an. »Wie stellst du dir das vor?«, fragte ich leise und drückte sie näher an mich. »Wie soll ich die Zeit ohne dich überstehen?«

»Du könntest auch in Kalifornien studieren. Genau! Wechsle einfach das College!«, sagte sie. »Jetzt, nachdem das alles mit dem Brand geklärt ist, sollte das doch kein Problem sein! Sie schreiben dir sicherlich eine Empfehlung!«

»Das würde nichts bringen. Mad und ich haben trotzdem genug Scheiße gebaut, wir können froh sein, wenn der Dekan uns wieder aufnimmt. Ich müsste mich in Kalifornien wie jeder andere bewerben und wer sagt, dass ich dann einen Platz mitten im Studienjahr bekomme? Es ist auch auf normalen Weg unglaublich schwer, einen freien Medizinstudienplatz zu kriegen.«

Blair drückte ihr Gesicht an meine Brust und es herrschte einen Moment Stille zwischen uns, bis ich leise ihre Stimme vernahm. »Ich will gar nicht an die Stanford«, flüsterte sie, als wollte sie die Worte gar nicht aussprechen. »Am liebsten würde ich mich für einen Platz am *Savannah College of Art and Design* bewerben und Modedesign studieren …«

Ich legte meine Hände an ihre Schultern und drückte sie ein Stückchen von mir. »Wieso tust du es dann nicht? Das klingt großartig! Wir könnten hierbleiben! Zusammen!«

»Das kann ich meinem Dad nicht antun, er erwartet, dass ich Lehramt studiere … Und Julien … er verlässt sich darauf, dass wir gemeinsam auf die Stanford gehen.«

»Und wieso ist es wichtiger, was die beiden wollen, statt dem, was du willst?«, fragte ich und wurde wütend, wenn ich darüber nachdachte, wie sehr Blairs Dad und Julien ihr Leben mitbestimmten, obwohl sie eigentlich kein Recht dazu hatten.
Vielleicht war es Zeit, die Schuldgefühle den Menschen in unserem Umkreis gegenüber abzulegen und endlich zu leben. Wenn sie uns wirklich liebten, würden sie es verstehen. »Ich finde, du solltest tun, was du möchtest. Wir beide sollten das!«, sagte ich und hob ihr Kinn mit meinem Finger an, damit sie mir in die Augen sehen musste. »Es ist unser Leben, was sagst du dazu? Möchtest du es mit mir neu beginnen?« Es fiel mir unglaublich schwer, die Worte auszusprechen, denn sie kosteten meinen gesamten Mut. Die Angst vor Zurückweisung schlug wuchtig in meiner Brust und ich hielt für einen Moment den Atem an.

Bis ihr Gesichtsausdruck jeden kleinen Funken Vorfreude zerstörte, den ich zugelassen hatte. Enttäuschung machte sich in mir breit. »Lass uns das

Essen besorgen«, erwiderte sie leise und löste sich von mir.

Ich nickte, weil ich keine Ahnung hatte, was ich noch sagen sollte, damit sie das tat, wofür sie wirklich brannte und nicht, was ihr Umfeld verlangte. Und es kostete mich sehr viel Kraft, an ihrer Seite zu bleiben und nicht sofort abzuhauen.

***

Damit unsere Eltern nicht mitbekamen, dass wir gemeinsam unterwegs gewesen waren, war Blair vorgegangen und ich ihr nach einer halben Stunde gefolgt.

Als ich das Haus betrat und meinen Schlüssel in die Schale auf der Kommode schmiss, hörte ich bereits leise murmelnde Stimmen.

Ich lief den Flur entlang und sah, wie Blair mit ihrem Dad und meiner Mum im Wohnzimmer saß.

»Was ist hier los?«, fragte ich misstrauisch, weil plötzlich alle Blicke auf mich gerichtet waren. Blairs Dad und meine Mum wirkten nervös und Blair zuckte nur unwissend leicht mit den Schultern aber ich sah ihr an, dass sie Angst vor dem hatte, was nun augenscheinlich auf uns zurollte.

Hatten sie es herausgefunden? Vielleicht waren wir nicht vorsichtig genug gewesen und jemand hatte uns heute Nachmittag gesehen?

»Setz dich doch bitte, Ryan«, sagte meine Mum und ich lief hinüber zu dem freien Platz neben Blair. Auch wenn ich sie fast wie automatisch dicht an mich ziehen wollte, unterdrückte ich diesen Drang angesichts dieser Situation.

»Wir freuen uns sehr, dass ihr euch besser zu verstehen scheint«, fing Blairs Dad an und mein Blick zuckte kurz zu ihr. Ihr Körper wirkte verkrampft, ihre Atmung flach. War jetzt der Moment gekommen, dazwischen zu grätschen und alles abzustreiten, bevor unsere Eltern irgendetwas vermuten konnten? Denn ich wusste, wie groß Blairs Angst vor der Möglichkeit einer eventuellen Enthüllung war. »Und aus dem Grund habt ihr sicherlich kein Problem mit dem, was wir euch heute erzählen wollen.« Ward legte den Arm um meine Mum und dann fiel er mir auf. Der dicke Klunker an ihrem linken Ringfinger. Fuck. »Wir werden heiraten! Und jetzt eine richtige Familie!«, sagte Ward lächelnd und in den Augenwinkeln meiner Mum glitzerten kleine Tränen der Rührung.

Ich konnte meine Augen gar nicht mehr von dem Ring abwenden und mein Herz hämmerte heftig gegen meinen Brustkorb. Was bedeutete das jetzt für uns? Wie sah Blair unsere Beziehung, wenn unsere Eltern nicht nur zusammen, sondern verheiratet sein würden?

Plötzlich wirkten beide irritiert, weil wir uns

immer noch nicht geäußert hatten. Ich fand einfach keine Worte dafür.

»Freut ihr euch nicht?«, fragte meine Mum leise und Blair schaffte es als Erste, sich von dem Schock zu erholen. Sie stand auf und zog ihren Dad an sich.

»Herzlichen Glückwunsch! Doch, ich freue mich so für euch, das ist eine wirklich wunderbare Überraschung!«

Erleichtert lachte meine Mum auf und umarmte sie ebenfalls, während ich immer noch wie erstarrt auf dem Sofa saß. Sie dachten sicherlich, ich hätte ein Problem mit der Hochzeit an sich, dabei ging es mir um etwas völlig anderes.

Blair würde immer das Wohl ihres Dads über ihr eigenes stellen und deswegen war unsere gemeinsame Zukunft als richtiges Paar nicht nur ungewiss, sondern hatte sehr wahrscheinlich ein ziemlich knappes Verfallsdatum.

Kapitel 34

Blair

Zwei Wochen waren wie im Flug an uns vorübergegangen. Vierzehn Tage, in denen ich tagsüber so getan hatte, als wäre alles wie immer und ich mich dafür nachts in Ryan verlor. Die Zeit mit ihm war unglaublich intensiv und wahnsinnig schön und jedes Mal, wenn ich an ihn dachte, erfüllte es meinen Körper mit kribbelnder Vorfreude.
Sie wurde nur dadurch getrübt, dass ich nicht den Mut fand, mich öffentlich zu unserer Beziehung zu bekennen. Nun nach den Hochzeitsplänen unserer Eltern noch weniger. Dazu kam, dass je öfter Ryan Julien und mich zusammen sah und wir vor unseren Eltern so tun mussten, als wären wir weiterhin ein Paar, die Frustration in Ryan umso größer wuchs und er sie immer häufiger zum Ausdruck brachte. Wenn beide Männer sich trafen, ging von ihnen eine indirekte Feindseligkeit aus, die in der Luft schier greifbar war. Natürlich konnte ich verstehen, weshalb das so war. Julien sah sein mühsam aufgebautes Alibi und unsere Freundschaft dahinschwinden und Ryan wollte mich nicht mehr teilen. Und ich stand zwischen den Stühlen. Auf der einen Seite mit meinem besten Freund und auf der

anderen mit dem Mann, in den ich mich begann zu verlieben. Nein, falsch. Dem ich jetzt schon von den Fußsohlen bis zu meinen Haarspitzen verfallen war.

Ohne jemandem etwas zu sagen, hatte ich mich an der *SCAD* für einen Studiengang in Design beworben. Ich hatte noch keine Ahnung, was ich tun würde, wenn ich eine Zusage erhielt, aber darüber wollte ich mir erst Gedanken machen, sobald es so weit war.

Nun galt es zuerst, die Halloween Party zu überstehen, bei der Julien tatsächlich darauf bestanden hatte, diese bei ihm zu feiern. Das Haus seiner Eltern war riesig und hatte zwei Stockwerke, wovon eines mindestens viermal so groß war wie unser komplettes Zuhause. Und trotzdem hatte ich ein komisches Gefühl bei der ganzen Sache, aber wenn Juliens Dad so großzügig war, konnte ich am allerwenigstens etwas dagegen sagen. Ich wusste, wie gerne seine Eltern mit dem angaben, was sie hatten. Außerdem stimmte Heather ebenfalls zu. So verbrachten wir den gesamten heutigen Tag damit, fast jedes Zimmer zu schmücken und sogar einige Themenräume einzurichten. Einer davon war ein aufgebautes Labyrinth, in dem man sich erschrecken lassen konnte, in anderen gab es Spiele wie Apfeltauchen, Mumienwickeln oder ein Wettessen. Wir hatten sogar eine Wahrsagerin engagiert, bei der man sich für fünf Dollar seine Zukunft voraussagen lassen konnte. Ich war mir sicher, den anderen Schülern würde die Party bestimmt gefallen.

»Okay, das war der Letzte, oder?«, fragte Theo und hielt einen riesigen Totenkopf aus Pappmaché in die Höhe.

Ich richtete kandierte Äpfel auf einem Tablett in der Küche an, damit ich sie zum späteren Spiel in den vorgesehenen Raum bringen konnte. »Ja, danke dir«, sagte ich und Theo verschwand mit dem riesigen Requisit. Ich musste wirklich zugeben, das Haus sah grandios aus. Juliens Dad hatte nicht nur eine professionelle Lichtanlage für draußen gemietet, sondern zusätzlich einige Leute engagiert, die sich als Monster verkleideten und den ganzen Abend durch den Garten und das Haus wandern würden.

»Fertig«, sagte Julien und kam ebenfalls in die Küche. »Kann ich dir noch irgendwas helfen?«, fragte er und nahm sich einen als Totenkopf garnierten Cupcake vom Blech.

»Hey, die sind für später!«

»Habe aber jetzt Hunger«, nuschelte er und lehnte sich neben mir an die Küchenanrichte, während er sich den zuckrigen Totenkopf in den Mund stopfte. Ich hatte uns beiden ein gemeinsames Kostüm genäht, weil Julien drauf bestanden hatte, dass wir etwas zusammen machten. Also trug er einen lilafarbenen Jokeranzug und hatte sein Gesicht dementsprechend geschminkt, während ich als

Harley Quinn eine blau-rote Hotpants, Netzstrümpfe und ein Shirt mit der Aufschrift *Daddy's Lil Monster* anhatte. Meine dunkelblonden Haare hatte ich mir zu Zöpfen gebunden und die Spitzen in blau und rot mit auswaschbarer Farbe besprüht, um mein Outfit komplett zu machen. Ich fand es ziemlich gelungen, auch wenn die Hotpants deutlich knapper war als die Klamotten, die ich sonst vor meinem Dad oder der restlichen Schule trug. Aber es war Halloween und obwohl ich den Tag nicht sonderlich mochte, würde ich mitziehen.

»Wann kommt der Rest?« Kyle und Nancy kamen in die Küche. Nancy trug ein knappes Schwesternoutfit, während Kyle der Typ aus dem Film *Scream* war, nur ohne die Maske aufgesetzt zu haben, die an einem Band um seinen Hals hing.

»Es müsste gleich losgehen«, antwortete ich.

»Und die *Freeze* und die restlichen Lehrer?«, fragte Nancy und setzte sich mit einem Satz auf die Küchenanrichte.

»Haben versprochen, sich als Aufsichtspersonen ruhig und unauffällig im Hintergrund zu halten.«

»Sehr gut!« Debbi betrat in einem Cheerleadingkostüm den Raum. Der Stoff hing nur in Fetzen an ihrem trainierten Körper und zeigte mehr als er verdeckte, während sie ihn mit Kunstblut beschmiert und ihr Gesicht wie einen Zombie geschminkt hatte. Hätte sie noch weniger getragen, hätte sie nackt gehen können, es wäre auch nicht aufgefallen.

»Die Lichter im Garten leuchten und sind funktionstüchtig«, sagte sie und stellte sich neben Kyle.

Ich sah in die Runde und konnte nicht abstreiten, dass sie alle in Wirklichkeit doch eine große Hilfe gewesen waren. Vielleicht war ich manchmal zu hart zu anderen Menschen oder ich hielt mich gezielt von Freundschaften fern, weil ich das Gefühl hatte, ich musste das wacklige Gerüst, auf dem ich mein Leben aufgebaut hatte, mit allem schützen. Vielleicht hatte ich meine High-School Zeit im Grunde nicht so genossen, wie ich es hätte tun sollen.

Als Theo ebenfalls zurück in die Küche kam, öffnete ich den Kühlschrank und zog eine Flasche Pfirsichlikör hinaus, die Julien von seinem Dad geklaut hatte. Während er breit grinste, machten die anderen ein überraschtes Gesicht. »Ich möchte sagen, dass ich euch wirklich danke. Ihr habt mir ziemlich viel geholfen und ohne euch wäre die Party nicht so gut organisiert gewesen.«

»Oh, hört, hört!«, sagte Kyle und klatschte grinsend in die Hände. »Und wir dachten immer, du kannst uns alle nicht leiden.«

»War auch mal so«, erwiderte ich und zwinkerte ihm zu, während Kyle lachte. »Aber man darf seine Meinung ja ändern.«

»Du bist gar nicht so verkehrt«, sagte Theo und schlang lässig einen Arm um meine Schultern.

»Danke.«

Julien stellte sechs Schnapsgläser auf die Theke und ich füllte sie mit dem Inhalt der Flasche. Jeder nahm sich eines und wir hielten sie in die Höhe und prosteten uns zu. Der Likör verteilte sich scharf auf meiner Zunge und floss warm und brennend meine Kehle hinab. Heute würde es bei dem einen bleiben, denn wenn ich eines gelernt hatte, dann das Alkohol nicht dafür da sein sollte, Probleme zu lösen. Und genaugenommen brauchte ich meinen Verstand jetzt zu einhundert Prozent, denn ich hatte morgen ganz bestimmte Dinge vor … Nämlich Julien endlich zu sagen, dass ich mit Ryan zusammen sein wollte und zusätzlich meinem Dad zu gestehen, dass wir ihn und Heather belogen hatten. Auch wenn ich wahnsinnige Angst vor ihrer Reaktion hatte und davor, alles eher kaputt zu machen, als danach endlich frei leben zu können.

***

Die Party war im vollen Gange und wir hatten einiges zu tun, auch wenn Juliens Dad sogar zusätzliches Personal eingestellt hatte, das alle bewirtete. Trotzdem wollte ich den Abend für Julien bestmöglich gestalten und lief von Raum zu Raum, um zu prüfen, ob alles wie geplant funktionierte.

»Hey.« Jemand stoppte mich im Flur des ersten Stocks an meiner Hand und zog mich leicht herum. Julien stand vor mir und schenkte mir ein schiefes Lächeln.

»Na, hast du Spaß?«, fragte ich und Julien kam einen Schritt näher. Er legte einen Arm um meine Taille und sah sich um, sodass er sicher sein konnte, dass jeder mitbekam, wie eng wir hier standen. Irgendwie fühlte es sich so an, als wäre aus unserer Freundschaft nur noch pure Berechnung geworden. Aber ich hoffte, dass mich mein Eindruck täuschen würde, wenn ich ihm morgen sagte, wie es in mir aussah.

»Klar! Und du solltest dich auch mal ein wenig entspannen«, sagte er. Ich roch, dass er eindeutig mehr als den einen Pfirsichlikör von vorhin getrunken hatte. »Die Party läuft, komm, lass uns tanzen!«

»Ich will nur mal eben …«

»Nix da!«, stoppte er mich, zog mich herum und führte mich zur Treppe in Richtung Wohnzimmer, in dem ein DJ Musik auflegte. »Wir tanzen jetzt, das ist das Einzige, das ich mir heute von dir wünsche!«

»Na gut«, ergab ich mich und lief mit Julien in das untere Stockwerk. Das gesamte Haus war voll mit Schülern. Natürlich gab es ein striktes Alkoholverbot, aber die meisten hier wussten genau, wie sie heimlich an Alkohol kamen. Deswegen wurde die Stimmung von Stunde zu Stunde ausgelassener und ich hoffte, gerade heute Abend würde die Party trotzdem friedlich bleiben.

»Hey ihr Zwei«, begrüßte uns mein Dad, der am unteren Treppenabsatz stand. »Seid ihr auf dem Weg auf die Tanzfläche? Ein bisschen grooven?« Mein Vater machte eine merkwürdige Bewegung mit seiner Hüfte und während Julien lachte, runzelte ich nur die Stirn.

»Ähm, ja Dad, auch wenn dieser Anblick äußerst verstörend war und das Wort grooven selbst vor fünfzig Jahren außer Mode war …«

»Komm, Spatz, denkst du, dein alter Herr hat es nicht mehr drauf?«

»Was hast du nicht mehr drauf?« Heather kam an seine Seite und lächelte uns an. Die beiden waren als Morticia und Gomez Adams verkleidet und während mein Dad mit dem Schnauzer und dem am Bauch deutlich zu engen Nadelstreifenanzug ein bisschen lächerlich aussah, standen Heather die offenen schwarzen Haare ausgezeichnet. Sie wirkte heute weniger streng und nachdem sie und Ryan einiges geklärt hatten, mittlerweile auch deutlich glücklicher.

»Tanzen! Los, lass es uns beweisen!«, sagte Dad, schnappte sich Heathers Hand und zog sie nach einem Zwinkern in Juliens und meine Richtung auf die Tanzfläche, auf der ein Song von Ariana Grande lief.

»Können wir an einer Stelle tanzen, die ganz weit weg von ihnen ist?«, fragte ich Julien mit einem gespielt verzweifelten Grinsen und er lachte auf.

»Klar, Hauptsache du tanzt mit mir.« Wir betraten den Bereich vor dem DJ-Pult und schlängelten uns durch die dichte Menschenmenge, die sich in wogenden Bewegungen wie eine einzige Masse zum Takt der Musik bewegte. Als wir in der Nähe einer Wand stehen blieben, bei der es noch ein kleines Fleckchen Platz gab, kam Julien näher, legte seine Arme um meine Hüften und ich meine auf seine Schultern.

»Ich hab auch mal wegen einer Wohnung in Kalifornien geschaut. Die Wohnheime lassen ja keine gemischten Zimmer an der Stanford zu und es ist ja sowieso klar, dass wir uns etwas teilen.«

Da war er. Der Moment, der den heutigen Abend vielleicht für uns zerstörte und unsere Freundschaft auf eine gewaltige Probe stellte. »Was das betrifft …« Ich war ein Feigling. »Lass uns da morgen drüber sprechen und heute nur Spaß haben. Ich habe ebenfalls schonmal Ausschau gehalten«, log ich und fühlte mich sofort schlecht deswegen.

»Einverstanden!« Julien packte meine Hand und drehte mich im Kreis bis mir fast schwindelig wurde, dann fing er mich wieder in seinem Arm auf und zog mich dicht an ihn. Irgendetwas fühlte sich seltsam zwischen uns an. Vielleicht war es, weil alle hier in Juliens Haus waren und er Angst hatte, gerade heute könnte die Wahrheit ans Licht kommen, wenn wir uns nicht so verhielten, als wären wir das verliebteste Paar des gesamten Planeten. Ich hatte keine Ahnung, eventuell war es auch nur der Alkohol, der Julien dazu verleitete.

Er schaute über mich hinweg und plötzlich legte sich ein Ausdruck in seine Augen, den ich kaum deuten konnte. Als ich den Kopf drehte, sah ich, wie Theo mit einem Typen am Ende der Tanzfläche stand, sich unterhielt und lachte. Lag es daran, dass Julien sogar Theo mochte und sich nicht traute, mit ihm darüber zu sprechen? Ich sollte ihn ermutigen auf Theo zuzugehen, denn schließlich hatte dieser das Gleiche vor einigen Wochen durchgemacht. Er würde verstehen, wie Julien sich fühlte. Theo sah auf und fixierte Julien und ich hätte schwören können, dass etwas Eindeutiges in seinem Blick lag.

Fast ruckartig entzog sich Julien dem Anblick, lehnte sich ein Stück zu mir und setzte seinen Mund so nah an mein Ohr, dass ich seinen Atem auf meinem Hals spürte. Seine Hand strich mir auf einmal zärtlich über den Rücken und ich konnte nicht verhindern, dass sich mein Körper anspannte. »Weißt du, worüber ich mir in letzter Zeit ständig Gedanken mache?«, fragte er und war auf einmal völlig ernst, als er mich wieder ansah. Seine Finger der anderen Hand, die meine umfassten, drückten ein wenig fester zu, als würde er mich nicht mehr loslassen wollen.

»Was?« Vielleicht musste ich gar nicht selbst damit kommen, dass ich unser Arrangement beenden wollte und Julien erzählte mir jetzt von dieser Sache mit Theo.

»Ob es nicht doch funktionieren würde. Ich meine, das mit uns als Paar. Als richtiges Paar.« Seine blauen Augen flogen unsicher über mein Gesicht, bis er erneut meinen Blick einfing. Ich verstand nicht, auf was er hinauswollte.

»Julien … du …« Ich konnte es nicht aussprechen, weil ich Angst hatte, jemand würde es hören. Auch wenn alle um uns herum vollständig mit sich selbst beschäftigt waren und die Musik viel zu laut war. »Du kannst nicht das ändern, was du bist«, erwiderte ich so leise, dass er mich gerade noch so verstand. »Und das musst du auch gar nicht, weil es überhaupt nicht schlimm ist. Du kannst dazu stehen.«

»Eventuell hat mein Dad recht und man muss es nur einmal richtig versuchen. Ich meine, ich hab schließlich auch keine Erfahrungen mit Frauen … vielleicht gefällt es mir ja.«

»Ju wir sind Freunde, das waren wir schon immer. Noch niemals hatte ich das Gefühl, da wäre mehr zwischen uns.« Ich sah mich kurz um. »Du liebst mich nicht auf diese Art und ich sehe dich nur als meinen besten Freund. Es würde nicht funktionieren, auch wenn wir es versuchen.«

Julien presste die Lippen aufeinander und sein Kiefer verhärtete sich. »Ist es wegen ihm? Ryan?« Er hatte also die Blicke bemerkt, natürlich hatte er das.

»Was? Nein! Ju, ich verstehe, dass du Angst vor der Zukunft hast, aber das was zwischen uns ist, hat überhaupt nichts mit Ryan zu tun!«

»Ach nein?«

»Selbstverständlich nicht! Wir sind beste Freunde und ich habe dir gerne geholfen, aber … wenn wir schon beim Thema sind …« Ich wich seinem Blick aus und spürte, wie Juliens Körper sich verkrampfte. Musste ich es jetzt sagen, bevor er sich wirklich einredete, er könnte mit einer riesigen Lüge gegenüber sich selbst alle seine Probleme aus der Welt schaffen? Ich sah langsam ein, dass das alles nur schlimmer machte. Vielleicht war es doch keine gute Idee gewesen, meinem besten Freund mit solch einem großen Schwindel helfen zu wollen, denn es löste rein gar nichts. Es verkomplizierte alles nur.

Plötzlich schaute Julien erneut auf und sein Gesichtsausdruck wurde noch härter. War es wegen Theo? Ich folgte seinem Blick und hielt kurz die Luft an. Ryan stand dort. Er trug kein Kostüm, nur schwarze Jeans und ein Hemd in der gleichen Farbe, das er an den Unterarmen hochgekrempelt hatte und das ihm ausgesprochen gut stand. Doch das war nicht das, was mir auffiel. Es war sein kalter Ausdruck, als er Julien und mich beobachtete, wie wir eng umschlungen tanzten. Ich war dieses Spiel leid. Es tat weh, Julien zu verletzen, aber es tat noch mehr weh, nicht mit dem Mann zusammen sein zu können, für den mein Herz schlug.

Plötzlich wandte sich Ryan ab und verschwand in Richtung Flur. Ich schaute Julien an und er wusste, was ich ihm gleich sagen würde. Ich erkannte es in seinen Augen. »Ich muss ihm hinterher. Wir klären das später.«

»Du willst mich wegen eines anderen jetzt einfach so stehen lassen?«, fragte er kalt und ich löste mich von ihm und seufzte.

»Das hat überhaupt nichts mit unserer Freundschaft zu tun, aber wärst du wirklich mein Freund, würdest du das von alleine sehen. Es tut mir leid.«

Ich wandte mich ab, drängte mich durch die Menschenmenge und sah gerade noch, wie Ryans breiter Rücken in dem Durchgang nach draußen verschwand. Ich rempelte jeden an, der mir im Weg stand, während ich ihm hinterherlief, aber er beschleunigte seinen Schritt immer weiter.

»Ryan!«, rief ich und packte seine Hand, bevor er durch die Eingangstür nach draußen verschwinden konnte. Er fuhr herum und ich krallte mich stärker an ihm fest. »Warte doch!«

»Wieso, du scheinst ja beschäftigt zu sein. Ich wusste, dass es keine gute Idee war, heute hierherzukommen«, sagte er und ich atmete aufgrund seines kalten Blickes flacher, auch wenn mein Herz immer schneller schlug. »Du hast dich entschieden und obwohl ich das eigentlich schon längst gewusst habe, ist es verdammt beschissen, es so sehen zu müssen. Aber mach dir nicht die Mühe und versuche mir etwas zu erklären, was dir im Grunde überhaupt nichts bedeutet.«

Bevor er sich von mir losreißen konnte, zog ich ihn in den nächstbesten Raum im Flur. Ich warf die Tür hinter uns zu und stellte mich davor, sodass er nicht abhauen konnte. Nur am Rande bemerkte ich, dass wir in einer Garage standen und der Geruch des Benzins und Öls mir in der Nase kitzelte.

»Julien ist mein Freund und ich kann ihn nicht im Stich lassen. Er muss es seinem Vater sagen, bis dahin ...«

»Merkst du nicht, dass er dich ausnutzt? Dass du dein gesamtes Leben auf Eis legst, für jemanden, der das nicht zu schätzen weiß?«, unterbrach mich Ryan und ging einen Schritt auf mich zu. Ich schluckte hart.

»Du verlierst mich nicht«, wisperte ich. »Ich will dich, du darfst nicht denken, dass ich dich nicht vorziehen würde, wenn ich eine Wahl hätte.«

»Du hast eine Wahl! Immer!«

Diesmal war ich diejenige, die einen Schritt auf ihn zuging. Vorsichtig legte ich die Finger auf seine Brust. Unter meinen Handflächen spürte ich sein heftig pochendes Herz. Es schlug im gleichen Takt wie mein eigenes. »Mad hat mir von deiner Mum erzählt.« Ryan wirkte auf einmal geschockt, danach wurde seine Miene erneut todernst und mir lief es eiskalt den Rücken hinunter, weil er mich noch nie auf diese Weise angesehen hatte. Doch ich wusste, dass seine Art nur eine Reaktion auf seine Ängste war. »Dass du das Gefühl hast, von niemandem gewollt zu werden. Dass das deine größte Panik ist, aber Ryan, ich will dich. Und du hast recht, ich bin ein Feigling. Aber ein genauso großer wie du!« Tränen brannten in meinen Augen und ich wollte ihm zeigen, wie viel er mir bedeutete und ich ihm vertraute, auch wenn ich das nicht damit tun konnte, in dem ich Julien auffliegen ließ. »Der Tag in der Küche, an dem du meine Schnittverletzung verarztet hast und ich fast umgefallen wäre … Ich kann kein Blut sehen, weil ich dabei war, als meine Mum ihren Unfall hatte. Wir waren auf dem Weg in die Stadt, um ein Kostüm für Halloween zu kaufen. Ich war zehn und wir wollten wie jedes Jahr am Abend zusammen mit Julien und seinen Eltern um die Häuser ziehen. Es war ein Lastwagen, der über Rot gefahren ist und sie erwischt hat.« Bei der Erinnerung daran, schloss ich kurz die Augen und spürte, wie Ryan seine Hände auf meine Schultern legte und mich festhielt. »Ich habe es gesehen. Alles. Das Blut …«

Ich konnte nicht mehr weitersprechen, aber als ich die Augen öffnete, sah ich in Ryans keine Wut mehr, ich sah nur noch Wärme und Bedauern.

»Ja, ich bin ein Feigling und kann nicht offen zu uns stehen, weil ich Angst habe, dass ich wieder jemanden verlieren muss, der mir nahesteht. Deswegen habe ich wahrscheinlich auch keine Freunde außer Julien und klammere mich so verdammt stark an diese Freundschaft. Ich kann sowas nicht nochmal durchmachen. Also kenne ich das Gefühl, das du hast, ganz genau. Die Angst, jemanden zu verlieren. Wenn man nicht atmen kann, weil man diesen jemand so sehr vermisst, sobald er nicht da ist. Wenn man nur an den anderen denkt, und hofft, er kommt hoffentlich wieder zu einem zurück. Wenn man sich ständig Gedanken darüber macht, was passiert, sollte man die falsche Entscheidung treffen und der andere sich von einem deswegen abwendet. Aber ich weiß auch, wie es meinem Dad gegangen ist, als er meine Mum verloren hat und spüre, wie glücklich ihn Heather macht. Sie würden es vielleicht nicht verstehen, was sich zwischen uns entwickelt hat … Und was dann?« Meine Kehle schnürte sich zu, kein Wort wollte mehr über meine Lippen.

Ryan umrahmte mein Gesicht mit seinen Händen und ich krallte mich an seinen Unterarmen fest. »Es ist unsere Entscheidung und genauso wie du willst, dass dein Dad glücklich ist, möchte er das für dich.« Ryan atmete laut aus. »Blair, ich hab so etwas noch niemals gefühlt. Ich will … nein … ich *kann* dich nicht verlieren! Und ich kann es nicht ertragen, mit ansehen zu müssen, wie ein anderer dich da draußen küsst. Auch wenn es nur gespielt ist! Es macht mich wahnsinnig zu wissen, dass ich nur der Typ bin, der dich im Verborgenen berühren darf, es aber der gesamten Welt zeigen möchte! Blair, ich liebe dich, verdammt nochmal! Ich habe nicht nur Angst, dich zu verlieren, weil dieses Gefühl tief in mir drinsteckt! Ich habe sie, weil du perfekt für mich bist, großherzig, witzig, kreativ und wunderschön!«

Ich musste lächeln, während mir jetzt doch die Tränen die Wangen hinunterliefen. Diese Worte aus Ryans Mund zu hören, war unbeschreiblich. »Ich liebe dich auch«, flüsterte ich und umschlang seinen Nacken. »So sehr, dass es mich verrückt macht. So sehr, dass ich nie wieder ohne dich sein möchte! Ich habe mich an der *SCAD* beworben.« Ich holte tief Luft. »Und wenn ich angenommen werde, will ich dort studieren, um in deiner Nähe zu sein und endlich das tun zu können, was ich möchte und niemand anderes.«

»Wirklich?« Ryans Mundwinkel zuckten, während seine Augen glücklich strahlten.

»Wirklich.«

Als er mich an sich zog und seine Lippen meine trafen, hatte ich den Eindruck, endlich vollständig sein zu können. Nichts war schöner als dieses Gefühl. Hier, in seinen Armen mit unseren Geständnissen, die uns noch ein Stückchen näher zueinander gebracht hatten.

Kapitel 35

Ryan

Der Abend hatte so beschissen angefangen und jetzt war ich der glücklichste Mann auf diesem Planeten, während Blair in meinen Armen lag und ich nichts anderes tun konnte, als sie zu küssen.
Sie schmeckte wie der pure Himmel und fühlte sich noch viel besser an. Ich vergaß sogar, dass ich vor nicht mal zehn Minuten vor Eifersucht am liebsten explodiert wäre. Ich wollte sie nur noch spüren, weil sie mir eben gestanden hatte, dass sie zu mir gehörte, so wie ich zu ihr.

Ich drehte uns in unserer Umklammerung um und drückte sie nach hinten, bis ein Hindernis uns stoppte. Mit halbgeöffneten Augen erkannte ich, dass es ein schwarzer Maserati war, dessen Motorhaube genau die richtige Höhe für das hatte, was nun in meinem Kopf Gestalt annahm.

Ich intensivierte den Kuss und meine Hände fuhren zu Blairs Po, drückten sie enger gegen mich, während sie leise in unseren Kuss seufzte. Ich liebte die Geräusche, die sie machte, wenn wir uns so nahe waren wie jetzt und ich hatte noch nichts Vergleichbares gehört, das mich mehr anturnte als das.

»Harley Quinn also«, brummte ich mit einem Grinsen auf den Lippen, nachdem ich mich von ihr gelöst hatte und den Nietengürtel an ihrer Shorts öffnete. Sie biss sich auf die Unterlippe und zog eine Augenbraue nach oben.

»Ich fand sie schon immer ziemlich scharf«, gestand sie und ich musste schlucken.

»Du bist schärfer.«

Sie öffnete meinen oberen Hosenknopf und ich drückte ihr einen weiteren Kuss auf die lächelnden Lippen. Ich musste sie fühlen, das mit unseren Körpern besiegeln, was wir uns mit Worten gestanden hatten. Der Ort war mir egal, mein Hirn war komplett vernebelt von meiner Lust auf sie und ich fühlte, dass es ihr genauso ging.

Ich streifte ihr die Shorts, ihr Höschen sowie die Strumpfhose hinunter, während sie mir dabei half und mein Körper sich vor Vorfreude anspannte. Gott, ich konnte es kaum erwarten, endlich in ihr zu sein, als ich ihre Oberschenkel packte und sie auf das Auto setzte. Ich bemühte mich, den Lack nicht zu sehr zu strapazieren, aber ehrlich gesagt, war mir das in diesem Moment auch völlig egal. Ihr Blick war verschleiert und unglaublich sexy als sie mich dabei beobachtete, wie ich das kleine Plastikpäckchen aus meiner Jeanstasche zog und das Kondom daraus überstreifte. Weil ich keine Sekunde mehr verlieren wollte, behielt ich meine Hose halb an und platzierte mich vor ihr. Ich legte die Hände wieder an ihre Wangen und sah sie an, während sie meinen Blick mit gleicher Intensität erwiderte und ich das Verlangen und die Lust in ihren schönen Augen erkannte.

»Ich liebe dich, Blair, und das wird immer so bleiben«, wisperte ich und auf ihre Lippen trat ein sanftes Lächeln.

»Und ich liebe dich, Ryan.«

Mit einer Hand umfasste ich ihren Po und drückte sie mir entgegen, drang mit einem schnellen, festen Stoß tief in sie ein und sie legte stöhnend den Kopf in den Nacken. Durch die Tür gelangten laute Musik und lachende Stimmen zu uns, aber das war egal. In unserer kleinen Blase zählten nur wir und dieser Moment, der alles für uns bedeutete, denn wir hatten uns soeben endlich unsere Gefühle gestanden. Sie offen auszusprechen fühlte sich völlig anders an, als sie nur zu denken. Endgültiger. Schöner.

Ich fuhr mit dem Daumen über ihre Lippen, hielt den Atem an, als ihre Zungenspitze darüber schnellte und ich eine feuchte Spur an ihrem Ausschnitt nach unten zog.

Sie umschlang meine Hüften mit ihren Beinen, forderte mich stumm auf, mich endlich in ihr zu bewegen, und ich tat ihr nur zu gerne diesen Gefallen. Während sie sich an meinen Rücken klammerte und ich mich halb auf dem Auto abstützte, drang ich rhythmisch in sie ein. Immer und immer wieder füllte ich sie mit meiner Länge und bei jedem Stoß wurde unser Stöhnen und Keuchen lauter und intensiver. Ihre Lust hallte von den Wänden wider und das Kribbeln meines gesamten Körpers nahm an Intensität zu, weil er sich nach dem gigantischen Höhepunkt sehnte, der auf uns beide zurauschte. Meine Finger gruben sich in ihre Haare und ihre Hüfte und ihr Körper begann unter mir zu zittern und zu beben, sodass ich spürte, wie kurz davor sie war, die Kontrolle zu verlieren. Je lauter und zügelloser sie wurde, umso fester wurden meine Stöße, schoben sie über den glatten Lack der Motorhaube nach hinten, bis ihre Lust sich in einem heftigen Orgasmus gipfelte, der auch mich in wogenden Wellen mit sich riss. Atemlos hielten wir inne, versuchten, zurück zu unserem Verstand zu kommen, was uns definitiv einige Minuten kostete. Sanft drückte ich meine Lippen auf ihre, küsste sie fest, aber ohne Zunge und das heftige Klopfen meines Herzens übertönte fast jedes andere Geräusch.

»Ich liebe dich«, flüsterte ich erneut, weil ich es gar nicht oft genug aussprechen konnte.

»Ach du Scheiße!«, erklang auf einmal ein Schrei hinter uns und ruckartig drehte ich mich um, versuchte, Blair zu verdecken und sie nicht den

Blicken aussetzen zu lassen, die uns nun unverhohlen anglotzten.

»Fuck«, fluchte ich und konnte kaum atmen, als das selbstzufriedene Grinsen auf Debbis Gesicht erschien, die mit einem anderen Typen im Türrahmen stand. Wahrscheinlich hatten sie genauso ein stilles Plätzchen gesucht aber nicht mit dem gerechnet, was sie nun vorgefunden hatten.

Blair wurde blass und ich drückte sie weiterhin an mich, während ich den beiden an der Tür böse Blicke zuwarf. »Verschwindet!«

»Gerne, aber Julien wird sich nicht über das freuen, was wir ihm gleich sagen werden«, säuselte Debbi, winkte und verschwand mit dem Typen hinter der Tür. Blair drückte mich weg und sprang vom Auto, eilte zu ihren Klamotten und zog sich hastig an, während auch ich meine Hose schloss.

»Vielleicht ist es gar nicht so schlecht … Jetzt weiß er es wenigstens«, sagte ich, aber erntete von Blair nur ein Schnauben.

»Doch nicht auf diese Art und Weise! Debbi wird das jedem da draußen erzählen! Jedem!«, schrie sie fast panisch. »Auch Heather und meinem Dad!«

Ich ging zu ihr und hielt sie an den Schultern, fest, aber sie schlug mich weg und drehte sich zur Tür. »Beruhige dich! Wir können das doch erklären.«

»Ach ja?«, fragte sie und wandte sich ruckartig um. Ihre Brust bebte und ihre Augen füllten sich mit

Tränen. »Wie denn? Für alle da draußen sieht es so aus, als wäre ich Julien fremdgegangen!«

»Aber das ist nicht so«, erwiderte ich leise und konnte mich kaum bewegen, so sehr traf es mich, wie sie auf diese Sache reagierte.

»Ich muss raus … zu Julien«, flüsterte sie und verschwand hinter der Tür. Großartig. Auf einen perfekten Moment folgte ein völlig beschissener. Willkommen in meiner Welt.

Kapitel 36

Blair

Natürlich hatte Debbi es allen auf direktem Weg erzählt, sodass Ryan und mich hunderte Augen mit spitzen Blicken verachteten, als wir vor die Tür traten.
Ich ignorierte sie und stürmte in Richtung Tanzfläche, auf der ich Julien zurückgelassen hatte. Es reichte nicht, was ich ihm vorhin gesagt hatte, jetzt hatte ich ihn auch noch vor der gesamten Schule gedemütigt, weil es so aussah, als hätte seine langjährige Freundin eine Affäre.

»Hey«, stoppte mich eine Stimme und ich wandte mich zu meinem Dad um. Tränen standen in meinen Augen und ich konnte ihn kaum ansehen. »Wie ist das passiert?«, fragte er mit brüchiger Stimme und ich entnahm ganz genau die Enttäuschung aus seinen Worten. »Ist das eine Racheaktion, weil wir … heiraten?«
»Es … ich kann es jetzt nicht erklären. Hast du Julien gesehen?« Ich drückte meine Hand gegen meine Brust an der Stelle, hinter der mein Herz heftig schlug. Mein Dad schüttelte stumm den Kopf. Sein Blick glitt über meine Schulter und als ich mich umdrehte, erkannte ich, wie Ryan aus der Tür der

Garage trat und Heather auf ihn zustürmte. Als sie vor ihm stehen blieb, erklang der Schall ihrer Ohrfeige durch das halbe Haus und ich schloss die Augen, als würde ich die Schmerzen selbst spüren. Das hatte er nicht verdient! Und es brach mein Herz, dass er das für mich erdulden musste. Aber bevor ich das wieder geradebiegen konnte, musste ich mit Julien sprechen.

»Dad, es tut mir wahnsinnig leid, du musst mir glauben, Ryan ist nicht der Schuldige!«, versuchte ich, die Wogen wenigstens ein bisschen zu glätten. Doch er wirkte nicht überzeugt. Er hatte sich sein Bild von ihm gemacht und was ich sagte, änderte daran nichts mehr. »Wir werden es euch erklären, aber zuerst muss ich Ju finden! Ich komme zurück!«, flehte ich.

Mein Handy lag in der Küche, also rannte ich dorthin und zog meine Tasche aus einem Schrank neben der Spüle hinaus. Auf dem Display sah ich keinen Anruf von Julien, vielleicht hatte Debbi ihn noch nicht gefunden.

Ich wählte seine Nummer und drückte mein Telefon ans Ohr. Mein Herz raste und meine Finger wurden feucht, als das Klingeln in der Leitung erklang. Doch es ging nur seine Mailbox dran.

»Ju, ich bin es … aber das weißt du ganz sicher. Bitte, lass es mich erklären! Ich warte vor dem Haus auf dich!«

Klatschen erklang durch den Raum und ich sah auf. Debbi kam herein und betrachtete mich, als wäre ich es nicht wert, überhaupt noch am Leben zu sein. Und genauso fühlte ich mich auch.

»Das hast du ja großartig hinbekommen, aber ich wusste schon immer, dass du im Grunde gar nicht so blütenweiß und unschuldig bist, wie du tust. Mit deinem eigenen Stiefbruder im Heim deines Freundes … alle Achtung! Ich hab mir schon damals bei euch zu Hause gedacht, dass da etwas zwischen euch geht. Der arme Julien, er tut mir wirklich leid, mit so einem Flittchen zusammen zu sein.«

Ich lief auf sie zu. »Halt dich da gefälligst raus! Du weißt nichts!«, spuckte ich ihr ins Gesicht und stürmte weiter nach draußen. Im Flur war keine Spur mehr von Ryan und ich war kurz davor, auch ihn anzurufen. Ich war vollkommen überfordert. Was war das Richtige? Ich liebte Ryan, das war klar, und mein Verhalten ihm gegenüber war unmöglich und unverzeihlich, aber ich musste mich in diesem Moment um Julien kümmern. Vielleicht war unsere Freundschaft noch zu retten.

Als ich draußen ankam, sah ich ihn endlich. Julien stand mit dem Rücken zu mir am Rande des Vorgartens. Er hatte die Hände in seinen lilafarbenen Anzug geschoben und schaute in die Dunkelheit Richtung Straße, als überlegte er, gleich wegzulaufen.

Ich rannte über den knirschenden Kies auf ihn zu. »Julien!«

Langsam drehte er sich um und der Schmerz, der mich aus seinen Augen traf, warf mich aus der Bahn. »Es tut mir unglaublich leid!«

»Was? Dass jeder an der Schule nun denkt, du hast mir das Herz gebrochen?«

»Ju …«

»Weißt du, was das eigentlich Schlimme an er Sache ist?«, fragte er und seine Gesichtszüge verhärteten sich. »Das hast du auch. Ich dachte, unsere Freundschaft hat dir etwas bedeutet und du würdest nicht mit deinem Stiefbruder, der alles andere als gut für dich ist, auf dem Maserati meines Dads vögeln!« Er schrie mich an und ich konnte kaum noch atmen. Ich hatte es verdient.

»Du hast recht … aber …«

»Halt die Klappe! Komm mir jetzt nicht mit irgendwelchen bescheuerten Ausreden!« Er wandte den Kopf ab und atmete laut ein und aus.

»Ich hab mich in ihn verliebt, Ju …«, flüsterte ich und spürte die heißen Tränen meine Wange hinuntertropfen. »Ich wollte es dir heute Abend sagen, aber du hast mir überhaupt keine Chance gelassen. Wir hätten vor den anderen Schluss machen können und dann …«

»Damit alle denken, du verlässt mich wegen so einem? Wunderbar!«

»Wieso ist es dir so wichtig, was andere von dir halten?«, erwiderte ich. »Es sollte dir egal sein! Siehst du nicht, dass du dich selbst völlig davon abhängig machst! Du bist Julien Brookes und kein Mensch hat ein Recht darauf, dir vorzuschreiben, wen du zu lieben hast!« Meine Stimme zitterte. »Genauso wie ich das nicht mehr mitspielen kann ...«, schob ich leiser nach.

»Mein Dad steht in der Öffentlichkeit, sie würden ihn zerfleischen ...«

»Und deswegen lebst du ein Leben, das du nicht führen willst?«

»Lenk jetzt nicht ab! Deine Entscheidung heute Abend war absolut beschissen!«

»Ich weiß«, gab ich zu. »Und es tut mir unendlich leid, ich hab mich völlig von meinen Gefühlen für Ryan leiten lassen, aber ich bereue nicht, was ich für ihn empfinde. Und du solltest das auch nicht!«

Julien schluckte, als würde er sich meine Worte zu Herzen nehmen. Sein Blick glitt hinter mich und ich drehte mich um. Seine Eltern, mein Dad und Heather erschienen wie viele andere Schaulustige in der Haustür. Ich lief einen Schritt auf meinen Dad zu und stoppte kurz danach in der Bewegung. So gerne hätte ich ihm gebeichtet, wie die Wahrheit aussah, aber es ging nicht. Nicht in diesem Moment, ohne Juliens Geheimnis komplett zu enthüllen.

Langsam drehte ich mich zu meinem Freund um.

»Ist es das tatsächlich wert?«, fragte ich leise. »Was ist mit Theo? Oder jemand anderem, der einen Platz in deinem Leben verdient hätte? Du blockst nicht nur mich, sondern auch dich selbst«, flüsterte ich. Sein Blick wirkte traurig, dann sah er kurz zu Boden und seufzte. »Willst du wirklich so leben?«

Als Julien wieder aufschaute, erkannte ich, dass meine Worte und der gesamte Abend etwas in ihm bewirkt hatten. Doch so plötzlich, wie sein Gesichtsausdruck weicher wurde, verhärtete er sich auch wieder. All das hatte nicht ausgereicht.

Stattdessen sah er mir fest ins Gesicht. »Verschwinde aus meinem Leben«, wisperte er brüchig und ich wusste, dass es in diesem Moment vor all den anderen keinen Sinn machte, mit ihm vernünftig zu sprechen.

Ich warf meinem Dad und Heather einen letzten Blick zu, bevor ich mich abwandte und losrannte. Weg von allem.

Vor allem dem Schmerz, der heftig in meiner Brust pochte.

Kapitel 37

Blair

Da lag es nun. In tausend zersprungenen Einzelstücken vor mir auf dem Boden.

Mein Leben.

Ryan ging nicht an sein Handy und war seit zwei Tagen nicht zu Hause aufgetaucht, Julien sprach kein Wort mehr mit mir und die Enttäuschung im Blick meines Dads konnte ich kaum ertragen.

Ich hatte versucht, es ihm und Heather zu erklären, aber sie blockten ab. Jetzt konnte ich verstehen, was Ryan durchgemacht hatte. Abgestempelt aufgrund einiger undurchdachter Taten hatte er nie eine wirkliche Chance gehabt, zu beweisen, dass er besser war als alle dachten. Sogar deutlich besser als ich, denn er hätte die Lügen schon viel früher aufgedeckt. Vielleicht wäre es dann nicht so eskaliert.

Aber die anderen glaubten nur das, was sie glauben wollten. Dass Ryan mich verführt hatte, um seiner Mum eins auszuwischen, was völliger Schwachsinn war.

In der Schule sahen mich alle nur an wie die größte Lügnerin der Weltgeschichte. Und das Schlimme war, so fühlte ich mich auch. Vor allem aber fühlte ich mich wie die schlechteste Freundin. Für Julien und auch für Ryan.

Mit gesenktem Kopf lief ich durch die Schulflure und blieb stehen. Es reichte, dass ich nun verachtet wurde, aber wieso war Juliens Spind nun beschmiert? Er, der für alle nur der arme betrogene Freund war?

Ich trat näher und schluckte hart. Wie damals bei Theo standen Wörter und Dinge darauf, die niemand über sich ergehen lassen sollte. Verdammt! War Julien deswegen heute nicht in der Schule gewesen? Weil sie alles herausbekommen hatten? Und woher?

»Na, jetzt weiß ich wenigstens, wieso du dich an deinen Stiefbruder rangeschmissen hast. Ist frustrierend, wenn der eigene Freund eigentlich auf Männer steht, oder tut er das nur, weil du so eine Niete bist?«

Ich drehte mich um und ging einen Schritt auf Debbi zu. Ich hatte genug! Von all den Anfeindungen und den Lästereien. Menschen wie Debbi waren es doch, die einen dazu trieben, zu lügen. Aber wofür? Damit sie dachten, ich wäre eine von ihnen? Das wollte ich als Letztes sein!

»Jeder, der dafür verantwortlich ist …«, ich deutete auf den Spind, »… ist ein Arschloch, der von sich ablenken will und deswegen über andere Menschen redet und urteilt!« Meine Stimme war deutlich zu laut für meine Verhältnisse, aber so hörten mich wenigstens alle im Umkreis von gefühlten zwei Meilen! Debbi hob die Hände, als würde ich sie schlagen wollen, was zwar eine gute Idee war, aber nicht mein Stil. Sie anzuschreien, reichte mir in diesem Moment als Genugtuung. »Kümmert euch um eure eigene Scheiße, die wirklich zu genüge an euren verdammten Fußsohlen klebt! Oder hast du schon vergessen, weshalb du im letzten Jahr meine Hilfe gebraucht hast, Debbi? Hat dein Dad etwa was von der Sache mit unserem Sportlehrer herausbekommen?« Sie wurde blass und ich wusste, dass ich genau den passenden Nerv getroffen hatte. »Ich kenne jedes eurer kleinen, dreckigen Geheimnisse und habe euch immer brav aus der Patsche geholfen. Damit ist jetzt Schluss! Sucht euch jemand anderen und lasst die Menschen leben, wie sie das möchten. Vielleicht würde es dir guttun, wenn du mehr an dir arbeiten und weniger über andere reden würdest«

Ich holte tief Luft und drehte mich um, damit ich mit erhobenem Haupt davongehen konnte. Es tat sowas von gut, das alles endlich herausgelassen zu haben.

»Hey«, vernahm ich eine Stimme und drehte mich erneut mit einem Ruck herum. Theo stand vor mir und fuhr sich unsicher durch die Haare. »Ich weiß, wo er ist, wenn du es wissen willst«, sagte er leise und mein Ärger verschwand sofort. Ich konnte nur noch nicken.

***

Theo schloss auf und als die Tür sich öffnete, fühlte ich mich noch angespannter als ohnehin schon.

»Er ist in meinem Zimmer, den Flur runter letzte Tür rechts. Ich warte im Wohnzimmer, wenn irgendetwas ist.«

Ich legte meine Hand auf Theos Arm. »Danke dir.«

»Ich hab zwar eine Ahnung, wie er sich im Moment fühlt, aber du kennst ihn deutlich länger und weißt, was er braucht. Er wird sich freuen, dich zu sehen.«

Er nickte aufmunternd und mit langsamen Schritten bewegte ich mich durch den Flur auf die Tür zu, hinter der mein bester Freund saß und alleine litt.

Vorsichtig klopfte ich gegen das Holz und drückte die Klinke nach unten, als ich ein leises »Ja?« vernahm.

»Hey«, sagte ich sanft und Juliens Blick wurde weicher, als er mich erkannte. Er sah wieder wie mein bester Freund aus und nicht wie der Kerl, der Dinge tat, die er überhaupt nicht tun wollte. Verbitterung und Angst hatten ihn übernommen und ich konnte wirklich verstehen, wieso er so reagiert hatte.

»Hi.«

»Darf ich?«, fragte ich und er nickte. Ich nahm neben ihm auf dem Bett Platz, auf dem er saß. Theo hatte einen guten Geschmack, was die Einrichtung seines Zimmers betraf und weshalb Julien bei ihm war, würden wir noch klären. Aber zuerst gab es da etwas anderes aus der Welt zu schaffen. »Es tut mir leid, Ju, ich hätte das auf der Party nicht tun dürfen.«

Es herrschte einige Sekunden Stille und Julien sah mich immer noch nicht an. »Ich verstehe es«, erwiderte er endlich leise. »Ich verstehe es wirklich. Du hast dich verliebt, das ist das natürlichste Gefühl der Welt.« Er sah auf und auf seinen Lippen erschien ein schmales Lächeln, das ich vorsichtig erwiderte.

»Ich habe überreagiert, aber all das hat sich so lange in mir angestaut, mir tut es leid!«

»Sie wissen es in der Schule«, sagte ich, weil ich fand, dass Julien darüber Kenntnis haben sollte.

»Ich weiß«, erwiderte er leise. »Meine Eltern auch, sie haben mich zu Hause rausgeschmissen.«

»Gott, Ju, das ist so schrecklich!« Ich rutschte näher an ihn und zog ihn an mich. Unsere Umarmung tat uns beiden gut.

»Es ist trotzdem besser, dass sie es jetzt wissen«, murmelte er in mein Haar. »Übrigens habe ich es allen erzählt. Eher gesagt Debbi und dann war es klar, dass es die Runde machen wird.«

Langsam löste ich mich von ihm und sah ihm in die Augen. »Du?«

»Ja, es war an der Zeit. Du hattest recht.«

»Ich bin wahnsinnig stolz auf dich!«

»Was ist mit Ryan?« Sofort trübten sich meine Gedanken und ich wich Juliens Blick aus.

»Keine Ahnung, er war seit der Party nicht mehr zu Hause und ich erreiche ihn nicht.«

»Das ist scheiße. Gibt es einen Ort, an dem er sein könnte?«

Er war nicht bei Mad, weil ich ihn angerufen hatte und er mir versicherte, er hätte Ryan ebenfalls nicht gesehen. Deswegen konnte er nur an einem Ort sein, an dem er sich sicher und wohl fühlte und diesen wollte ich ihm nicht nehmen. Doch wenn ich ehrlich war, hatte ich nur Angst vor seiner Reaktion, wenn ich zu ihm fuhr. Was, wenn er tatsächlich nie wieder ein Wort mit mir sprechen würde?

»Ich weiß, wo er ist.«

»Dann hol ihn dir zurück, Baby! Worauf wartest du noch?«

Ich nickte, aber war mir bewusst, dass eine einfache Entschuldigung hier nicht ausreichen würde. Irgendetwas Großes musste ich mir überlegen, damit Ryan verstand, dass mein Herz nur für ihn schlug und es auch immer so sein würde.

Kapitel 38

Ryan

»Danke, dass ich hier sein darf«, sagte ich leise und ließ den Kopf sinken, während meine Hände eine heiße Tasse Milch umfassten. Margret tätschelte mir die Schulter, als wäre ich ein Fünfjähriger und nicht erwachsen. Obwohl ich nicht wusste, ob ich das tatsächlich war. Sie zog sich einen Stuhl vom Küchentisch nach hinten und nahm gegenüber von mir Platz.

»Ich kenne das Gefühl, wenn man einfach nur abhauen möchte. Du bist jederzeit hier willkommen.«

Ich nickte, weil mir die Kraft fehlte, noch etwas darauf zu erwidern. Dieser Abend der Halloweenfeier war zu beschissen gewesen und am liebsten hätte ich ihn vergessen. Aber ich konnte es nicht. Blairs schmerzverzerrter Gesichtsausdruck und wie sie abgehauen war und mich stehen gelassen hatte. Meine Mum, die mir vor allen eine Ohrfeige gegeben hatte und mir so mal wieder gezeigt hatte, was für eine Enttäuschung ich für sie war.

Ich dachte einmal in meinem Leben, es würde bergauf gehen, da fuhr der verdammte Wagen, in dem ich saß, ohne Bremsen erneut eine steile Schlucht nach unten.

Es klingelte an der Tür und ich sah auf. Margret zog wissend die Augenbrauen hoch, stand auf und verschwand im Flur. Zwei Minuten später kam sie zurück und blieb im Türrahmen stehen. »Da ist Besuch für dich.«

»Ich will niemanden sehen«, brummte ich.

»Ich will aber etwas loswerden!«, erklang Blairs Stimme und keine fünf Sekunden später tauchte sie neben Margret auf. Sie trug ein bodenlanges, leichtfallendes Abendkleid und die waldgrüne Farbe betonte ihre unglaublichen Augen. Ihre Haare waren halb hochgesteckt und ich unterdrückte den Drang, aufzuspringen und meine Nase an ihre Halsbeuge zu drücken, um mich endlich wieder vollständig zu fühlen. Für einen winzigen Moment vergrößerte sich der Knoten in meinem Hals und ich vergaß das Atmen.

Margret murmelte irgendetwas, das ich nicht verstand, und ließ uns allein. Es dauerte einige Sekunden, in denen Blair und ich uns einfach ansahen, dann löste sich ihr Körper aus der Starre und kam auf mich zu. Instinktiv wollte ich aufstehen, meine Arme um sie schlingen und sie an mich drücken, weil es das Einzige war, das mir etwas bedeutete. In Wirklichkeit aber tat ich gar nichts.

Sie nahm sich einen Stuhl genau neben meinem und setzte sich hin. »Ich möchte nur, dass du mir zuhörst. Danach liegt die Entscheidung bei dir.« Sie atmete tief ein und ich starrte auf den Inhalt der Tasse, weil ich wusste, würde ich sie nun ansehen, wäre meine gesamte Selbstbeherrschung dahin. »Julien war schon immer mein einziger Freund. Nach dem Tod meiner Mum habe ich niemanden an mich rangelassen und vor allem in der High-School auch keine neuen Freundschaften geschlossen. Oberflächlich gesehen war ich das Good Girl, Schulsprecherin und von allen geschätzt aber in Wirklichkeit haben alle gedacht, dass ich zu eingebildet bin, um sie zu mögen. Doch ich hatte einfach nur Angst. Der Erste, der meine Angst durchbrochen hat, warst du. Nur mit dir konnte ich mich so fallen lassen wie noch niemals zuvor, weil ich gespürt habe, dass wir uns gegenseitig das geben können, was wir lange gesucht haben.« Ihre Hand legte sich auf meinen Unterarm und ich zuckte leicht zusammen. »Ich habe es vermasselt. Alles. Meine einzige Freundschaft und meine einzige Liebe. Und ich kann es verstehen, wenn du kein Wort mehr mit mir sprechen möchtest, aber ich will nur, dass du weißt, dass ich das nicht wollte. Ich wollte nur, dass alle glücklich sind und dabei habe ich mich selbst vergessen. Denn ich kann nur mit dir glücklich sein.« Sie atmete tief ein. »Alle in der Schule wissen

Bescheid und Julien hatte den Mut, seinen Eltern zu gestehen, dass er schwul ist und sogar Gefühle für Theo entwickelt hat. Und ich will diesen Mut genauso haben, vor jedem auf diesem verdammt verkorksten Planeten zu dir zu stehen! Es tut mir aufrichtig leid, dass du das Gefühl hattest, dass ich dich im Stich gelassen habe, das wollte ich nicht. Ich liebe dich, Ryan, und ich kann dir versprechen, dass ich mich nie wieder zwischen dir und jemand anderem entscheiden werde, weil ich weiß, zu wem ich gehöre. Und jetzt will ich nur eines …« Sie stand auf und ich wagte einen vorsichtigen Blick auf sie. Sie wirkte stark, selbstbewusst und so, wie ich sie kannte. Und mir war klar: Ich könnte in keinem Moment mehr ihre Worte vergessen. »Dass du deinen verdammten Anzug anziehst, der in meinem Auto liegt und wir auf dieser Verlobungsfeier händchenhaltend auftauchen und allen sagen, was wir fühlen. Ein für alle Mal!«

Ich unterdrückte ein Lächeln auf ihre gefluchte Ansprache, erhob mich langsam und ging auf sie zu. Einen kurzen Moment zögerte ich noch, dann schlang ich meine Arme um sie. Sie tat es mir gleich und klammerte sich an mir fest, als würde sie sonst ertrinken. Doch genauso fühlte es sich an. Wie Ertrinken. Und danach endlich wieder auftauchen.

»Du wirst dafür büßen, Kleines, das kannst du mir glauben«, murmelte ich in ihr Haar.

Sie lachte leise in mein Hemd, aber schluchzte einige Male, bis ich sie ansah und sie langsam den Kopf hob. »Danke«, wisperte sie und ich senkte meinen Mund sanft auf ihren. Die Zeit des Zweifelns war vorbei und ich hatte endlich vor, mein Leben wahrhaftig anzupacken. Mit Blair. Mit einer Zukunft.

Und nie wieder würde ich es zulassen, dass Blair nicht das Leben lebte, das sie verdient hatte.

Kapitel 39

Blair

Ich spürte, wie Ryan ermutigend meine Hand drückte, als wir den Raum in dem Hotel betraten, in dem die Verlobungsfeier stattfand. Natürlich kannten mein Dad und Heather einen Haufen Menschen. Allein die halbe Schule war hier und das war gut so, dann würden es wenigstens alle wissen. Ich entdeckte sogar Juliens Eltern an einem Tisch in der Mitte sitzen und bemerkte die abschätzigen Blicke seines Vaters.

Mein Dad stand am Buffet und gab Heather einen vollen Teller. »Da sind sie«, sagte ich und zog Ryan los. Er folgte mir und auf einmal waren alle Augen wie Scheinwerfer auf uns gerichtet. Juliens Dad sprang auf und stellte sich vor uns.

»Dass du es wagst hier nach der ganzen Sache aufzutauchen!«, knurrte er und ich hob den Kopf. »Wegen dir ist mein Sohn …«

»Was? Schwul?«, unterbrach ich ihn und er zuckte bei dem letzten Wort zusammen. »Dass Sie es wagen, so zu ihrem eigenen Sohn zu sein und ihn für etwas zu verurteilen, was ein Teil von ihm ist. Es ist mir ein Rätsel, wie er es bei so einem Vater geschafft hat, so großherzig und freundlich zu werden und dafür sollten sie stolz auf ihn sein! Es ist scheißegal, wen er liebt, Hauptsache er tut es! Denn das sollten Sie ihm wünschen: Liebe!« Ich sah im Augenwinkel, wie in genau diesem Moment Julien den Raum betrat. Auch er trug einen Anzug und vor allem hatte er Theo an der Hand. Ich musste schmunzeln, als ich den Schock in den Augen seines Vaters sah, denn Julien war darauf gefasst. Wir hatten unsere Auftritte gemeinsam abgesprochen. Die Welt sollte uns so sehen, wie wir waren, nicht wie wir für andere vorgaben zu sein. »Aber nun können Sie das direkt mit ihm klären. Ich hoffe, sie entscheiden sich für die richtige Seite, genau wie ihre Frau.«

Juliens Mum stand auf und stürmte auf ihn zu. Ohne zu überlegen zog sie ihn an sich. Julien war zuerst überrumpelt, dann schlang er ebenso die Arme um sie. Es war ein gutes Gefühl, dass zumindest sie zu ihm stand.

Ich für meinen Teil hatte seinem Vater alles gesagt, jetzt ging es daran, mit meinem Dad zu sprechen.

»Komm«, sagte Ryan, hob unsere verschränkten Finger und gab mir einen Kuss auf meine. Dann liefen wir auf das Buffet zu. Natürlich hatten Dad und Heather uns entdeckt. Der Blick meines Vaters glitt auf unsere Hände, wieder zurück in mein Gesicht und ich wusste nicht, wie ich den Ausdruck darin deuten sollte.

»Du siehst wunderschön aus«, sagte ich zu Heather, die mir nun leicht zulächelte.

»Wir wollten euch von Herzen alles Gute wünschen und sagen, dass wir eure Liebe absolut akzeptieren«, sagte Ryan und schlang den Arm um meine Schultern. »Genauso wünschen wir, von euch akzeptiert zu werden. Wir haben uns verliebt, das hat nichts mit einer Racheaktion oder Ähnlichem zu tun.« Er sah mir kurz in die Augen, dann wieder zurück zu meinem Dad. »Ward, du weißt selbst, wie großartig Blair ist. Ich wäre ein Idiot, wenn ich das nicht sehen und nicht alles dafür tun würde, dass sie glücklich ist. Und ich bin es nur an ihrer Seite. Da gehöre ich genauso hin wie sie an meine.«

Mein Dad presste die Lippen aufeinander und nickte knapp. Ich sah ihm an, dass er immer noch nicht ganz begriff, wie sich das zwischen uns entwickelt hatte, aber mir war wichtig, dass er uns dafür nicht verurteilte.

»Und Heather, ich kann das gleiche über deinen Sohn sagen.« Ich drückte mich enger in Ryans Umarmung. »Er ist ein wunderbarer Mann, aber ich denke, das weißt du ganz bestimmt.«

Anspannung lag einige Sekunden in der Luft, bis mein Dad einen Schritt nach vorne ging und mich in eine Umarmung zog.

»Wir haben das völlig falsch eingeschätzt. Es tut uns leid, alles«, sagte mein Dad. »Ihr habt unseren Segen, natürlich habt ihr das.«

»Danke, Dad«, wisperte ich und drückte ihn leicht von mir. »Ich muss dir noch etwas sagen.«

Ich spürte auch Ryans Blicke auf mir, weil das, was ich nun gestehen würde, nicht mit ihm abgesprochen war. Ich wollte ihn damit genauso überraschen. »Dad, ich möchte nicht an die Stanford gehen. Lehrerin zu werden, war noch nie mein Traum. Ich möchte in Mums Fußstapfen treten und Modedesign in Savannah studieren. Und …« Ich sah kurz zu Ryan. »Ich bin angenommen worden.«

»Wow, das ist toll!«, rief Ryan begeistert und umarmte mich fest. Als er mich wieder losließ, atmete ich erleichtert auf, denn auch mein Vater lächelte.

»Alles was du willst, Spatz. Und das nächste Mal kommst du früher zu mir damit, okay?«

Er hielt mir den kleinen Finger hin und ich hakte meinen ein. »Versprochen.«

»Gut.« Er wandte sich an Ryan. »Und du, pass gefälligst auf sie auf.« Dad gab Ryan zum Spaß einen Schubs mit seiner Faust gegen die Schulter, dann zog er ihn ebenfalls in eine Umarmung an sich.

»Auch mir tut es leid«, sagte Heather und Ryan nickte ihr lächelnd zu.

»Gut, wenn das jetzt geklärt wäre, wie sieht es mit grooven aus? Das hier soll eine Party sein, oder?«

Heather kicherte. »Dad!«, flehte ich. »Das Thema hatten wir doch schon.«

Er prustete los und ich verkniff mir selbst das Lachen. All die Anspannung der letzten Zeit fiel von uns ab und ich hatte das Gefühl, nicht nur Ryan und ich konnten von nun an befreiter atmen.

***

»Ich kann es irgendwie immer noch nicht fassen«, sagte Ryan, während wir uns in wogenden Bewegungen zum Takt der Band über die Tanzfläche bewegten.

Langsam strich ich mit den Händen an seinen kräftigen Oberarmen nach oben und legte sie auf seine Schultern. Der Stoff seines Anzugs fühlte sich weich an und ich musste zugeben, er sah unglaublich gut darin aus. »Ich auch nicht«, gab ich leise zurück und konnte meinen Blick kaum seiner Augen entziehen.

Das Gefühl, mit ihm zusammen zu sein, konnte man mit nichts vergleichen, das ich bisher gefühlt hatte. Ich sah kurz hinüber und entdeckte Julien. Er und Theo standen am Rand der Tanzfläche und unterhielten sich angeregt. Sie lachten und mein Freund sah wirklich glücklich aus. Auch Dad und

Heather, die ein wenig entfernt tanzten, hatten ein Lächeln auf den Lippen. Einzig Juliens Dad war kurz nach Juliens Auftritt abgehauen, aber ich war mir sicher, nach einiger Zeit würde auch er es akzeptieren.

»Du bist wunderschön«, sagte Ryan und zog meine Aufmerksamkeit wieder auf sich. Sanft gab er mir einen Kuss auf die Lippen und ich konnte mein Seufzen nicht unterdrücken, weil ich eindeutig gern mehr hätte. Zwei Tage ohne ihn hatten ausgereicht, dass ich nie wieder von ihm getrennt sein wollte.

»Vielen Dank, du siehst auch ziemlich heiß in diesem Outfit aus«, erwiderte ich und zwinkerte ihm zu. »Vielleicht wirst du doch eher Banker oder CEO irgendeiner riesigen Firma.«

»Oh, Baby, du solltest mich mal in einem Arztkittel sehen. Da ist dieser Anzug gar nichts dagegen.« Er lachte leise und zog mich noch ein Stückchen dichter an sich heran. So nah, dass ich spürte, wie Ryan auf mich reagierte und auch mein Körper verzehrte sich bereits jetzt wieder nach ihm. Wir würden nicht mehr lange bleiben und vor allen anderen nach Hause fahren.

Ich freute mich schon auf den Moment, wenn wir endlich alleine waren.

»Ich habe mir Gedanken über die kommende Zeit gemacht und jetzt, wo du ebenfalls in Savannah studierst, könnten wir doch überlegen, wo wir wohnen wollen«, sagte er und ich war überrascht. Im positiven Sinne.

»Du meinst …«

»Lass uns zusammenziehen. Ich brauche sowieso eine neue Bleibe, denn trotz allem werde ich wohl kein Zimmer mehr im Studentenheim bekommen.«

»Und was ist mit Mad? Wolltet ihr nicht zusammenziehen?«

»Ach, ich glaube, er versteht das.«

»Ja! Ja! Auf jeden Fall!«, rief ich begeistert aus und Ryan drückte mich an sich.

Endlich hatte sich alles perfekt eingereiht. Obwohl ich selbst zwischenzeitlich nicht mehr daran geglaubt hatte.

Aber genau das hier fühlte sich richtig an. Und wunderbar. Und um nichts auf der Welt würde ich Ryan jemals wieder gehen lassen. Stiefbruder hin oder her. Wir waren so viel mehr als das und würden uns von niemandem auf dieser Welt darauf reduzieren lassen.

Bereits erschienen

Ich freue mich auf deinen Besuch auf meiner Webseite oder meinen Social Media Seiten!
Dort erfahrt ihr alle heißen News rund um meine Bücher, Neuveröffentlichungen und mehr!

Meldet euch doch auch auf meiner Internetseite zu meinem Newsletter an, um nichts zu verpassen!

www.rose-bloom.de
www.facebook.com/rosebloomautorin
www.instagram.com/rosebloom_autorin
www.youtube.com/c/rosebloomautorin

Bereits erschienen:

Eine Auflistung aller Bücher findest du auf

www.rose-bloom.de/buchuebersicht/

Leseprobe Second Chance

Kapitel 1

»Findest du das wirklich ne gute Idee?« Nervös spähte ich an meiner besten Freundin vorbei und sah aus dem Seitenfenster. Clary löste die Finger vom Lenkrad. Ihr Herz raste sicherlich genauso schnell wie meines.

»Ich hab doch nicht das Auto meines Dads geklaut, damit wir jetzt den Schwanz einziehen.« Das Klicken des Gurtes erklang im Innenraum des Volvos, als sich Clary abschnallte. Es war kalt. Selbst tagsüber hatte es Minusgrade im zweistelligen Bereich gegeben, jetzt am Abend war es sogar noch kälter. Nicht ungewöhnlich für den Osten von Pennsylvania um diese Jahreszeit. »Komm schon. Du hast gesagt, dass wir das Zeug hier kriegen, oder?«

»Ja, hab ich. Aber …« Mein Blick wanderte erneut über den Vorgarten des Einfamilienhauses, in dem sich zahlreiche Leute tummelten. Die meisten hatten rote Becher mit sicherlich irgendeinem Alkohol in der Hand, manche sogar trotz des Wetters nur ein T-Shirt an. Drinnen schien es extrem heiß zu sein, oder der Alkohol wärmte wirklich von innen. Ich hatte keine Ahnung. Bis jetzt hatte ich mit siebzehn noch keinen Vollrausch erlebt, höchstens mal heimlich am Sektglas meiner Mutter genippt, als diese bei ihrem letzten Geburtstag den Raum verlassen hatte. »Ich habs mir anders überlegt. Ich will doch nicht. Lass uns wieder nach Hause fahren.«

Der Ledersitz knarzte, als sich Clary mir zuwandte und mich mit ihren braunen Augen vorwurfsvoll ansah. »Vergiss es. Wir machen jetzt keinen Rückzieher. Marc hat gesagt, nur so schafft er es, genug für die Prüfungen zu lernen und trotzdem noch alles neben der Schule hinzukriegen. Erinner dich. Klavier, Ballett, Spanisch … Was haben unsere Eltern uns noch aufgebrummt?« Ich zuckte stumm mit den Schultern. »Wir gehen jetzt da rein, holen uns ein paar von den Dingern von diesem Trip und fahren wieder heim. Du wirst sehen, morgen lachen wir über diese Geschichte.«

»Trip … was ist das eigentlich für ein bescheuerter Name?«

Clary grinste. »Er verschafft dir den Trip deines Lebens, sagen alle.«

»Er ist bei uns auf der Schule, hätten wir ihn nicht dort danach fragen können? Wieso in diese Gegend fahren?« Meine Eltern hatten mich vor diesem Teil der Stadt gewarnt, und mir war nicht wohl bei dem Gedanken, nun mitten hineinzuspazieren.

Clary tippte sich mit dem Finger gegen die Stirn. »In der Schule? Mit Drogen dealen? So krank ist selbst dieser Typ nicht, glaub mir. Außerdem willst du dich doch nicht von der alten Miss Patty auf dem Schulhof erwischen lassen? Komm jetzt.« Meine beste Freundin stieg aus dem Auto, während ich noch zögernd darin saß. Sie klopfte gegen die Scheibe, und ich hörte dumpf ihre Stimme. »Los jetzt!«

Na gut. Eigentlich ging es mir nicht um die Leute, die auf dieser Party waren, und ich hatte auch keine Angst, in dieser Gegend ausgeraubt zu werden, wie es alle sagten. Ich hatte Sorge, danach erwischt zu werden, denn mein Vater war nicht gerade für seinen lockeren Erziehungsstil bekannt. Noch nie hatte ich mir etwas wirklich Schlimmes zuschulden kommen lassen, aber ich war mir sicher, wenn mein Dad das herausfände, könnte ich mich auf einiges gefasst machen. Wahrscheinlich würde er mich auf direktem Weg ins Internat schicken, so wie er es früher oft angedroht hatte. Meine absolute Horrorvorstellung. Weit weg von meiner Mum, weit weg von meinen Freunden. Andererseits musste ich da jetzt rein und tun, was wir vorhatten, um seinen Ansprüchen weiter gerecht zu werden. Denn wenn nicht, schickte er mich bestimmt ebenso fort.

Ich seufzte schwer, zog den Kragen meiner blauen Daunenjacke nach oben und stieg aus. Kalter Wind peitschte mir ins Gesicht. Wenigstens schneite es noch nicht, denn ich mochte Schnee nicht besonders, seit ich mit fünf Jahren von Clarys bescheuertem Bruder Spencer kopfüber hineingetaucht worden war und fast erstickt wäre.

Ich ging zu meiner besten Freundin, und wir liefen gemeinsam durch den Vorgarten auf das Haus zu. Die Musik dröhnte durch die Nacht, genauso wie das Gegröle einiger Leute, das durch die geöffneten Fenster drang. Sie schienen Spaß zu haben. Spaß. Wusste ich überhaupt, was das war? Neben meinen ganzen außerschulischen Verpflichtungen und den anstehenden Prüfungen hatte ich im Moment nicht sehr viel Zeit dafür.

Wir stiegen die Stufen der Veranda zum Eingang nach oben.

»Hey, ihr Süßen, Bock auf eine Runde tanzen?« Eine Gruppe Jungs stand vor der Tür. Ein Braunhaariger griff sich anzüglich in den Schritt und ließ sein Becken kreisen. Großartig. Jungs in unserem Alter waren wohl überall nervig und pubertär.

»Danke für das Angebot, aber wir lehnen ab«, sagte ich. Sie lachten, und ich warf Clary einen genervten Blick zu. Ich sammelte meinen gesamten Mut zusammen. »Wir suchen einen Trip. Ist er hier?«

»Wer will das wissen?«, fragte ein Schwarzhaariger, der bisher recht ruhig gewesen war.

»Mein Name ist Cassandra«, erwiderte ich. »Aber er wird mich nicht kennen.«

»Wieso suchst du ihn dann?«, fasste er misstrauisch nach, als wäre ich von der Polizei und undercover. Hatte er vergessen, dass man dort keine siebzehnjährigen Mädchen einstellte?

»Unser Freund Marc hat gesagt, er hätte etwas, das uns helfen könnte. Bei den Prüfungen und so«, rettete mich Clary aus der Situation.

Der Typ musterte uns noch einige lange Sekunden, dann nickte er und deutete hinter sich. »Er ist da drin.«

Ach nee. So schlau waren wir auch ohne ihn. Doch ich sparte mir einen Kommentar. »Danke.« Er nickte, und die anderen sahen uns mit ihrem hämischen Grinsen nach, als wir an ihnen vorbeigingen und das Innere des Hauses betraten. Die Luft war extrem stickig, und ich musste mich erst mal sammeln, um mich in dem Chaos hier zurechtzufinden. Wahnsinn, wie viele Menschen passten in so ein kleines Haus? Die harte Housemusik war so laut, dass mir die Ohren wehtaten. Mindestens neunzig Prozent der Anwesenden waren total blau, der Rest auf dem Weg dahin. Mädchen tanzten leicht bekleidet mit tätowierten oder volltrunkenen Typen. Die meisten davon waren sicherlich nicht auf unserer Schule. Wenn sie überhaupt noch zur Schule gingen. Das

Alter der Leute war schwer einzuschätzen, aber älter als Anfang zwanzig war wohl keiner von ihnen.

»Komm, lass uns eine Runde drehen!«, schrie Clary, nahm mich an der Hand, und wir drückten uns durch die Menge. Es wurde immer heißer, und mir stand der Schweiß auf der Stirn, weil ich immer noch meine Winterjacke trug.

Wir gingen durch das Wohnzimmer und schauten uns um. Ich war diesem Trip schon in der Schule über den Weg gelaufen und wusste, wie er aussah. Aber würde ich mich auch trauen, ihn anzusprechen? Bisher hatte ich ihn niemals mit jemandem reden sehen …

Clary zog mich weiter, und ich war froh, dass uns die Menschen hier gar nicht wirklich beachteten. Als würden wir dazugehören und wären jedes Wochenende auf so einer Party. Ein Typ drückte uns sogar zwei große rote Plastikbecher in die Hand, grunzte einmal laut und verschwand wieder. Ich roch daran und verzog die Nase. Wow, war das stark. Clary allerdings schien Gefallen an dem Ganzen zu finden. Auch für sie war es die erste Party dieser Art. Sie grinste mich an, zuckte mit den Schultern und kippte den Inhalt hinunter. Hustend hielt sie sich die Hand vor den Mund.

»WOW!«, schrie sie und riss die Augen auf. »Trink!« Sie nickte zu meinem Becher, den ich immer noch verkrampft mit den Fingern umklammerte. Das Dumme war nicht, dass ich es nicht probieren wollte, ich würde es sogar extrem gerne trinken, aber nein …

mir hallte wieder und wieder die Stimme meines Dads durch den Kopf. Ich sah förmlich sein strenges Gesicht und wie er die buschigen schwarzen Augenbrauen zusammenzog, während er mächtig und einschüchternd vor mir stand. Mein Vater strahlte schon immer eine natürliche Strenge aus, die es mir verbot, mich zu widersetzen.

»Cassandra, gute Noten sind wichtig! Du möchtest doch nicht auf der Straße enden, oder? Du willst doch irgendwann das Familiengeschäft übernehmen, das dein Großvater und ich mit harter Arbeit aufgebaut haben! Die Note Zwei ist inakzeptabel! Du musst mehr lernen und dich fokussieren! Partys und Jungs sind tabu!«

Scheiß drauf. Auf die Gefahr hin, einen dummen Fehler zu begehen, weil ich überhaupt nicht wusste, was in dem Becher war, schüttete ich mir den Inhalt in den Rachen.

»Woohoo! Genau so, Baby!«, schrie Clary und streckte die Arme in die Luft, als hätte ich etwas besonders Tolles vollbracht. Schon irgendwie erbärmlich, dass wir etwas taten, was ganz normale Jugendliche jedes Wochenende machten, und uns dabei fühlten, als führten wir eine Rebellion an. Ich stellte den Becher zur Seite. Trotzdem würde ich nicht noch einen davon trinken.

»Los, lass uns diesen Trip suchen«, sagte ich, und wir liefen weiter, bis wir in der Küche ankamen. Drei Mädchen standen am Waschbecken und füllten sich Bier in ihre Becher. Sie sahen ganz okay aus, deswegen ging ich direkt auf sie zu.

»Hi, wir suchen Trip. Wisst ihr, wo er steckt?«

Das Mädchen mit dem Nasenring fächelte sich Luft zu. Auch ich fühlte bereits einen Schweißfilm auf der Stirn. »Süße, jedes weibliche Wesen in diesem Raum sucht Trip.«

»Also ist er hier?«

»Er ist immer hier«, erwiderte eine Blonde, deren Schlangentattoo vom Handrücken bis zu ihrem Hals über den gesamten Arm verlief. Beeindruckend. Das hatte sicher wehgetan. »Meistens steht er bei der Treppe nach oben in einer Ecke oder ist mit einem Mädchen in irgendeinem Schlafzimmer.«

Sie sagte das, als wäre es das Normalste der Welt. Clary und ich warfen uns einen vielsagenden Blick zu. »Ach, da ist er ja!« Das Mädchen mit dem Nasenring deutete auf einen breiten Rücken, der sich gerade von uns weg und nach draußen bewegte. Er trug ein schlichtes schwarzes T-Shirt, aber etwas anderes hätte auch den zahlreichen Tätowierungen auf seiner Haut die Show gestohlen. Ich wusste, wie er aussah, aber jedes Mal verschlug es mir erneut den Atem. Das blonde Mädchen hatte recht. Trip sah gut aus. Und das war schon fast die Untertreibung des Jahrtausends. Er war diese Art Mann, vor dem Eltern ein Mädchen immer warnten, was nichts daran änderte, dass die Mädchen bei ihm Schlange standen und um seine Aufmerksamkeit buhlten.

»Hey, Trip!« Das Nasenring-Mädchen rief ihn. Er stoppte und drehte sich langsam zu uns um. Meine Kehle wurde trocken, und mein Herz begann zu rasen. Wahrscheinlich würde ich kein einziges Wort in seiner Nähe rausbekommen. Clary ging es genauso, denn ich spürte ihre Anspannung neben mir. Er verzog keine Miene, leckte sich nur kurz über die vollen Lippen, während er uns hart ansah. »Die beiden suchen dich.« Sie kicherte. Wahrscheinlich weil sie genau wusste, wie wenig wir hierher passten. Es hätte sogar ein Blinder gesehen, dass wir hier völlig fehl am Platz waren und Trip uns mit Haut und Haar verspeisen könnte. Trotzdem kam er zu uns. Seine dunkelbraunen Haare waren oben etwas länger als an den Seiten und akkurat gestylt. Sein Kinn überzog ein leichter Bartschatten, und die Tattoos zogen sich nicht nur über seine Oberarme, sie schauten sogar aus seinem Shirtkragen und liefen über seinen Hals bis nach hinten zu seinem Nacken. Es hatte mich schon immer interessiert, ob sein ganzer Oberkörper tätowiert war. Ich würde es wohl nie herausfinden. Aber es waren seine Augen, die mich am meisten beeindruckten. Ein sattes Moosgrün. Strahlend. Düster. Und so tief, als würde ich direkt in seine Seele blicken.

»Bist du Trip?«, krächzte ich. Oh Mann. Total unnötig, das zu fragen. Sein Mundwinkel zuckte nach oben. Mit diesem halben Lächeln sah er noch umwerfender aus als ohnehin schon. Seine dunkle Aura zog mich augenblicklich noch tiefer in seinen Sog.

»Jap.«

Die knappe Antwort verunsicherte mich ein wenig. »Unser Freund Marc hat gesagt, dass du …« *Pillen hast, die uns die ganze Nacht wach halten, sodass wir den idiotisch hohen Anforderungen unserer Eltern gerecht werden und für alle Prüfungen lernen können.*

»Kommt mit«, sagte er wissend, ohne dass ich den Satz beenden musste, drehte sich um und lief Richtung Flur. Er war gut anderthalb Köpfe größer als ich, und dementsprechend lang waren seine Schritte. Fast war er zwischen den Menschen verschwunden.

»Immer noch eine gute Idee?«, zischte ich Clary zu, die aber nur die Schultern hob, bevor wir ihm schnell folgten. Er ging aus dem Haus, den Weg zur Straße nach unten und ein Stück über den Bordstein. Ich traute mich nicht, zu fragen, wohin er wollte. Bei einem alten mattgrauen Honda blieb er stehen und setzte sich auf den Fahrersitz.

»Sollen wir einsteigen?«, flüsterte Clary.

»Sieht wohl so aus …«

»Sitz du vorne.« Und damit war sie schon auf den Rücksitz gerutscht und hatte die Tür geschlossen. Danke auch.

Ich ließ mich auf den Beifahrersitz sinken, aber zuerst musste ich mir mit den Füßen Platz schaffen. Im Fußraum lagen Dutzende CD-Hüllen offen herum, neben braunen Papiertüten aus irgendeinem Fast-Food-Restaurant. Außerdem roch es undefinierbar süßlich nach dem grünen Lufterfrischer, der am Spiegel hing. Ich hatte zwar kein Auto, aber hätte ich eines gehabt und es würde so aussehen, bekäme ich monatelangen Hausarrest.

Trip kramte in der Mittelkonsole, bis er ein Zigarettenpäckchen hervorzog, sich eine Kippe rausnahm und sie anzündete. Der Rauch verteilte sich im Innenraum, bevor er sein Fenster öffnete und den Arm darauf ablegte. Die kalte Luft drang zu uns herein und vermischte sich mit dem Geruch im Innenraum. Unsicher drehte ich den Kopf zu ihm und bemerkte, dass er mich ansah. Mein Herz raste immer noch. Das Ende seiner Zigarette glühte im Dunkeln, als er am Filter zog. Sein Gesicht lag durch den Schein einer Straßenlaterne nur halb im Schatten.

Keiner sprach ein Wort, noch nicht mal Clary, die sonst stundenlang plappern konnte.

»Also was hat euer Freund Marc euch erzählt?«, fragte er. Seine Stimme war rau. Tief. Und überraschenderweise warm. Obwohl sein Äußeres etwas anderes ausstrahlte. Härte. Rohheit.

»Dass wir bei dir etwas kaufen können.«

»Definiere *etwas*.« Er zog ein weiteres Mal an der Kippe. Warum quälte er mich so? Musste ich es wirklich aussprechen.

Ich schloss die Augen. »Dass wir bei dir Drogen kaufen können«, sagte ich schnell. Ich öffnete erst die Lider, als ich ein leises Lachen vernahm. Empört sah ich ihn an. Machte er sich über mich lustig?

»Klar, was wollt ihr? Weed, Koks, Ecstasy, Meth …«

»Nein! Nicht so was … Pillen. Damit wir wach bleiben.«

»Ah, lässt Daddy etwas anderes als eine Eins nicht durchgehen?« Waren wir so durchschaubar? Natürlich waren wir das … Ich nickte stumm.

»Nein.«

»Nein?«, fragte ich ungläubig, und auch Clary rutschte noch ein Stück weiter nach vorne, sodass sie den Kopf zwischen den Lehnen durchstecken konnte.

»Was heißt ›Nein‹?«, stieß sie schrill hervor. »Wir haben Geld. Wir wollen etwas kaufen.«

»Ist mir schon klar, dass ihr Geld habt«, erwiderte er lässig und schnippte die Zigarette nach draußen. »Aber damit kann man eben nicht alles kaufen. Ich bin kein verfickter Tante-Emma-Laden.« Er ließ den Wagen an. »Wo wohnt ihr?«

»Wieso?«, fragte ich ängstlich, und die Nässe meiner Hände nahm bedrohliche Ausmaße an. Wie schnell konnte man wegen Flüssigkeitsverlust sterben? Hoffentlich schnell genug …

»Damit ich euch nach Hause fahren kann. Ihr zwei solltet um diese Uhrzeit nicht hier draußen rumlungern und bei einem Typen wie mir Drogen kaufen wollen.«

Okay, wenn er das so sagte, hörte es sich tatsächlich ziemlich bekloppt an. Er legte die Hände auf das Lenkrad. Selbst seine Fingerknöchel waren tätowiert.

»Vergiss es! Wir haben ein eigenes Auto!«, stieß Clary empört hervor und stieg aus dem Wagen.

Wütend knallte sie die Tür zu. So war sie immer, wenn sie etwas nicht bekam, was sie sich wünschte.

Trip lehnte sich ein Stückchen näher zu mir rüber und nahm sanft eine meiner schwarzen Haarsträhnen in die Hand. Er wickelte sie um seinen Zeigefinger, und ein Schauer fuhr mir über den Nacken, sodass ich mich leicht schütteln musste. Meiner kolumbianischen Mum hatte ich meine dunklen Haare zu verdanken, meinem Dad die hellblauen Augen, in die Trip gerade so tief hineinsah, als würde er darin versinken wollen.

»Fahr nach Hause und komm nie wieder hierher, Cassie.« Es klang fast wie eine Drohung, und mir entging nicht, dass er meinen Namen kannte. Eher gesagt mich bei einem Spitznamen ansprach, den sonst nur meine engsten Freunde benutzten. Mein Dad mochte es nicht, wenn mich jemand Cassie nannte.

»Wieso?«, hauchte ich mehr, als dass ich es sagte. Seine Gesichtszüge waren schön. Es gab wenige Männer, bei denen man das behaupten konnte, und schon gar keine, die ganzkörpertätowiert waren und die Ausstrahlung eines Verbrechers hatten. Aber Trip war es. Schön.

Er löste seine Hand von mir und lehnte sich zurück. »Nein sagen hilft manchmal, weißt du?«

»Es gibt aber Menschen, die kein Nein akzeptieren.« Ich öffnete die Tür und konnte nicht verbergen, wie enttäuscht ich war, dass unser Plan nicht aufgegangen war. Ich stieg aus. Noch bevor ich die

Autotür zuschlagen konnte, hörte ich Trips Stimme. Und seine Worte gingen mir nicht wieder aus dem Kopf.

»Wir sehen uns, Cassie. Bald.«

Wir sehen uns, Cassie. Wenn ich nur gewusst hätte, was er wirklich damit meinte.

»Findest du das wirklich ne gute Idee?« Nervös spähte ich an meiner besten Freundin vorbei und sah aus dem Seitenfenster. Clary löste die Finger vom Lenkrad. Ihr Herz raste sicherlich genauso schnell wie meines.

»Ich hab doch nicht das Auto meines Dads geklaut, damit wir jetzt den Schwanz einziehen.« Das Klicken des Gurtes erklang im Innenraum des Volvos, als sich Clary abschnallte. Es war kalt. Selbst tagsüber hatte es Minusgrade im zweistelligen Bereich gegeben, jetzt am Abend war es sogar noch kälter. Nicht ungewöhnlich für den Osten von Pennsylvania um diese Jahreszeit. »Komm schon. Du hast gesagt, dass wir das Zeug hier kriegen, oder?«

»Ja, hab ich. Aber …« Mein Blick wanderte erneut über den Vorgarten des Einfamilienhauses, in dem sich zahlreiche Leute tummelten. Die meisten hatten rote Becher mit sicherlich irgendeinem Alkohol in der Hand, manche sogar trotz des Wetters nur ein T-Shirt an. Drinnen schien es extrem heiß zu sein, oder der Alkohol wärmte wirklich von innen. Ich hatte keine Ahnung. Bis jetzt hatte ich mit siebzehn noch keinen Vollrausch erlebt, höchstens mal heimlich am Sektglas meiner Mutter genippt, als diese bei ihrem letzten Geburtstag den Raum verlassen hatte. »Ich habs mir anders überlegt. Ich will doch nicht. Lass uns wieder nach Hause fahren.«

Der Ledersitz knarzte, als sich Clary mir zuwandte und mich mit ihren braunen Augen vorwurfsvoll ansah. »Vergiss es. Wir machen jetzt keinen Rückzieher. Marc hat gesagt, nur so schafft er es, genug für die Prüfungen zu lernen und trotzdem noch alles neben der Schule hinzukriegen. Erinner dich. Klavier, Ballett, Spanisch … Was haben unsere Eltern uns noch aufgebrummt?« Ich zuckte stumm mit den Schultern. »Wir gehen jetzt da rein, holen uns ein paar von den Dingern von diesem Trip und fahren wieder heim. Du wirst sehen, morgen lachen wir über diese Geschichte.«

»Trip … was ist das eigentlich für ein bescheuerter Name?«

Clary grinste. »Er verschafft dir den Trip deines Lebens, sagen alle.«

»Er ist bei uns auf der Schule, hätten wir ihn nicht dort danach fragen können? Wieso in diese Gegend fahren?« Meine Eltern hatten mich vor diesem Teil der Stadt gewarnt, und mir war nicht wohl bei dem Gedanken, nun mitten hineinzuspazieren.

Clary tippte sich mit dem Finger gegen die Stirn. »In der Schule? Mit Drogen dealen? So krank ist selbst dieser Typ nicht, glaub mir. Außerdem willst du dich doch nicht von der alten Miss Patty auf dem

Schulhof erwischen lassen? Komm jetzt.« Meine beste Freundin stieg aus dem Auto, während ich noch zögernd darin saß. Sie klopfte gegen die Scheibe, und ich hörte dumpf ihre Stimme. »Los jetzt!«

Na gut. Eigentlich ging es mir nicht um die Leute, die auf dieser Party waren, und ich hatte auch keine Angst, in dieser Gegend ausgeraubt zu werden, wie es alle sagten. Ich hatte Sorge, danach erwischt zu werden, denn mein Vater war nicht gerade für seinen lockeren Erziehungsstil bekannt. Noch nie hatte ich mir etwas wirklich Schlimmes zuschulden kommen lassen, aber ich war mir sicher, wenn mein Dad das herausfände, könnte ich mich auf einiges gefasst machen. Wahrscheinlich würde er mich auf direktem Weg ins Internat schicken, so wie er es früher oft angedroht hatte. Meine absolute Horrorvorstellung. Weit weg von meiner Mum, weit weg von meinen Freunden. Andererseits musste ich da jetzt rein und tun, was wir vorhatten, um seinen Ansprüchen weiter gerecht zu werden. Denn wenn nicht, schickte er mich bestimmt ebenso fort.

Ich seufzte schwer, zog den Kragen meiner blauen Daunenjacke nach oben und stieg aus. Kalter Wind peitschte mir ins Gesicht. Wenigstens schneite es noch nicht, denn ich mochte Schnee nicht besonders, seit ich mit fünf Jahren von Clarys bescheuertem Bruder Spencer kopfüber hineingetaucht worden war und fast erstickt wäre.

Ich ging zu meiner besten Freundin, und wir liefen gemeinsam durch den Vorgarten auf das Haus zu.

Die Musik dröhnte durch die Nacht, genauso wie das Gegröle einiger Leute, das durch die geöffneten Fenster drang. Sie schienen Spaß zu haben. Spaß. Wusste ich überhaupt, was das war? Neben meinen ganzen außerschulischen Verpflichtungen und den anstehenden Prüfungen hatte ich im Moment nicht sehr viel Zeit dafür.

Wir stiegen die Stufen der Veranda zum Eingang nach oben.

»Hey, ihr Süßen, Bock auf eine Runde tanzen?« Eine Gruppe Jungs stand vor der Tür. Ein Braunhaariger griff sich anzüglich in den Schritt und ließ sein Becken kreisen. Großartig. Jungs in unserem Alter waren wohl überall nervig und pubertär.

»Danke für das Angebot, aber wir lehnen ab«, sagte ich. Sie lachten, und ich warf Clary einen genervten Blick zu. Ich sammelte meinen gesamten Mut zusammen. »Wir suchen einen Trip. Ist er hier?«

»Wer will das wissen?«, fragte ein Schwarzhaariger, der bisher recht ruhig gewesen war.

»Mein Name ist Cassandra«, erwiderte ich. »Aber er wird mich nicht kennen.«

»Wieso suchst du ihn dann?«, fasste er misstrauisch nach, als wäre ich von der Polizei und undercover. Hatte er vergessen, dass man dort keine siebzehnjährigen Mädchen einstellte?

»Unser Freund Marc hat gesagt, er hätte etwas, das uns helfen könnte. Bei den Prüfungen und so«, rettete mich Clary aus der Situation.

Der Typ musterte uns noch einige lange Sekunden, dann nickte er und deutete hinter sich. »Er ist da drin.«

Ach nee. So schlau waren wir auch ohne ihn. Doch ich sparte mir einen Kommentar. »Danke.« Er nickte, und die anderen sahen uns mit ihrem hämischen Grinsen nach, als wir an ihnen vorbeigingen und das Innere des Hauses betraten. Die Luft war extrem stickig, und ich musste mich erst mal sammeln, um mich in dem Chaos hier zurechtzufinden. Wahnsinn, wie viele Menschen passten in so ein kleines Haus? Die harte Housemusik war so laut, dass mir die Ohren wehtaten. Mindestens neunzig Prozent der Anwesenden waren total blau, der Rest auf dem Weg dahin. Mädchen tanzten leicht bekleidet mit tätowierten oder volltrunkenen Typen. Die meisten davon waren sicherlich nicht auf unserer Schule. Wenn sie überhaupt noch zur Schule gingen. Das Alter der Leute war schwer einzuschätzen, aber älter als Anfang zwanzig war wohl keiner von ihnen.

»Komm, lass uns eine Runde drehen!«, schrie Clary, nahm mich an der Hand, und wir drückten uns durch die Menge. Es wurde immer heißer, und mir stand der Schweiß auf der Stirn, weil ich immer noch meine Winterjacke trug.

Wir gingen durch das Wohnzimmer und schauten uns um. Ich war diesem Trip schon in der Schule über den Weg gelaufen und wusste, wie er aussah. Aber würde ich mich auch trauen, ihn anzusprechen? Bisher hatte ich ihn niemals mit jemandem reden sehen …

Clary zog mich weiter, und ich war froh, dass uns die Menschen hier gar nicht wirklich beachteten. Als würden wir dazugehören und wären jedes Wochenende auf so einer Party. Ein Typ drückte uns sogar zwei große rote Plastikbecher in die Hand, grunzte einmal laut und verschwand wieder. Ich roch daran und verzog die Nase. Wow, war das stark. Clary allerdings schien Gefallen an dem Ganzen zu finden. Auch für sie war es die erste Party dieser Art. Sie grinste mich an, zuckte mit den Schultern und kippte den Inhalt hinunter. Hustend hielt sie sich die Hand vor den Mund.

»WOW!«, schrie sie und riss die Augen auf. »Trink!« Sie nickte zu meinem Becher, den ich immer noch verkrampft mit den Fingern umklammerte. Das Dumme war nicht, dass ich es nicht probieren wollte, ich würde es sogar extrem gerne trinken, aber nein … mir hallte wieder und wieder die Stimme meines Dads durch den Kopf. Ich sah förmlich sein strenges Gesicht und wie er die buschigen schwarzen Augenbrauen zusammenzog, während er mächtig und einschüchternd vor mir stand. Mein Vater strahlte schon immer eine natürliche Strenge aus, die es mir verbot, mich zu widersetzen.

»Cassandra, gute Noten sind wichtig! Du möchtest doch nicht auf der Straße enden, oder? Du willst doch irgendwann das Familiengeschäft übernehmen, das dein Großvater und ich mit harter Arbeit aufgebaut haben! Die

Note Zwei ist inakzeptabel! Du musst mehr lernen und dich fokussieren! Partys und Jungs sind tabu!«

Scheiß drauf. Auf die Gefahr hin, einen dummen Fehler zu begehen, weil ich überhaupt nicht wusste, was in dem Becher war, schüttete ich mir den Inhalt in den Rachen.

»Woohoo! Genau so, Baby!«, schrie Clary und streckte die Arme in die Luft, als hätte ich etwas besonders Tolles vollbracht. Schon irgendwie erbärmlich, dass wir etwas taten, was ganz normale Jugendliche jedes Wochenende machten, und uns dabei fühlten, als führten wir eine Rebellion an. Ich stellte den Becher zur Seite. Trotzdem würde ich nicht noch einen davon trinken.

»Los, lass uns diesen Trip suchen«, sagte ich, und wir liefen weiter, bis wir in der Küche ankamen. Drei Mädchen standen am Waschbecken und füllten sich Bier in ihre Becher. Sie sahen ganz okay aus, deswegen ging ich direkt auf sie zu.

»Hi, wir suchen Trip. Wisst ihr, wo er steckt?«

Das Mädchen mit dem Nasenring fächelte sich Luft zu. Auch ich fühlte bereits einen Schweißfilm auf der Stirn. »Süße, jedes weibliche Wesen in diesem Raum sucht Trip.«

»Also ist er hier?«

»Er ist immer hier«, erwiderte eine Blonde, deren Schlangentattoo vom Handrücken bis zu ihrem Hals über den gesamten Arm verlief. Beeindruckend. Das hatte sicher wehgetan. »Meistens steht er bei der

Treppe nach oben in einer Ecke oder ist mit einem Mädchen in irgendeinem Schlafzimmer.«

Sie sagte das, als wäre es das Normalste der Welt. Clary und ich warfen uns einen vielsagenden Blick zu. »Ach, da ist er ja!« Das Mädchen mit dem Nasenring deutete auf einen breiten Rücken, der sich gerade von uns weg und nach draußen bewegte. Er trug ein schlichtes schwarzes T-Shirt, aber etwas anderes hätte auch den zahlreichen Tätowierungen auf seiner Haut die Show gestohlen. Ich wusste, wie er aussah, aber jedes Mal verschlug es mir erneut den Atem. Das blonde Mädchen hatte recht. Trip sah gut aus. Und das war schon fast die Untertreibung des Jahrtausends. Er war diese Art Mann, vor dem Eltern ein Mädchen immer warnten, was nichts daran änderte, dass die Mädchen bei ihm Schlange standen und um seine Aufmerksamkeit buhlten.

»Hey, Trip!« Das Nasenring-Mädchen rief ihn. Er stoppte und drehte sich langsam zu uns um. Meine Kehle wurde trocken, und mein Herz begann zu rasen. Wahrscheinlich würde ich kein einziges Wort in seiner Nähe rausbekommen. Clary ging es genauso, denn ich spürte ihre Anspannung neben mir. Er verzog keine Miene, leckte sich nur kurz über die vollen Lippen, während er uns hart ansah. »Die beiden suchen dich.« Sie kicherte. Wahrscheinlich weil sie genau wusste, wie wenig wir hierher passten. Es hätte sogar ein Blinder gesehen, dass wir hier völlig fehl am Platz waren und Trip uns mit Haut und Haar verspeisen könnte. Trotzdem kam er zu uns. Seine dunkelbraunen Haare waren oben etwas länger als an den Seiten und akkurat gestylt. Sein Kinn überzog ein leichter Bartschatten, und die Tattoos zogen sich nicht nur über seine Oberarme, sie schauten sogar aus seinem Shirtkragen und liefen über seinen Hals bis nach hinten zu seinem Nacken. Es hatte mich schon immer interessiert, ob sein ganzer Oberkörper tätowiert war. Ich würde es wohl nie herausfinden. Aber es waren seine Augen, die mich am meisten beeindruckten. Ein sattes Moosgrün. Strahlend. Düster. Und so tief, als würde ich direkt in seine Seele blicken.

»Bist du Trip?«, krächzte ich. Oh Mann. Total unnötig, das zu fragen. Sein Mundwinkel zuckte nach oben. Mit diesem halben Lächeln sah er noch umwerfender aus als ohnehin schon. Seine dunkle Aura zog mich augenblicklich noch tiefer in seinen Sog.

»Jap.«

Die knappe Antwort verunsicherte mich ein wenig. »Unser Freund Marc hat gesagt, dass du …« *Pillen hast, die uns die ganze Nacht wach halten, sodass wir den idiotisch hohen Anforderungen unserer Eltern gerecht werden und für alle Prüfungen lernen können.*

»Kommt mit«, sagte er wissend, ohne dass ich den Satz beenden musste, drehte sich um und lief Richtung Flur. Er war gut anderthalb Köpfe größer als ich, und dementsprechend lang waren seine Schritte. Fast war er zwischen den Menschen verschwunden.

»Immer noch eine gute Idee?«, zischte ich Clary zu, die aber nur die Schultern hob, bevor wir ihm schnell folgten. Er ging aus dem Haus, den Weg zur Straße nach unten und ein Stück über den Bordstein. Ich traute mich nicht, zu fragen, wohin er wollte. Bei einem alten mattgrauen Honda blieb er stehen und setzte sich auf den Fahrersitz.

»Sollen wir einsteigen?«, flüsterte Clary.

»Sieht wohl so aus ...«

»Sitz du vorne!« Und damit war sie schon auf den Rücksitz gerutscht und hatte die Tür geschlossen. Danke auch.

Ich ließ mich auf den Beifahrersitz sinken, aber zuerst musste ich mir mit den Füßen Platz schaffen. Im Fußraum lagen Dutzende CD-Hüllen offen herum, neben braunen Papiertüten aus irgendeinem Fast-Food-Restaurant. Außerdem roch es undefinierbar süßlich nach dem grünen Lufterfrischer, der am Spiegel hing. Ich hatte zwar kein Auto, aber hätte ich eines gehabt und es würde so aussehen, bekäme ich monatelangen Hausarrest.

Trip kramte in der Mittelkonsole, bis er ein Zigarettenpäckchen hervorzog, sich eine Kippe rausnahm und sie anzündete. Der Rauch verteilte sich im Innenraum, bevor er sein Fenster öffnete und den Arm darauf ablegte. Die kalte Luft drang zu uns herein und vermischte sich mit dem Geruch im Innenraum. Unsicher drehte ich den Kopf zu ihm und bemerkte, dass er mich ansah. Mein Herz raste immer noch. Das Ende seiner Zigarette glühte im

Dunkeln, als er am Filter zog. Sein Gesicht lag durch den Schein einer Straßenlaterne nur halb im Schatten.

Keiner sprach ein Wort, noch nicht mal Clary, die sonst stundenlang plappern konnte.

»Also was hat euer Freund Marc euch erzählt?«, fragte er. Seine Stimme war rau. Tief. Und überraschenderweise warm. Obwohl sein Äußeres etwas anderes ausstrahlte. Härte. Rohheit.

»Dass wir bei dir etwas kaufen können.«

»Definiere *etwas*.« Er zog ein weiteres Mal an der Kippe. Warum quälte er mich so? Musste ich es wirklich aussprechen.

Ich schloss die Augen. »Dass wir bei dir Drogen kaufen können«, sagte ich schnell. Ich öffnete erst die Lider, als ich ein leises Lachen vernahm. Empört sah ich ihn an. Machte er sich über mich lustig?

»Klar, was wollt ihr? Weed, Koks, Ecstasy, Meth …«

»Nein! Nicht so was … Pillen. Damit wir wach bleiben.«

»Ah, lässt Daddy etwas anderes als eine Eins nicht durchgehen?« Waren wir so durchschaubar? Natürlich waren wir das … Ich nickte stumm.

»Nein.«

»Nein?«, fragte ich ungläubig, und auch Clary rutschte noch ein Stück weiter nach vorne, sodass sie den Kopf zwischen den Lehnen durchstecken konnte.

»Was heißt ›Nein‹?«, stieß sie schrill hervor. »Wir haben Geld. Wir wollen etwas kaufen.«

»Ist mir schon klar, dass ihr Geld habt«, erwiderte er lässig und schnippte die Zigarette nach draußen. »Aber damit kann man eben nicht alles kaufen. Ich bin kein verfickter Tante-Emma-Laden.« Er ließ den Wagen an. »Wo wohnt ihr?«

»Wieso?«, fragte ich ängstlich, und die Nässe meiner Hände nahm bedrohliche Ausmaße an. Wie schnell konnte man wegen Flüssigkeitsverlust sterben? Hoffentlich schnell genug …

»Damit ich euch nach Hause fahren kann. Ihr zwei solltet um diese Uhrzeit nicht hier draußen rumlungern und bei einem Typen wie mir Drogen kaufen wollen.«

Okay, wenn er das so sagte, hörte es sich tatsächlich ziemlich bekloppt an. Er legte die Hände auf das Lenkrad. Selbst seine Fingerknöchel waren tätowiert.

»Vergiss es! Wir haben ein eigenes Auto!«, stieß Clary empört hervor und stieg aus dem Wagen. Wütend knallte sie die Tür zu. So war sie immer, wenn sie etwas nicht bekam, was sie sich wünschte.

Trip lehnte sich ein Stückchen näher zu mir rüber und nahm sanft eine meiner schwarzen Haarsträhnen in die Hand. Er wickelte sie um seinen Zeigefinger, und ein Schauer fuhr mir über den Nacken, sodass ich mich leicht schütteln musste. Meiner kolumbianischen Mum hatte ich meine dunklen Haare zu verdanken, meinem Dad die hellblauen Augen, in die Trip gerade so tief hineinsah, als würde er darin versinken wollen.

»Fahr nach Hause und komm nie wieder hierher, Cassie.« Es klang fast wie eine Drohung, und mir entging nicht, dass er meinen Namen kannte. Eher gesagt mich bei einem Spitznamen ansprach, den sonst nur meine engsten Freunde benutzten. Mein Dad mochte es nicht, wenn mich jemand Cassie nannte.

»Wieso?«, hauchte ich mehr, als dass ich es sagte. Seine Gesichtszüge waren schön. Es gab wenige Männer, bei denen man das behaupten konnte, und schon gar keine, die ganzkörpertätowiert waren und die Ausstrahlung eines Verbrechers hatten. Aber Trip war es. Schön.

Er löste seine Hand von mir und lehnte sich zurück. »Nein sagen hilft manchmal, weißt du?«

»Es gibt aber Menschen, die kein Nein akzeptieren.« Ich öffnete die Tür und konnte nicht verbergen, wie enttäuscht ich war, dass unser Plan nicht aufgegangen war. Ich stieg aus. Noch bevor ich die Autotür zuschlagen konnte, hörte ich Trips Stimme. Und seine Worte gingen mir nicht wieder aus dem Kopf.

»Wir sehen uns, Cassie. Bald.«

Wir sehen uns, Cassie. Wenn ich nur gewusst hätte, was er wirklich damit meinte.

Printed by Amazon Italia Logistica S.r.l.
Torrazza Piemonte (TO), Italy

35855003R00205